Gabriele Kreppold-Gröger
Josef Kreppold

Der Weg zu zweit

Gabriele Kreppold-Gröger
Josef Kreppold

Der Weg zu zweit

Als Paar zueinander finden, ohne sich selbst aufzugeben

Herder
Freiburg · Basel · Wien

Gedruckt auf umweltfreundlichem,
chlorfrei gebleichtem Papier

2. Auflage

Herstellung Freiburger Graphische Betriebe 1999
ISBN 3-451-26228-2

Für unsere Eltern,
die sehr viele Mühen auf sich genommen haben,
uns den Weg zu bereiten.
Für unsere Tochter Myriel,
die durch ihre liebevolle Art
sehr viel Freude in unser Leben bringt.

Inhalt

Vorwort

Als mit Paaren arbeitendes Paar reizte es uns, ein Buch zum Thema Partnerschaft zu schreiben, andererseits fragten wir uns, wie wir bei sowieso schon sehr vollen Terminkalendern dazu die nötige Zeit finden sollten. Wir hatten einerseits die Anfrage vom Verlag, andererseits aber wenig Zeit. Nach einigen Gesprächen entschlossen wir uns dazu, dieses Abenteuer zu wagen. Nachdem die anfänglichen Schwierigkeiten überwunden waren, entdeckten wir die Freude, miteinander über unsere eigenen Erfahrungen als Paar sowie die Ergebnisse unserer langjährigen therapeutischen Arbeit umfassend nachzudenken. Wir nahmen uns die Zeit, oft auch nachts, um ausgiebig über unsere mehr als 25jährige Paargeschichte zu sprechen. Zugleich diskutierten wir die Erfahrungen aus unserer über zwei Jahrzehnte sich erstreckenden paar- und familientherapeutischen Arbeit. Wenn wir nun auf die Zeit, in der wir dieses Buch geschrieben haben, zurückblicken, können wir sagen: Es war eine sehr intensive und bereichernde Zeit für uns als Paar. Wir haben durch das gemeinsame Schreiben, durch die vielen Gespräche, die wir miteinander geführt haben, durch die in dieser Situation notwendige enge Kooperation und auch durch die Meinungsverschiedenheiten, die wir austragen mußten, Wesentliches dazugelernt. Was wir zuerst aus Angst vor zusätzlichem Streß ablehnen wollten, entpuppte sich zunehmend als wertvolle Bereicherung auf allen Ebenen. Es wurde trotz zeitlicher Enge eine wunderbare Zeit für uns als Paar und auch für uns als Familie. Von Kapitel zu Kapitel hatten wir mehr und mehr Spaß und Freude an der gemeinsamen Arbeit. Die Inhalte dieses Buches haben wir auf langen Spaziergängen zusammengetragen und miteinander besprochen. Auf einer dieser gemeinsamen Wanderungen entstand der Titel dieses Buches „Der Weg zu zweit".

Das Buch „Der Weg zu zweit" richtet sich in erster Linie an jene

Menschen, die den Weg zu zweit gehen oder die sich gerade auf dem Weg dorthin befinden. Wir wollen Paaren auf ihrem Weg zu zweit Anregungen geben, wie sie diesen Weg miteinander so gehen können, daß sie zueinander finden, ohne sich selbst dabei aufzugeben. Die Kapitel haben sich im Laufe unseres Arbeitsprozesses so gestaltet, daß sie nicht aufeinander aufbauen, sondern in sich eine geschlossene Einheit bilden. Sie können daher in der Reihenfolge gelesen werden, die der Leserin, dem Leser oder dem lesenden Paar selbst am meisten zusagt. Vielleicht ist es sogar gut, das letzte Kapitel gleich am Anfang zu lesen, da es eine Art Zusammenfassung und Komprimierung der Gedanken des Buches enthält.

Eine der Hauptaussagen des Buches besteht darin, daß gleichwertige Partnerschaft uns nicht in den Schoß fällt, sondern gelernt werden will. Wenn wir bereit sind, uns gemeinsam auf diesen Weg zu machen, werden wir miteinander reifen und den Weg zu zweit in Liebe und Harmonie miteinander gehen können, ohne das Austragen von Konflikten zu vermeiden. Wir können uns gut vorstellen, daß Paare einzelne Kapitel miteinander lesen und hinterher zu einer Zwiesprache finden, die ihre Beziehung inspiriert. Die Vielfalt angesprochener Themenbereiche kann auch dazu anregen, auf bestimmte „Problemzonen" aufmerksam zu werden und nach neuen Lösungen zu suchen. Vielleicht dienen die Gedanken dieses Buches Freunden als Einstieg, sich untereinander über ihre Erfahrungen in ihrer Partnerbeziehung auszutauschen. Dies halten wir für einen fruchtbaren Weg, miteinander zu lernen und sich gegenseitig in der Entwicklung gleichwertiger Formen von Partnerschaft zu unterstützen. Wir halten das vorliegende Buch auch geeignet als Begleitliteratur zu einer Paarberatung oder für die Arbeit in Paargruppen. Es ist breit angelegt und gibt einen Überblick über die für das Gelingen einer Partnerschaft wichtigen Themen.

In dieses Buch sind die Erfahrungen vieler Menschen eingeflossen. Wir wollen an dieser Stelle allen danken, die durch ihre Offenheit und Bereitschaft, sich mit sich selbst und ihrer Paarbeziehung auseinanderzusetzen, indirekt an diesem Buch mitgewirkt haben. Dies gilt besonders für die Paare, die unsere Beratung aufgesucht haben wie auch für alle Seminarteilnehmer. Durch diese Zusammenarbeit konnten wir jenes Wissen zusammentragen, das in diesem Buch Eingang gefunden hat. Ein tiefer Dank gebührt auch unseren Freunden. Wir haben nicht nur eigene Erfahrungen, sondern auch die vielen intensiven Gespräche im Freundeskreis in das Buch hineingewoben und hoffen, daß unsere langen Such-und Auseinandersetzungsprozesse auf diese Weise anderen Menschen von Nutzen sein können.

An dieser Stelle möchten wir auch noch den Menschen danken, durch deren direkten Einsatz es uns möglich war, dieses Buch zu schreiben.

Allen voran möchten wir die Hilfe von Frau Dr. K. Walter hervorheben. Sie hat uns durch ihre liebevolle und klare Art ermutigt und geholfen, über die Anfangsschwierigkeiten hinwegzukommen und zu unserem eigenen Stil zu finden. Ohne sie wäre dieses Buch nicht entstanden.

Danken möchten wir vor allem auch unserer Tochter Myriel. Sie hat uns einerseits den Raum gelassen, dieses Buch zu schreiben, sich aber andererseits auch mit uns auseinandergesetzt, so daß wir die familiäre Belastung immer wieder gemeinsam abwägen konnten. Darüber hinaus haben wir von ihr in vieler Hinsicht wichtige Anregungen und Rückmeldungen bekommen.

Weiterhin wollen wir den Menschen danken, die uns durch ihren Einsatz den Rücken zum Schreiben freigehalten haben: Gerhard und Gertrud Kopp, Elli Seidl und Burgi Neumeyr, Barbara, Sio und Julia Fiedler-Nagler, Monika Placzek. Jörg v. Dohlen, unser langjähriger Freund, hat sich viel Zeit genommen, uns buchgerecht zu photographieren.

Wertvolle inhaltliche Anregungen haben wir beim Thema Sexualität von Elisabeth Breit-Schröder erhalten. Die vielen mit Herbert Bichlmeier gemeinsam durchgeführten Partnerseminare in der Industrie haben dieses Buch sehr stark inspiriert. Viele der praktischen Beispiele stammen aus diesen Seminaren. Vielen Dank für die wertvollen Diskussionen und die gute Zusammenarbeit über bereits zehn Jahre.

Nicht zuletzt wollen wir noch Jürgen Schiller danken, der uns geduldig wesentliche Anregungen und Hilfen für die Computererfassung unseres Buches gegeben hat.

Wir haben im vorliegenden Buch weitgehend auf direkte Zitate verzichtet, um den Leser in seinem Lesefluß möglichst wenig zu stören. Die Bücher, die uns am meisten inspiriert haben, haben wir in der Bibliographie aufgelistet.

Im Laufe unserer beruflichen Entwicklung haben wir bei vielen verschiedenen Lehrerinnen und Lehrern gelernt. Am meisten hat uns dabei Virginia Satir inspiriert. Ihr möchten wir auch nach ihrem Tod noch unseren ganz besonderen Dank aussprechen.

Tegernbach, im Herbst 1997

Wir gehen nicht als unbeschriebene Blätter in die Partnerschaft

Die Geschichte zweier Menschen, die sich als Paar verbinden, beginnt nicht erst mit ihrer Partnerschaft, sondern wesentlich früher. Bereits im Mutterleib beginnt vom ersten Augenblick unserer Entstehung an unsere Geschichte. Alles, was wir erleben, wird in unserem Gehirn gespeichert und verarbeitet. Wir sind also keine unbeschriebenen Blätter. Wir bringen in unsere Beziehungen alle unsere Erfahrungen mit – und auch alle die Strategien, diese Erfahrungen zu bewältigen. Diese Bewältigungsstrategien unserer Vergangenheit spiegeln sich in unseren Einstellungen und Verhaltensweisen wider.

Christine und Michael

Christine und Michael sind seit 15 Jahren verheiratet und haben zwei Kinder, eine Tochter mit zehn Jahren und einen Sohn mit sieben Jahren. Ihr Ehe- und Familienglück wurde viele Jahre besonders um die Weihnachtszeit durch folgenden Konflikt überschattet:

Christine liebt Feierlichkeiten, insbesondere die Advents- und Weihnachtszeit. Sie verwendet sehr viel Mühe und Sorgfalt auf die Vorbereitungen und arbeitet oft tief in die Nacht hinein. Es bedeutet ihr sehr viel, mit Michael und den Kindern bei Kerzenschein zu singen und unter dem Weihnachtsbaum in trauter Eintracht die Geschenke auszupacken.

Michael hingegen konnte „Christines Getue", wie er es nannte, noch nie ausstehen. Er hatte kein Verständnis dafür, daß Christine so viel Zeit und Mühe auf Geschenke und Festgestaltung verwendete. Er konnte ihre Freude nicht teilen, reagierte unwirsch und war jedesmal froh, wenn die Weihnachtszeit endlich überstanden war. In den ersten Ehejahren wurde er fast immer an Weihnachten krank.

Statt also die Weihnachtszeit miteinander genießen zu können, kam es regelmäßig zu erheblichen Konflikten. Die Beziehung drohte sogar in eine ernste Krise zu geraten, weil Christine an der Liebe ihres Mannes zu zweifeln begann. Sie konnte einfach nicht verstehen, warum Michael nichts daran lag, Geschenke auszusuchen, das Weihnachtsfest mitzugestalten und die Freude der ganzen Familie an der festlichen Stimmung zu teilen. Sie ärgerte sich darüber, daß Michael während der Bescherung jede Gelegenheit nutzte, sich in ein Buch zu vertiefen, statt mit den Kindern die Geschenke zu bewundern und gemeinsam zu spielen. Besonders schmerzlich berührte es sie, daß Michael von den Geschenken, die er bekam, selbst von denen seiner Kinder und seiner Frau, kaum Notiz nahm und sie nach Weihnachten irgendwo herumliegen ließ.

Anhand dieses Beispiels werden wir im folgenden deutlich erkennen:

Christine kann Michael nicht verstehen, wenn sie seine Geschichte nicht kennt, Michael kann Christine nicht verstehen, wenn er ihre Geschichte nicht kennt. Sie können keine für beide Seiten befriedigende Lösung finden, wenn sie ihre jeweilige Geschichte nicht kennen.

Zur Geschichte von Michael:
Michael ist mit neun Geschwistern aufgewachsen. Als er so alt war, wie sein Sohn jetzt ist, wurde sein Vater sehr krank. In den folgenden Jahren erholte sich der Vater nicht mehr von dieser Krankheit und starb – für die Familie überraschend – in der Weihnachtszeit. Der frühe Tod und das Leiden des Vaters haben in Michael tiefe Spuren hinterlassen und sich u. a. nachhaltig auf sein Verhalten bei Feierlichkeiten und besonders auf seine Stimmung während der Weihnachtszeit ausgewirkt. In ihm werden Bilder und Gefühle wach, die sich mit Freude und Seligkeit schwer vereinbaren lassen. Die Fülle der Geschenke kann er kaum ertragen, da seine Eltern sehr sparen und die älteren Geschwister nach dem Tod des Vaters für den Lebensunterhalt der Familie hart arbeiten mußten. Obwohl Michael später erfolgreich und wohlhabend geworden ist, wirkt diese Zeit noch in ihm nach.

Christines Art, Weihnachten vorzubereiten und zu feiern, ist für Michael schier unerträglich. Er fühlt sich von ihr übergangen und bevormundet. Aus Rücksicht auf die Kinder will er jedoch keinen

Streit anfangen und mischt sich deshalb möglichst wenig in Christines Aktionen ein. Es ärgert ihn, daß diese Haltung von Christine weder gesehen noch anerkannt wird. Er weiß, daß er von den Kindern wenig Verständnis erwarten kann und diese natürlich auf Christines Seite stehen. Michael fühlt sich wie damals allein und verlassen. Er hat schon früh lernen müssen, mit sich selbst zurecht zu kommen und möglichst wenig Hilfe in Anspruch zu nehmen. Für seine Gefühle hatte er keinen Ansprechpartner. Im Streß zieht er sich deshalb lieber in sich selbst zurück und schaltet die Außenwelt ab.

Zur Geschichte von Christine:
Christine kommt aus einer verarmten, ehemals wohlhabenden und angesehenen Familie. Die Beziehung der Eltern war durch den sozialen Abstieg äußerst belastet. Die vier Kinder litten aber nicht nur unter der materiellen Not, sondern auch unter den täglichen, oft handgreiflich ausgetragenen Konflikten und lebten in ständiger Angst vor und um die Eltern. Nur bei Feierlichkeiten ruhte der Streit, man musizierte, und dabei entstand eine friedliche, innige Stimmung. Der Weihnachtsabend war die einzige Zeit, in der die Eltern nach der Christmette mit den Kindern sangen und sich mit ihnen über die Geschenke freuten. Christines Mutter war in diesen Stunden fröhlich und entspannt, und der Vater ließ nur noch am Weihnachtsabend seine schöne Stimme ertönen. Christine hat also in ihrer Kindheit aus diesen feierlichen Stunden sehr viel Kraft gezogen und dadurch das tägliche Leid besser ertragen können. Die Weihnachtszeit und vor allem der Weihnachtsabend waren für sie Lichtblicke in einem dunklen Leben.

Wenn wir uns die Geschichte von Michael und Christine anschauen, fällt es uns leicht, die Verhaltensweisen der beiden zu verstehen und aus vorschnellen Bewertungen und Schuldzuweisungen herauszufinden. Beide können tatsächlich keine neue „Weihnachtsgeschichte" miteinander entwickeln, wenn sie sich ihre vergangenen Erfahrungen nicht gegenseitig mitteilen.

Sobald Christine und Michael die Geschichte des anderen kennen, entsteht eine Basis, auf der sie sich gegenseitig verstehen und nach geeigneten Lösungen suchen können. Die angespannte Situation in ihrer Partnerschaft wird dadurch entkrampft, daß jeder das Verhalten des anderen nicht mehr als persönlich gegen sich gerichtet erlebt und damit fehlinterpretiert, sondern auf dem Hintergrund der persönlichen Geschichte jedes einzelnen begreifen lernt.

Durch die Einbeziehung unserer Vergangenheit tun sich uns oft ganz von selbst neue Lösungsansätze auf.

Christine kann jetzt mehr nachempfinden, wie es Michael in der Weihnachtszeit wirklich geht. Sie weiß nun, daß er in dieser Zeit besonders liebevollen und tröstenden Kontakt braucht. Und sie weiß auch, wie sehr er darunter leidet, wenn sie sich in ihren Weihnachtsvorbereitungen so stark von ihm abwendet. In ihr wächst das Bedürfnis, auf Michael einzugehen. Sie sucht nach Gelegenheiten und nimmt sich Zeit, mit ihm mehr über seine früheren Erfahrungen zu sprechen und seinen Gefühlen den notwendigen Raum zu lassen. Auf diesem Hintergrund kann sie den Kindern ein wirkliches Verständnis für die Reaktionen ihres Vaters vermitteln.

Michael versteht nun, was in Christine vor sich geht und warum ihr Weihnachten so viel bedeutet. Er kann sich darum bemühen, Christines Wunsch nach gemeinsamen, entspannten und glücklichen Stunden bei Kerzenschein und Musik entgegenzukommen, dies aber mehr von Weihnachten wegzuverlagern, so daß Christine das Weihnachtsfest emotional nicht so überfrachten muß. Michael erkennt, daß er den Tod seines Vaters noch nicht vollständig verarbeitet hat. Er wird nicht mehr versuchen, diese leidvollen Erfahrungen einfach zu verdrängen, sondern sich auch außerhalb der Weihnachtszeit intensiver damit beschäftigen. Wenn er sich selbst und mit Christine zusammen mehr gönnt, wird er sich zunehmend auch darüber freuen können, wie gut es seinen Kindern an Weihnachten geht.

Christine und Michael ist es tatsächlich gelungen, mit Hilfe dieses gegenseitigen Verständnisses gute Lösungsstrategien zu entwickeln und eine neue „Weihnachtsgeschichte" zu schreiben. In dieser bringt nun Michael seine Wünsche zum Ausdruck und beteiligt sich an der Weihnachtsgestaltung. Zu seiner eigenen Überraschung ist er seither an Weihnachten auch nicht mehr krank geworden. Inzwischen hat er für sich das Feiern richtig entdeckt und kann sich selbst mehr gönnen als früher.

Christine bemüht sich, den Alltag so zu gestalten, daß sie sich besser entspannen und mit Michael zusammen mehr genießen kann. Sie streßt sich nicht mehr so mit Festvorbereitungen und kann Weihnachten gelassener entgegensehen.

Thomas und Sabine

Thomas und Sabine leben seit vielen Jahren als Paar zusammen. Thomas war bereits zweimal verheiratet, bevor er Sabine kennengelernt hat. Sabine hatte zwar während der Studienzeit eine längere Beziehung, aber mit diesem Freund nie zusammen gewohnt. Nach ihrer Hochzeit zog Sabine zu Thomas. Der Ehehimmel war wolkenlos und lange Zeit vollkommen ungetrübt, bis eines Tages folgendes passierte:

Sabine, die auch vor ihrer Beziehung zu Thomas schon lange beruflich erfolgreich war, gelang mit der Unterstützung ihres Mannes ein beruflicher Durchbruch, den sie sich immer gewünscht und um den sie sich jahrelang bemüht hatte Diese neue berufliche Perspektive war auch für Thomas von großer Bedeutung, da die daraus resultierende Sicherheit ihm als freischaffendem Künstler mehr Bewegungsspielraum eröffnete. Das Paar hatte also allen Grund zum Feiern und ging in ein feines Restaurant zum Essen. Sabine erzählte und erzählte. Alles drehte sich um ihren Erfolg. Sie war begeistert, hob aber das entscheidende Engagement von Thomas in dieser Sache mit keinem Wort hervor. Thomas selbst ließ seinen eigenen Beitrag am Erfolg ebenso unerwähnt. Er merkte lediglich, daß in ihm ein leichter Ärger hochstieg, den er aber nicht einordnen konnte. Als sie nun gegessen hatten und der Kellner schon dabei war, die Rechnung vorzubereiten, schneuzte sich Thomas in Ermangelung eines Taschentuches in seine Serviette. Sabine reagierte darauf mit ungewohnt scharfer Kritik. Daraufhin zog sich Thomas zum ersten Mal, seit sie sich kennengelernt hatten, beleidigt zurück und brauchte Stunden, bis er wieder ansprechbar war. Sabine reagierte auf den plötzlichen Rückzug von Thomas mit starken Gefühlen von Trauer und Verzweiflung. Obwohl es den beiden gelang, wieder einen guten Kontakt herzustellen, blieb nach diesem Vorfall zum ersten Mal eine Verunsicherung in der Beziehung zurück.

Wie kann aus einer uns zunächst geringfügig erscheinenden Reaktion bei so lebenserfahrenen Menschen wie Sabine und Thomas eine solche Krise entstehen?

Zur Geschichte von Thomas:
Thomas stammt aus einer Familie, in der die Frauen die Männer dominierten. Thomas hatte zwei ältere Schwestern. Die Mutter und auch die Schwestern sprachen oft geringschätzig über den Vater.

Obwohl der Vater seine Familie gut versorgte, einen angesehenen Beruf als Lehrer ausübte und seine Kinder schulisch optimal förderte, galt er in der Familie als jemand, der es zu nichts gebracht hatte. Der Vater hatte sogar, um die Sicherheit seiner Familie zu gewährleisten, auf seinen beruflichen Herzenswunsch verzichtet. Um so mehr kränkten ihn die geringschätzigen Bemerkungen seiner Frau und seiner beiden Töchter. Der Vater setzte sich aber weder mit seiner Frau noch mit seinen Töchtern auseinander, sondern zog sich statt dessen immer mehr in sich selbst zurück. Thomas wurde als Junge ähnlich wie sein Vater behandelt. Die Mutter und die älteren Schwestern bevormundeten ihn ständig und machten sich oft über ihn lustig. Mit 25 Jahren heiratete Thomas. Auch seine erste Frau wertete ihn häufig ab. Er konnte ihr nie genügen und bekam von ihr wenig Anerkennung, obwohl er ihr zu einem beruflichen Erfolg verholfen hatte, den sie ohne ihn in dieser Weise niemals erreicht hätte. Sobald sie ihr berufliches Ziel mit seiner Hilfe verwirklicht hatte, trennte sie sich von ihm. Die zweite Ehe verlief nach einem ganz ähnlichen Muster. Auch von dieser Frau wurde er verlassen, nachdem sie mit seiner Unterstützung eine Spitzenposition erreicht hatte. Beide Trennungen brachten Thomas jedesmal an den Rand der Verzweiflung. Obwohl die Frauen ihn nicht entsprechend anerkannten, hing er, ähnlich wie sein Vater, dennoch sehr an ihnen.

Zur Geschichte von Sabine:
Sabine hatte vier ältere Geschwister. Sie war ein Nachzügler und das Nesthäkchen. Der Vater war ein tüchtiger Mann und eine starke Persönlichkeit. Kurz nach Sabines Geburt aber wurde er schwer krank und starb, als sie drei Jahre alt war. Die starken Seiten ihres Vaters hat Sabine also nicht mehr erlebt. Sie kannte ihn nur als schwachen und kranken Mann. Bereits während der Krankheit des Vaters und nach dessen Tod mußte die Mutter die Verantwortung für die Familie ganz allein tragen. Sie nahm das Heft energisch in die Hand, und jeder mußte sich unterordnen. Sabine war als Nesthäkchen immer der Sonnenschein der Familie und wurde von allen verwöhnt. Auf der anderen Seite aber war ihre Kindheit durch mehrere Todesfälle überschattet. Sie verlor nicht nur viel zu früh ihren Vater, sondern auch eines ihrer Geschwister. Dadurch entwickelten sich bei ihr starke Verlustängste.

Am Beispiel von Thomas und Sabine können wir sehen, daß sich nicht nur die Erfahrungen aus der Kindheit auf unser Handeln auswirken, sondern auch unsere Beziehungsgeschichte als Erwachsene eine große Rolle spielt. Diese Beziehungsgeschichte kann in der Kindheit gemachte Erfahrungen verschärfen oder abmildern.

Bei Thomas haben sich, ähnlich wie bei seinem Vater, in den früheren Begegnungen mit Frauen eine Reihe von Verletzungen angesammelt. Thomas hat vom Vater nicht gelernt, darauf zu achten, daß er in der Partnerschaft für seine Leistungen und Entbehrungen die ihm zustehende Anerkennung und Würdigung bekommt. Als nun Sabine in ihrer Freude nur um sich kreist und gar nicht auf die Idee kommt, sein Engagement zu würdigen, wächst in ihm der Groll. Sabine bemerkt dies in ihrer Überschwenglichkeit gar nicht. Schließlich hat er „die Nase voll" und, ohne daß es ihm bewußt ist, provoziert er Sabine an einer Stelle, wo sie von ihrer Mutter rigide Regeln übernommen hat. Sabine reagiert prompt mit der von der Mutter erlernten Zurechtweisung. Nun ist für Thomas das Maß voll, er zieht sich beleidigt zurück und will – ähnlich wie sein Vater – von Frauen nichts mehr wissen. Sabine, von zu Hause gewohnt, als „Nesthäkchen" umsorgt zu werden und selbstverständlich viel Aufmerksamkeit zu bekommen, hat gar nicht bemerkt, wie sich das Unwetter zusammengebraut hat. Sie wird von Thomas massivem Rückzug vollkommen überrascht, und diese Plötzlichkeit ruft in ihr die Erinnerungen an die tragischen Tode in ihrer Familie wach. Was sich in diesen Situationen an Gefühlen angesammelt hat, äußert sich nun bei ihr in Panik und Verzweiflung. Sie leidet übermäßig unter starken Verlustängsten.

Viele Menschen haben wie Thomas und Sabine die Tendenz, im Laufe ihres Lebens unverarbeitete Gefühle anzusammeln, bis das Maß voll ist. Eine Kleinigkeit genügt dann, um das Faß zum Überlaufen zu bringen. Der Partner steht meist fassungslos vor einer unerwartet heftigen Reaktion, die er ohne eine Erklärung des anderen nicht nachvollziehen kann. Wenn sich Sabine und Thomas über ihre Vorgeschichte austauschen, erfährt Sabine, wie wichtig es ist, das Engagement von Thomas explizit zu würdigen und anderen Menschen gegenüber hervorzuheben. Sie wird in Zukunft mehr darauf achten, bei Erfolgen den Kontakt zu Thomas zu intensivieren, statt in ihrer Freude nur um sich zu kreisen.

Für Thomas ist es wichtig, sich grundsätzlich mehr in den Mittelpunkt zu stellen und die Aufmerksamkeit auf sich zu ziehen. Er kann lernen, seine Fähigkeiten und Leistungen anderen gegenüber ins rechte Licht zu rücken. Darüber hinaus kann er mehr auf seine Gefühle achten und Sabine auf eine liebevolle Weise stoppen, wenn sie zu dominant wird, statt sie ins offene Messer rennen zu lassen. Insgesamt kann ihre Beziehung noch inniger werden, wenn Thomas Sabine zeigt, wie sie in solchen Situationen mehr auf ihn eingehen kann.

Nicht nur die Schatten der Vergangenheit wirken sich auf unsere Beziehungen aus. Im Laufe unserer Kindheit entwickeln wir oft auch ungeahnte Stärken, die manchmal im Zusammenspiel mit dem Partner erst so richtig ans Tageslicht kommen.

Frederike und Simon

Nachdem Frederike und Simon fünf Jahre verheiratet waren, ereignete sich folgende für ihr weiteres Leben entscheidende Situation:

Ganz überraschend wurde ihnen ein großes Haus günstig zum Kauf angeboten. Dieses Haus war für Frederike und Simon deshalb besonders attraktiv, weil es neben einem schönen Lebensraum für die Familie auch für die Realisierung ihrer beruflichen Träume optimale Vorraussetzungen bot. Beide stammten aus armen Familien und hatten bis dahin wenig Eigenkapital ansammeln können. Sie mußten sich innerhalb einer halben Woche entscheiden, und das Risiko war nicht kalkulierbar. Frederike und Simon kooperierten in dieser Situation hervorragend miteinander, und ihre Entscheidung für dieses Haus erwies sich in den folgenden Jahren als Glückstreffer. Auf welche Stärken konnten Frederike und Simon in dieser Situation zurückgreifen?

Zur Geschichte von Frederike

Frederikes Eltern waren beide voll berufstätig und kamen erst gegen Abend wieder nach Hause zurück. Frederike war von klein auf überwiegend sich selbst überlassen. Obwohl sie sich als Kind deswegen oft einsam gefühlt hatte, war in dieser Situation auch eine Stärke entstanden. Sie konnte nämlich über viele Stunden ungestört ihrem eigenen Rhythmus folgen und ihre intuitive Fähigkeit dabei gut entfalten. Auch im Umgang mit gefahrvollen Situationen hatte sie ein sicheres Gespür entwickelt. Infolge eines Herzleidens ihres Vaters kam es immer wieder zu kritischen Situationen, in denen rasch und mit Umsicht gehandelt werden mußte. Frederike hat also in ihrer Kindheit nicht nur ihre intuitive Seite gut trainieren können, sondern konnte auch in Risikosituationen beherzt handeln.

Zur Geschichte von Simon

Simons Vater war ein erfolgreicher Landwirt und hatte einen großen Bauernhof gepachtet. Sein ganzes Leben lang wollte er eigenen Besitz erwerben, hatte aber im entscheidenden Moment nie den Mut dazu. Simon erlebte als Kind, wie viele Belastungen für die Familie aus den Konflikten und der Abhängigkeit von den Besitzern entstanden. Der Vater bedauerte später immer wieder, daß er sich nicht zum Kauf entschließen konnte. Obwohl der Vater sein Lebensziel nicht erreichen konnte, hat er dennoch durch seine Äußerungen Simon dazu ermutigt, es seinerseits zu wagen. Simon hat also vom Vater die innere Erlaubnis zu diesem Schritt, und die Erinnerung an das Leiden seines Vaters gibt ihm im entscheidenden Moment die Kraft zuzugreifen und das Risiko auf sich zu nehmen, obwohl er sonst in solchen Situationen gewöhnlich eher zögerlich und ängstlich reagiert.

Simons und Frederikes Stärken ergänzten sich in dieser Situation auf positive Weise. Frederike mit ihrer guten Nase roch die Chance und gab die Ermutigung zu beherztem Zugreifen. Simon konnte die Stärken seiner Frau mit seinen Stärken verbinden, und so realisierten sie gemeinsam das Projekt. Selbst bei manchmal unlösbar erscheinenden Problemen kamen sie auch später nicht mehr ins Wanken. Simon und Frederike hätten jeweils allein ihre Vorstellungen in dieser Form niemals verwirklichen können. Nur durch das Zusammenwirken ihrer Stärken gelang es ihnen, diesen Lebenstraum gemeinsam zu verwirklichen.

Wir bringen also aus unserer Vergangenheit Einstellungen, Regeln und Verhaltensmuster mit, die sich positiv oder negativ auf die Gestaltung unserer Partnerschaft auswirken. Meist sind wir uns gar nicht bewußt, daß unsere Reaktionen eine Vorgeschichte haben, sich in einem bestimmten Lebenszusammenhang entwickelten und nur eine von vielen möglichen Lösungen waren, diese frühere Situation zu bewältigen. Wie man aus der therapeutischen Arbeit weiß, tendieren Kinder vor allem in frühen Entwicklungstufen dazu, Schlußfolgerungen aus bestimmten Erlebnissen zu ziehen und diese zu verallgemeinern. Aus solchen Verallgemeinerungen entstehen – in der Regel unbewußt – feste Lebenskonzepte, die oft lange unkorrigiert weiterbestehen. Neue Erfahrungen, die diese alten Konzepte in Frage stellen könnten, werden zunächst ignoriert. Wir tendieren dazu, ähnlich erscheinende Situationen immer wieder nach dem einmal gewonnenen Muster zu interpretieren.

In einer Partnerschaft eröffnet sich uns deshalb die Chance,

- uns unserer eigenen Geschichte mehr bewußt zu werden, besonders unserer in früher Kindheit getroffenen Überlebensschlußfolgerungen,
- zu erfahren, wie wichtig es ist, über diese Erfahrungen miteinander zu reden, um eine gute Basis für erfolgreiche Lösungsstrategien zu gewinnen,
- die Initiative zum Gespräch selbst zu ergreifen und Interesse an der Vergangenheit des Partners bzw. der Partnerin und seinen/ihren daraus resultierenden Sichtweisen und Lösungsstrategien zu entwickeln,
- zu erkennen, daß uns Bewertungen und vorschnelle Interpretationen der Reaktionen des Partners im Lösungsprozeß nicht weiterbringen. Als hilfreich erweist es sich jedoch herauszufinden, *wie* der Partner bzw. die Partnerin zu seinem/ihrem speziellen Verhalten gekommen ist.

Je mehr wir voneinander wissen, um so leichter fällt es uns, bestimmte Verhaltensweisen, die uns fremd sind und uns Schwierigkeiten bereiten, nicht als persönliche Ablehnung zu interpretieren in dem Sinne: Wenn du dich so verhältst, dann liebst du mich nicht. In Konfliktsituationen entsteht dann nicht so viel zusätzlicher emotionaler Streß. Je entspannter und unvoreingenommener wir miteinander reden können, um so mehr wird die Suche nach Lösungen erleichtert.

Grundsätzlich können wir folgendes beobachten:

Wenn wir unser Verhalten als Resultat vergangener Erfahrungen begreifen lernen, gewinnen wir einen positiven Abstand zu unseren eigenen Reaktionsweisen und zu den Reaktionsweisen des Partners. Wir fühlen uns unserem eigenen Verhalten immer weniger ausgeliefert. Unser enger Horizont erweitert sich und läßt mehr Raum für Verhaltensalternativen. Die Vielfalt kreativer und konstruktiver Lösungsmöglichkeiten wächst also, wenn beide in der Beziehung beweglicher werden.

Wie wir uns gegenseitig die Hölle bereiten oder uns miteinander zum Erblühen bringen können – Entstehung und Auflösung von Teufelskreisläufen

Im vorigen Kapitel haben wir gezeigt, daß wir die Reaktionsweisen des Partners bzw. der Partnerin häufig erst dann wirklich verstehen können, wenn wir unser aktuelles Verhalten nicht isoliert betrachten, sondern unsere Vorgeschichte, besonders die Erfahrungen und Schlußfolgerungen unserer Kindheit miteinbeziehen.

In diesem Kapitel richten wir nun unsere Aufmerksamkeit auf unheilvolle Verhaltenskreisläufe, die wir in Partnerschaften häufig finden und die ein Zusammenleben dauerhaft überschatten oder unter Umständen sogar zerstören können. Die systemorientierte Familientherapie lehrt uns, dabei nicht in erster Linie auf die Reaktionsweise des einzelnen zu schauen, sondern unseren Blick für die Wechselwirkung von Verhalten zu schulen und zu beobachten, welche Beziehungsdynamik sich insgesamt aus diesen ständig wiederkehrenden Verhaltensweisen entwickelt.

Robert und Manuela

Robert und Manuela sind seit über zwanzig Jahren verheiratet. Ihr Zusammenleben wurde viele Jahre durch folgenden Teufelskreislauf überschattet:

Robert ist ein erfolgreicher Geschäftsmann. Aufgrund seiner beruflichen Tätigkeit ist er oft mehrere Tage unterwegs. Manuela hat neben ihrer Arbeit noch einen großen Haushalt zu versorgen. Wenn Robert heimkommt, möchte er eine aufgeräumte Wohnung vorfinden und zunächst seine Ruhe haben. Manuela möchte, daß Robert sie und die Kinder herzlich begrüßt und sich dafür interessiert, wie es ihnen in der Zwischenzeit ergangen ist. Wenn Robert die Wohnung nicht aufgeräumt vorfindet, wird er ärgerlich und zieht sich zurück. Wenn er sich aus dem Kontakt zurückzieht, fühlt sich Manuela nicht genügend geliebt und für die Leistungen in seiner Abwesenheit zu wenig wertgeschätzt. Sie wird ebenfalls ärgerlich und räumt erst recht nicht auf. Diese Beziehungsdynamik führte zu folgendem Teufelskreislauf:

Je mehr die Unordnung zunahm, desto mehr zog sich Robert aus der Beziehung zurück. Je mehr er sich aus der Beziehung zurückzog, desto weniger räumte Manuela auf.

Wie können Robert und Manuela diesen Teufelskreislauf in ihrer Beziehung auflösen und zu einer für beide befriedigenden Lösung finden? Welche Aspekte sind bei diesem Veränderungsprozeß zu beachten?

Zunächst einmal ist es für Robert und Manuela wichtig zu erkennen, daß ihr Verhalten sich gegenseitig bedingt. Sobald wir wissen, daß unsere Reaktionen nicht getrennt zu betrachten sind, sondern voneinander abhängen, fällt es uns leichter, den Aufschaukelungsprozeß miteinander gründlicher zu studieren. Meistens wird uns dabei ziemlich schnell klar, wie wenig hier die beliebte Schuldfrage weiterhilft. Kommen dagegen beide Partner zu der Einsicht, daß jeder auf seine Weise einen Teil zu dieser unbefriedigenden Situation beiträgt, ist für die Lösung bereits ein wichtiger Grundstein gelegt. Statt unsere Aufmerksamkeit darauf zu richten, uns selbst als Opfer und den anderen als Täter zu definieren, konzentrieren wir uns darauf herauszufinden, wie wir diesen destruktiven Kreislauf stoppen können.

Wenn in unserer Partnerschaft eine bestimmte Situation immer nach demselben Muster abläuft, sind wir meistens der festen Überzeugung, daß der andere den ersten Schritt zu einer Veränderung machen muß. Indem der eine auf den anderen wartet, entstehen in Beziehungen die uns nur zu vertrauten Pattsituationen. Diese Strategie führt also nicht zum Erfolg. Gegenseitige Abhängigkeiten lassen sich nur dann auflösen, wenn wir uns auf unsere eigenen Füße stellen und bereit sind, unser eigenes Verhalten unter die Lupe zu nehmen. Hier führen uns die Spuren häufig wieder in unsere Kindheitserfahrungen. Wir entdecken, daß vieles, was wir für selbstverständlich halten, für andere Menschen, die in anderen Familien aufgewachsen sind, gar nicht so selbstverständlich ist. Ohne darüber nachzudenken, haben wir von unseren Eltern bestimmte Verhaltensweisen und manchmal auch rigide Regeln übernommen.

Manuela hat z. B. von ihrer Mutter gelernt, daß vieles im Leben wichtiger ist als Ordnung. Die Mutter sah sich selbst als untalentierte Hausfrau und engagierte sich lieber im Beruf und im Freundeskreis. Häuslichkeit und Familiensinn lagen ihr fern.

Die rigide Regel ihrer Mutter lautete: Ordnung ist ein niederer Wert, geistige und musische Aktivitäten sind unvergleichlich höhere Werte.

Roberts Mutter dagegen legte sehr viel Wert auf Ordnung und Sauberkeit. Seine Eltern arbeiteten beide hart im gemeinsamen Betrieb, und selbst beim Essen wurde noch über betriebliche Angelegenheiten gesprochen. Nur bei gemeinsamen Arbeiten hatten die Kinder Kontakt zu den Eltern. Robert besuchte später ein streng geführtes Internat, auf dem zwar die Leistung, aber weder Freude noch Kontaktfähigkeit gefördert wurden.

Robert bringt also aus seiner Familie folgende rigide Regel mit:

Es gibt nur Arbeit und Anstrengung im Leben, zu Vergnügen und Kontakt haben wir keine Zeit. Nach der Arbeit zieht man sich zum Erholen zurück, um wieder arbeiten zu können.

Wenn wir wie Robert und Manuela uns darüber austauschen, welche rigiden Regeln wir aus unserer Kindheit in die Partnerschaft mitbringen, können wir uns gegenseitig besser verstehen und interpretieren das Verhalten des anderen nicht mehr als sinnlose Schikane. Wir fangen an, darüber nachzudenken, ob die in unserer Kindheit erworbenen Regeln in die jetzige Lebenssituation noch passen oder entsprechend verändert werden können. Wenn wir überprüfen, was wir immer für selbstverständlich und als Teil unserer Persönlichkeit angesehen haben, kommen wir mitunter zu ganz überraschenden Ergebnissen.

Manuela fand für sich heraus, daß sie anders als ihre Mutter Ordnung mehr liebt, als sie sich bisher zugestanden hatte. In bestimmter Weise ist sie sogar ordentlicher als Robert, hat sich aber nie erlaubt, dafür Zeit in Anspruch zu nehmen. Ihre und Roberts Vorstellungen von Gemütlichkeit lagen in Wirklichkeit gar nicht so weit auseinander, wie ursprünglich vermutet. Robert kam bei genauerer Prüfung seiner Vorgeschichte zu dem Schluß, daß Freude und Kontakt in seiner Kindheit zu wenig gepflegt wurden. In ihm wuchs die Motivation und das Interesse, die vertraute Einsamkeitshaltung aufzugeben und seine Kontaktfähigkeiten mehr zu entwickeln.

Gerade dadurch, daß wir unterschiedlich sind, wird das, was wir immer für selbstverständlich gehalten haben, in Frage gestellt und kann einer kritischen Prüfung unterzogen werden. Wir gewinnen durch die Auseinandersetzung mit dem Partner bzw. der Partnerin mehr Freiheitsspielraum und die Möglichkeit, uns neu zu entdecken und bewußter zu entscheiden. Wir bekommen auf diese Weise eine positive Distanz zu unserem Verhalten. Wenn wir emotional nicht mehr so verstrickt sind, fällt es uns leichter, die in der Kindheit einfach übernommenen Regeln zu verändern. Auf diesem Hintergrund können wir anders als bisher aufeinander zugehen. Es ergeben sich dann oft ganz von selbst Ansatzpunkte, wie wir den ursprünglichen Teufelskreislauf in eine positive, entwicklungsfördernde Spirale verwandeln können.

Manuela hat sich dafür entschieden, Robert ganz konkret zu fragen, was er für sein Wohlbefinden an Ordnung braucht. Sie strukturiert ihre Zeit so, daß sie in Ruhe für Ordnung sorgen kann. Wenn Robert nach Hause kommt, findet er jetzt oft eine gemütliche Atmosphäre vor.

Robert hat sich entschieden, den Kontaktwünschen seiner Frau und seiner Kinder ein deutlicheres Interesse entgegenzubringen. Er plant Zeit dafür ein, macht eigene Vorschläge und übernimmt mehr Initiative im Kontakt.

Durch die Intensivierung des Kontakts fällt es Manuela noch leichter, Roberts Wünschen entgegenzukommen. Sie freut sich, und er kann sich in dieser Atmosphäre immer besser entspannen und den Kontakt genießen. Falls es nun einmal nicht glückt, die gewünschte Reaktion zu zeigen, geht die Welt nicht gleich unter, denn auf dem Hintergrund der vielen positiven Erfahrungen ist der Toleranzspielraum zwischen ihnen erheblich gewachsen. Manuela und Robert haben also nicht nur ein belastendes Beziehungsmuster aufgelöst, sondern darüber hinaus Wesentliches für ihre eigene Persönlichkeitsentwicklung dazugewonnen.

Erika und Bernhard

Erika und Bernhard haben zusammen ein kleines Kind. Bernhard ist seit einiger Zeit mit der Beziehung unzufrieden, weil er den Eindruck hat, daß seine Frau nicht mehr zärtlich auf ihn zugeht und sexuelle Kontakte vermeidet. Statt dessen telephoniert sie mit ihren Freundinnen.

Erika hingegen sieht das vollkommen anders. Sie wirft ihm vor, daß er zu viel vor dem Fernseher sitzt und damit für sie nicht ansprechbar ist. Wenn er nicht so viel fernsehen würde, würde sie gar nicht so lange telephonieren.

Folgender Teufelskreislauf läßt sich in dieser Geschichte beobachten:

Er sagt: Weil du nicht zärtlich auf mich zugehst, schaue ich fern.

Sie sagt: Weil du fernsiehst, gehe ich nicht zärtlich auf dich zu.

Bernhard hat seine Mutter früh verloren. Sein Vater hat sich kaum um ihn gekümmert. Er hatte keinen Ansprechpartner und mußte von klein auf mit seinen Gefühlen allein fertig werden. Aus Verbitterung darüber hat sich in ihm folgender Lebensgrundsatz verfestigt: Es hat überhaupt keinen Zweck, meine Wünsche zu äußern, es interessiert sich ja eh keiner für mich.

Erikas Mutter wiederum fand Zärtlichkeit und Intimität unangenehm, ja sogar ekelerregend und versuchte sie deshalb zu vermeiden. Da Erika in ihren ersten Männerbeziehungen schlechte Erfahrungen mit Sexualität gemacht hatte, gab sie der Mutter innerlich recht und äußerte sich Bernhard gegenüber indirekt folgendermaßen: Sexualität ist vollkommen überflüssig und bringt mir eigentlich nichts. Die Zeit für Lesen und berufliche Weiterbildung zu investieren, ist wesentlich sinnvoller."

Als Bernhard und Erika miteinander über ihre alten Regeln sprachen, erkannte Bernhard, daß er sich im Kontakt zu passiv verhalten und nicht um Körperkontakt geworben hatte. Gleichzeitig wurde ihm auch der Zusammenhang zwischen mangelndem Körperkontakt und ärgerlichem Rückzug bewußt. Erika wiederum entdeckte auf diese Weise, daß sie sich in dieser Hinsicht noch zu wenig von ihrer Mutter gelöst hatte.

In der Folgezeit übernahm Bernhard mehr Führung und wartete nicht mehr auf die Initiative seiner Frau. Er entdeckte dabei, daß er sehr gut führen konnte und es ihm sogar richtig Spaß bereitete. Erika gab sich die Erlaubnis, Intimität und Sexualität aktiv zu genießen, statt sie passiv über sich ergehen zu lassen. Es dauerte nicht lange, und zu beider Überraschung drehte sich der freudlose Kreislauf in eine für beide glückliche Richtung. Bernhard und Erika suchen nun die körperliche Nähe und können sie wirklich genießen. Der Fernseher wird nur noch selten angeschaltet und stellt für die Beziehung keine Störung mehr dar.

Eigentlich hatten sie nicht daran geglaubt, dieses Problem lösen zu können. Um so erstaunter waren sie, als sie merkten, wie leicht es ihnen fiel, den Teufelskreislauf in eine Glücksspirale zu verwandeln.

Roswitha und Jörg

Roswitha und Jörg haben seit Jahren denselben Streit wegen ihrer Kinder. Roswitha wirft Jörg vor, daß er zu streng zum Sohn sei und diesen laufend kritisiere, jedoch der Tochter alles durchgehen lasse und sie offensichtlich bevorzuge. Jörg beschimpft Roswitha, daß sie den Sohn verhätschele und er dafür sorgen müsse, daß aus ihm etwas Gescheites wird. Von der Tochter dagegen verlange sie unverhältnismäßig viel und sei mit nichts zufrieden. Er habe das Gefühl, da einen gerechten Ausgleich schaffen zu müssen.

Den hier vorliegenden Teufelskreislauf finden wir in vielen Familien:

Weil du so nachgiebig bist und das Kind so verwöhnst, muß ich um so strenger sein.

Weil du so streng bist, muß ich das durch mehr Nachsicht und Fürsorge ausgleichen.

Roswitha und Jörg brachten dieses Problem in einem Partnerseminar zur Sprache. Bei genauerem Nachfragen stellte sich heraus, daß die Konstellation „Vaters Tochter, Mutters Sohn" auf beiden Seiten bereits seit mehreren Generationen existierte. Auch Roswitha hatte sich mit ihrer Mutter nicht verstanden und war früh von zu Hause weggegangen.

Um die Auswirkungen solcher Familienkonstellationen hautnah zu erleben, wurde im Partnerseminar mit Hilfe von Rollenspielern die Beziehungsstruktur dieser Familie dargestellt. Jörg konnte durch diese „Familienskulptur" sehen, durch die Rückmeldungen der Rollenspieler hören und durch das eigene Erleben spüren, wie wichtig es für seinen Sohn ist, näher bei ihm als bei der Mutter zu sein, um seine männliche Identifikation aufbauen zu können. Jörg konnte erkennen, wie sehr ihm die Nähe zu seinem eigenen Vater gefehlt hatte, um sich als Mann selbstbewußter und sicherer zu fühlen. Aufgrund dieser anschaulichen Gruppenarbeit erfaßte er tiefer, daß der oben beschriebene Kreislauf nicht nur die Beziehung belastete, sondern sich auch ungünstig auf die Persönlichkeitsentwicklung seines Sohnes auswirkte. Seine Frau kam zu ähnlichen Schlußfolgerungen, und sie entschlossen sich, gemeinsam diese Konstellation bei ihren Kindern aufzulösen.

Hierfür trafen sie folgende Vereinbarungen:

Jörg wird künftig in Anwesenheit von Roswitha die unangenehmen Dinge zur Tochter sagen, und Roswitha wird in Anwesenheit von Jörg die unangenehmen Dinge zum Sohn sagen.

Roswitha gibt ihrer Tochter mehr Anerkennung, und Jörg gibt seinem Sohn mehr Anerkennung.

Im zweiten Teil des Partnerseminars berichteten Jörg und Roswitha, daß sie nun viel weniger miteinander streiten würden. Sie fühlten sich nun als Paar viel besser. Es war ihnen wirklich gelungen, die seit Generationen vorhandene Polarisierung aufzulösen.

Horst und Ulrike

Ulrike und Horst haben ein in Beziehungen weit verbreitetes Problem. Horst hat Schwierigkeiten, mit der Arbeit pünktlich aufzuhören und kommt deshalb häufiger zu spät nach Hause. Ulrike, die mit dem Essen und den Kindern auf ihn wartet, rastet dann regelmäßig aus und macht ihm heftige Vorwürfe. Das führt dazu, daß Horst noch später heimkommt.

Folgender Teufelskreislauf läßt sich hier erkennen:

Je später du aus der Arbeit kommst, um so wütender werde ich.

Je wütender du wirst, um so später komme ich aus der Arbeit.

Anhand dieses Beispiels können wir gut nachvollziehen, wie sich die Auseinandersetzung zwischen Horst und Ulrike aufgeschaukelt hat und ihnen aus einer Schwierigkeit zunehmend ein Problem für die Beziehung erwachsen ist.

Wenn Paare mit diesem Problem in die Eheberatung kommen, zielt der erste Schritt darauf hin, Ulrike und Horst zu motivieren, ihre zunächst resignative Haltung aufzugeben. Wenn sich eine Situation in der Paarbeziehung ständig wiederholt, tendieren wir mit der Zeit dazu, diese einfach hinzunehmen. Der Glaube an eine mögliche Lösung geht immer mehr verloren. Das Gefühl der Ohnmacht gewinnt die Oberhand. Wir sind zwar wütend, aber lassen die Dinge trotzdem laufen und greifen immer weniger gestaltend in den Beziehungsprozeß ein. Dadurch verschlechtert sich die Partnerschaft immer mehr, und der ursprünglich begrenzte Ärger greift auf andere Bereiche über. Wenn wir dazu bereit sind, die Beziehung wieder aktiv in die Hand zu nehmen, können solch unheilvolle Verhaltenskreisläufe aufgedeckt und gemeinsam nach geeigneten Lösungen gesucht werden. Horst und Ulrike erarbeiteten zusammen folgende Lösungen:

Ulrike versprach, Horst grundsätzlich freundlicher zu begegnen. Horst traf die Entscheidung, pünktlich nach Hause zu kommen. Jeder versprach, sein eigenes Handeln autonom zu gestalten und die eigenen Reaktionen nicht vom Verhalten des Partners abhängig zu machen.

Mit dieser Lösungsstrategie gelang es Horst und Ulrike, eine glückliche Wende in ihrer Beziehung herbeizuführen. Sie konnten es kaum fassen, daß die Lösung so einfach war. Manchmal können also auch Veränderungen erzielt werden, ohne den ganzen Familienhintergrund aufzuarbeiten.

In der Paarberatung hat sich immer wieder herausgestellt, daß die Lösungsphasen günstiger verlaufen, wenn beide darauf verzichten, den jeweils anderen zu kritisieren oder abzuwerten. Vorwürfe und Ärger rufen in der Regel alte Kindheitsgefühle hervor und verlangsamen den Prozeß des Miteinanderreifens. Anerkennung und positive Rückmeldungen wirken hingegen kleine Wunder.

Franz und Maria

Franz und Maria sind seit vielen Jahren verheiratet. Sie haben zwei Kinder und wohnen seit drei Jahren im eigenen Haus. In einem unserer Partnerschaftsseminare schilderten sie folgendes Problem: Maria pflegt engen Kontakt zu ihren Eltern und fährt mit ihren Kindern häufig zu ihnen. Zu den am Ort wohnenden Schwiegereltern hingegen meidet sie jeden Kontakt und hält auch die Kinder von diesen Großeltern fern. Maria wirft Franz vor, daß er sich von seiner Mutter nie gelöst hat. Franz verteidigt seine Mutter. Je mehr er aber seine Mutter verteidigt, um so mehr lehnt Maria den Kontakt zu ihr ab. Er reagiert darauf verletzt, zieht sich zurück und geht in der Folgezeit öfter zur Mutter zum Essen. Maria ärgert sich darüber noch mehr und reagiert verstärkt trotzig.

Viele Paare kennen wie Franz und Maria diesen Teufelskreislauf.

Franz: Je mehr du meine Mutter ablehnst, um so mehr fühle ich mich verletzt und um so mehr ziehe ich mich von dir zurück, verteidige sie bzw. suche bei meiner Mutter die fehlende Nähe.

Maria: Je mehr du mich verläßt und Nähe bei deiner Mutter suchst, um so eifersüchtiger bin ich auf sie, um so mehr lehne ich den Kontakt zu ihr ab.

Maria kommt aus einer Familie, die ein höheres soziales Ansehen genießt als die Familie, in der Franz aufgewachsen ist. Die Eltern von Franz kennen nur Arbeit, während sich die Eltern von Maria auch für andere Dinge interessieren, kontaktfreudiger sind und ab und zu auf Reisen gehen. Maria hat die Lebensweise ihrer Schwiegereltern von Anfang an abgelehnt und sich bemüht, Franz „auf ihre Seite zu ziehen". Sie vermied jeden Kontakt und erwartete von Franz dieselbe ablehnende Haltung.

Franz fehlte ein gefestigtes Selbstbewußtsein in bezug auf seine Herkunft. Dabei hatten sich seine Eltern sowohl finanziell als auch arbeitsmäßig wesentlich mehr beim Hausbau engagiert als die Eltern von Maria. Innerlich ärgerte er sich über diese Ungerechtigkeit, und es verletzte ihn, daß Maria die Kinder den Großeltern vorenthielt. Er wagte jedoch nicht, sich mit Maria darüber offen auseinanderzusetzen.

Maria wurde klar, daß sie auf diese Weise ihr eigentliches Ziel ganz und gar nicht erreichen konnte. Es gelang ihr zwar, die Kinder von den Großeltern fernzuhalten, aber dabei verlor sie immer mehr die Nähe zu Franz. Es kommt in Beziehungen häufig vor, daß sich jemand zwar in einem Punkt durchsetzt, dadurch aber an entscheidender Stelle verliert. Maria und Franz einigten sich mit Hilfe der Therapeuten auf folgende Lösung:

Maria braucht den Kontakt zu den Schwiegereltern nicht zu intensivieren. Sie läßt jedoch Franz die Beziehung zu seinen Eltern so gestalten, wie er will. Franz kann die Kinder mitnehmen und so für den Kontakt zu den Großeltern sorgen. Maria erkennt die Leistung der Schwiegereltern an und macht sich bewußt, daß diese sehr viel zu ihrer guten Lebenssituation beigetragen haben.

Im Prozeß der Lösungsfindung erkannte Maria immer mehr, daß ihre Angst, Franz könne so werden wie seine Eltern, unberechtigt war und sie ihn unterschätzt hatte. Je mehr von Franz die Last abfiel, wurde auch seine Stärke deutlich spürbar. Und so wandelte sich der Teufelskreislauf in eine beziehungsfördernde Spirale:

Je mehr Maria die Stärke von Franz spürte, um so weniger fürchtete sie um die Beziehung zu ihm. Je weniger Angst sie hatte, um so entlasteter fühlte sich Franz, um so mehr entwickelte sich seine Stärke, und um so mehr suchte er die Nähe zu seiner Frau.

Veronika und Kai

Veronika und Kai lebten zwei Jahre getrennt, weil Kai sich in eine andere Frau verliebt hatte. Kai gab diese Beziehung jedoch nach einiger Zeit wieder auf, weil er sich sicher war, mit Veronika leben zu wollen. Veronika willigte schließlich ein, und sie zogen in eine gemeinsame Wohnung. Trotzdem gab es immer wieder an der gleichen Stelle den alten, zermürbenden Streit. Veronika reagierte eifersüchtig und zweifelte ständig an seiner Liebe. Sie spionierte ihm nach und wollte ganz genau wissen, was er mit dieser oder jener Frau zu tun gehabt habe. Kai hat in seiner beruflichen Tätigkeit aber immer wieder mit Frauen zu tun. Das ständige Mißtrauen ließ ihn immer ärgerlicher und verletzter reagieren. Er fühlte sich in seinem Bewegungsspielraum eingeschränkt und von Veronika extrem kontrolliert. Wenn die ganze Situation für ihn nicht mehr zu ertragen war, erzählte er einfach nichts mehr und fuhr Veronika an, wenn sie irgend etwas Genaueres wissen wollte.

Die Eifersuchtsgeschichte von Veronika und Kai zeigt deutlich, wie sich eine für Paare weitverbreitete Schwierigkeit zu einem unlösbar erscheinenden Problem aufschaukelt:

Kai: Je mehr du an meiner Liebe zweifelst und denkst, daß ich mich mehr für andere Frauen interessiere als für dich, desto mehr fühle ich mich verletzt, eingeschränkt und kontrolliert. Und deshalb entferne ich mich jetzt tatsächlich von dir und erzähle dir nicht mehr, was in mir vor sich geht.

Veronika: Weil du immer weniger erzählst und so abweisend reagierst, werde ich immer eifersüchtiger und muß dir nachspionieren.

Mit Hilfe dieser Geschichte können wir gut nachvollziehen, wie sich Teufelskreisläufe zu **selbsterfüllenden Prophezeiungen** entwickeln können. Veronika sagte den Seitensprung ihres Mannes so lange voraus, bis Kai tatsächlich entsprechend handelte. Und obwohl Kai zu ihr zurückgekommen ist, genügte das nicht, diesen verhängnisvollen Teufelskreislauf zu stoppen. Veronika und Kai suchten eine Eheberatung auf, um mit fachlicher Hilfe diese chronisch festgefahrene Beziehungsstruktur aufzulösen.

Die Rekonstruktion von Veronikas Kindheitsgeschichte zeigte folgendes: Veronika hat von ihren Eltern extrem wenig Anerkennung und Aufmerksamkeit bekommen, noch weniger als ihre Brüder, denn sie war ein Mädchen. Da sie keine Schwester hatte, mit der sie sich vielleicht hätte verbünden können, war sie den Abwertungen der Eltern tagtäglich schutzlos ausgesetzt. Ihr Selbstwertgefühl wurde also schon von klein auf untergraben. Von der Mutter hatte sie viele lebensverneinende Botschaften erhalten. In der Ehe der Eltern gab es keine glücklichen Phasen. Es herrschte zwischen den Eheleuten ein erbitterter Kampf, der bis zum Tode des Vaters andauerte. Die Eltern wollten sich immer wieder trennen, kamen aber nicht voneinander los. Veronika hat also in ihrer Kindheit wenig Selbstwertgefühl aufbauen können und wurde in ihren Begabungen viel zu wenig gefördert. Aus der Beziehung ihrer Eltern hat sie den Schluß gezogen, daß es Liebe sowieso nicht gibt, man aber trotzdem zusammenbleibt und sich gegenseitig quält bis zum Lebensende.

Nun zur Geschichte von Kai: Die Ehe der Eltern verlief ebenfalls unglücklich. Das Paar trennte sich zwar, aber keiner der beiden Partner hat je wieder eine neue Beziehung aufgebaut. Kai, der lange auf der Seite des Vaters stand, erlebte mit, wie sein Vater sich mehr und mehr verbittert von allen Kontakten zurückzog und vereinsamte. Parallel dazu ging es mit ihm beruflich bergab. Er starb verbittert, ohne sich mit seinem Schicksal ausgesöhnt zu haben.

Kais Vater hat sich also zwar äußerlich von seiner Frau getrennt, kam aber innerlich über diese Trennung nie hinweg und konnte alleine kein für sich befriedigendes Leben aufbauen. Innerlich gab er seiner Exfrau die volle Verantwortung für sein Scheitern.

Für beide war es notwendig, gründlich in der Kindheitsgeschichte nachzuforschen und mit fachlicher Hilfe an den fehlenden Stellen neue Erfahrungen aufzubauen, um diese dann in die weißen Felder der Seelenkarte einzeichnen zu können.

Veronika entschied sich, zusätzlich zur Eheberatung an einer Selbsterfahrungsgruppe teilzunehmen. In der Gruppe arbeitete sie daran, ihr Selbstwertgefühl aufzubauen. Sie konnte ihre Stärken zunehmend erkennen und spüren, wie wichtig und hilfreich ihre Rückmeldungen für andere sind. Sie entdeckte ihre Begabungen und lernte, auch bei kritischen Äußerungen die Würde des anderen nicht zu verletzen. Mehr und mehr genoß sie ihre Attraktivität als Frau. Nachdem Veronika den Zugang zu ihren Stärken wieder gefunden hatte, konnte sie sich ihren Verlustängsten zuwenden. Eifersucht hat in der Regel ihren tieferen Ursprung in aus der Kindheit stammenden Verlustängsten. Es geht also darum, aus kindlichen Abhängigkeitsmustern herauszuwachsen und mehr Eigenständigkeit zu entwickeln. Denn wer sich anlehnt, weil er glaubt, nicht allein stehen zu können, lebt immer in der Angst, der andere könne sich wegbewegen.

Grundsätzlich läßt sich in der Beratungsarbeit folgendes beobachten:

Wer eine hohe Autonomie besitzt, also fähig ist, auf eigenen Füßen zu stehen, den eigenen Kopf und die eigenen Hände zu benutzen, ist auch in der Lage, eine dauerhafte und ebenbürtige Partnerbeziehung zu entwickeln.

Wenden wir uns jetzt noch einmal Kai zu. Für ihn stellte sich in diesem Zusammenhang die Aufgabe, seinen Anteil an der Beziehungskrise genauer zu studieren. Wie der Vater kannte er in kritischen Situationen nur Rückzug und Vorwurfshaltung dem Partner gegenüber. Veronika war in seinen Augen natürlich an der Misere in ihrer Beziehung ganz alleine Schuld. Kai konnte nach einiger Zeit wahrnehmen, wie die vom Vater übernommene innere Verstockung und die Tendenz zu Rückzug und Vereinsamung seine Intelligenz und seinen Einfallsreichtum blockierten. Auf diesem Hintergrund verstand er nun, warum der Vater schließlich auch im Beruf auf die Mißerfolgsschiene kam. Kai setzte sich mehr mit dem Lebenskonzept seines Vaters auseinander und kam zu der Entscheidung, dessen Lebensskript an dieser Stelle nicht zu übernehmen, sondern sich mit Veronika auf den Weg zu machen. Er konnte sehen, daß auch Veronika die elterlichen Vorbilder gefehlt hatten. Sie suchten nun beide zusammen den Austausch mit anderen Paaren, um neue Ideen zur kreativen Gestaltung ihrer Beziehung zu bekommen.

Wir können die Teufelskreisläufe in der Partnerschaft also am besten auflösen, wenn wir uns folgende Gesichtspunkte vergegenwärtigen und in den Lösungsprozeß miteinbeziehen:

- Bei Teufelskreisläufen gibt es naturgemäß weder einen Anfangs- noch einen Endpunkt. Damit erübrigt sich die Suche nach einem Schuldigen.

- Wir schaukeln uns dabei immer gegenseitig hoch, denn einer allein kann nicht streiten.
- Daraus folgt wiederum, daß jeder Partner jederzeit aus einem Teufelskreislauf aussteigen und ihn auf diese Weise stoppen kann, sobald er ihn als solchen erkennt.
- Die negativen Wirkungen von Teufelskreisläufen auf eine Partnerschaft dürfen keinesfalls unterschätzt werden. Nur zu oft entwickeln sich daraus selbsterfüllende Prophezeiungen und ernste Beziehungskrisen.
- Hinter Teufelskreisläufen verbergen sich meist rigide Regeln, die wir unreflektiert aus unserer Kindheit übernommen haben. Es lohnt sich, sich mit diesen alten Verhaltensmustern gründlich auseinanderzusetzen und die Chance zu nützen, sich zu prüfen, inwieweit das Festhalten an alten Regeln das Glück in der Partnerschaft mindert.
- Die Erkenntnisse, die wir aus der Auseinandersetzung mit den Lernerfahrungen in unserem Elternhaus gewonnen haben, geben uns Ansatzpunkte und motivieren uns, an der Auflösung von Teufelskreisläufen *aktiv* mitzuwirken.
- Teufelskreisläufe kann zwar einer allein stoppen, aber sie in entwicklungsfördernde Glücksspiralen zu verwandeln gelingt nur, wenn beide Partner bereit sind, sich auszutauschen und gemeinsam eine neue Lösungsstrategie zu entwerfen und umzusetzen.
- Neue und kreative Lösungsansätze lassen sich grundsätzlich leichter im Austausch mit anderen Paaren, z. B. im Freundeskreis oder in einer therapeutisch begleiteten Paargruppe entwickeln, da wir an manchen Stellen betriebsblind sind und uns auch zu zweit bei weitem nicht so viel einfällt wie mit entsprechender Hilfe. Zudem sehen wir dann, daß sich auch andere Menschen mit ähnlichen Problemen herumschlagen und können mehr Humor für die eigenen Probleme entwickeln.
- Wenn Teufelskreisläufe zu chronischen Belastungen in einer Partnerschaft führen, ist es ratsam, fachliche Hilfe aufzusuchen; denn wenn wir lernen wollen, Tennis zu spielen, quälen wir uns auch nicht allein damit ab, sondern suchen uns einen guten Trainer bzw. eine gute Trainerin.

Wie wir miteinander reden können

Paare leben vom lebendigen kommunikativen Austausch

Die Ergebnisse der Paarforschung sowie die Erfahrungen aus der psychotherapeutischen Arbeit mit Paaren weisen übereinstimmend in die gleiche Richtung: Dem Gespräch zwischen Mann und Frau kommt für eine positive Entwicklung der Partnerschaft eine zentrale Bedeutung zu. Bereits Nietzsche erkannte die Wichtigkeit dieses fortlaufenden Dialogs und nannte die Ehe ein langes Gespräch.

Um verstehen zu können, warum die Fähigkeit, sinnvoll miteinander reden zu können, für Paare immer mehr in den Vordergrund rückt, wollen wir einen kurzen Blick in die geschichtliche Entwicklung der Paarbeziehung werfen:

In der vorindustriellen Gesellschaft war die Familie im wesentlichen eine Wirtschaftsgemeinschaft. Danach entwickelte sich die bürgerliche Familie, gekennzeichnet durch eine Polarisierung der Geschlechterrollen: Der Mann galt als Ernährer, die Frau als das Herz der Familie. In beiden Formen der Partnerschaft waren die Anforderungen, Aufgaben und Erwartungen an die Ehepartner eindeutig festgelegt. Aufgrund dessen mußte wenig geredet bzw. ausgehandelt werden. Jeder Partner kannte die Regeln und wußte vom anderen, daß auch dieser sie kannte.

In den letzten Jahrzehnten hat sich eine neue Entwicklung in der Gestaltung von Paarbeziehungen angebahnt, und besonders in den letzten Jahren wandelte sich viel. Äußere Vorgaben entfallen mehr und mehr und müssen intern und individuell für jede Beziehung immer wieder neu festgelegt werden. Die Partnerschaft entwickelt sich immer mehr zu einem Beziehungsmanagement durch Aushandeln. Die wachsende geographische Mobilität und die Flexibilisierung der Arbeitszeiten verschärfen diese Situation und stellen Paare vor schwierige, oft unlösbar scheinende Aufgaben. Aufgrund dieser Veränderungen entsteht zwar ein großer Freiraum für die individuelle Gestaltung einer Beziehung, aber anders als in früheren Zeiten, kann nur durch ständigen Dialog die Gemeinsamkeit hergestellt und auf Dauer erhalten werden.

Wenn wir nun die Ergebnisse aus der Paarforschung und die Erfahrungen aus der Psychotherapie zusammenfassen, ergeben sich daraus folgende allgemeine Schlußfolgerungen:

- Die Zukunft der Partnerschaft liegt in der Fähigkeit zum gemeinsamen Gespräch. Die Kommunikation bildet den Lebensstrom einer Beziehung.
- Männer und Frauen brechen in ihrer Kommunikation zu neuen Ufern auf; denn aufgrund der oben skizzierten Geschichte verfügen weder Männer noch Frauen über ein geeignetes und reichhaltiges Repertoire gleichberechtigten Austausches. Die meisten Paare konnten in ihrer Herkunftsfamilie darüber wenig lernen, d. h., weder Männer noch Frauen können hier auf geeignete Vorbilder zurückgreifen.

In diesem Kapitel werden wir zunächst einmal die Voraussetzungen für einen offenen und lebendigen Austausch näher beleuchten. Dann wird es darum gehen, wie wir miteinander reden und dabei unsere Beziehung vertiefen können.

Kommunikation – ein Grundbedürfnis

Auch wenn allgemein bekannt ist, daß in der Regel Frauen lieber reden als Männer, haben die Frauen die Kommunikation doch nicht erfunden. Kommunikation ist daher ursprünglich kein geschechtsspezifisches Merkmal, sondern gehört zu den geschlechtsunabhängigen Grundbedürfnissen des Menschen.

Wie wir aus der Erforschung frühkindlicher Erfahrungen von René Spitz u. a. wissen, genügt für ein Baby die Versorgung mit Essen und Trinken nicht, um sich auf allen Ebenen gesund zu entwickeln. Körper, Seele und Geist können sich nur dann harmonisch und in einer optimalen Weise entfalten, wenn wir neben ausgewogener und gehaltvoller äußerer Nahrung entsprechende innere Nahrung aufnehmen: durch liebevolle Zuwendung und lebendigen Kontakt sowohl körperlich als auch seelisch und geistig von der ersten Stunde unseres Lebens an. Durch liebevolle Zuwendung und lebendigen Kontakt wird nach Virginia Satir, einer der Mitbegründerinnen der Familientherapie, unser „Selbstwerttopf" gefüllt. Je mehr wir in unseren Selbstwerttopf hineinsammeln können, um so reichhaltiger gestalten wir unser Leben und um so kreativer können wir uns selbst und andere daraus in Krisensituationen nähren. Mit einem reich gefüllten Selbstwerttopf fühlen wir uns den Aufgaben des Lebens gewachsen und schauen mit vertrauensvollen, neugierigen Augen in die Zukunft.

So betrachtet, gehört Kommunikation zu den Grundnahrungsmitteln einer Partnerschaft. Ohne lebendigen Austausch „verhungert" jede Beziehung. Dies kann angesichts des Ergebnisses, daß ein amerikanisches Paar durchschnittlich ca. vier Minuten am Tag und das nur im Rahmen seiner Privatbürokratie miteinander redet, nicht genügend betont werden.

Liebe braucht eine Sprache, und wir brauchen eine Sprache der Liebe

Lebendiger Austausch findet auf vielen verschiedenen Ebenen statt. Wir sehen uns an und unsere Augen sprechen zueinander, wir lachen uns an, unsere Hände berühren sich, unsere Seelen schwingen miteinander, während wir schweigend den Sternenhimmel betrachten usw. Viele Menschen glauben, daß wahre Liebe etwas mit wortlosem Verstehen zu tun hat. Das stimmt aber nur zum Teil. Aus der Beratungsarbeit wissen wir, wieviel Leid in Beziehungen gerade aus dieser Einstellung entstehen kann.

Miteinander zu reden ist zentral, wenn eine Beziehung lebendig bleiben soll. Warum? Zum einen entstehen durch wortlose Kommunikation sehr leicht und häufig Mißverständnisse, weil das Wahrgenommene interpretiert wird, ohne es zu überprüfen. Wenn dies geschieht, kann es zu ganzen Ketten von Mißverständnissen und möglichen Fehlinterpretationen kommen, die unter Umständen eine Beziehung jahrelang belasten können. Zum anderen werden wir uns unserer selbst mehr bewußt und lernen zu differenzieren, wenn wir für das innerlich Erlebte eine Sprache entwickeln. Worte stellen zwar eine gewisse Distanz zum Erlebten her, geben uns aber auch die Möglichkeit, uns selbst zu betrachten und eingefahrene Automatismen zu erkennen. Indem wir uns mitteilen, kommen wir uns also oft erst richtig auf die Spur. Wir gewinnen an Selbst-Bewußtsein und können mehr Verantwortung für unser Handeln übernehmen und unsere Partnerschaft aktiver und kreativer gestalten.

Nur wenn wir miteinander reden, können wir auch zuverlässig und genau die Karte der Welt des Partners einsehen. Um sich in einer Beziehung sicher fühlen zu können, ist es daher notwendig, sich in der eigenen und in der Seelenlandschaft des Partners gründlich auszukennen, ohne sich gegenseitig deshalb kontrollieren zu wollen.

Darüber hinaus ist eine Beziehung wie ein lebendiger Organismus ständig in Bewegung und Veränderung begriffen. Um gegenseitig auf dem laufenden zu bleiben und die Orientierung nicht zu verlieren, müssen wir uns kontinuierlich im Gespräch austauschen. Dies ist auch wichtig für die Psychohygiene einer Beziehung. In der richtigen Weise genutzt, können wir im Gespräch Körper, Geist und Seele tief entspannen. Lösungen entstehen dann oft spontan und müssen nicht krampfhaft gesucht werden. Leid läßt sich so besser tragen, Freude wird intensiver erfahren.

Um alle diese Früchte aus einem lebendigen und offenen Austausch ernten zu können, brauchen wir eine Gesprächskultur. Die meisten Menschen verbinden aufgrund ihrer Kindheitsgeschichte mit Gesprächen allerdings Problemerörterung und Kritik. Viele von uns suchen deshalb nicht den gemeinsamen Austausch, sondern versuchen ihn eher zu vermeiden. Wir sind nicht neugierig und positiv erwartungsvoll gestimmt auf das, was uns unser Partner sagen will, sondern gehen eher ängstlich und mit einem mulmigen Gefühl in ein Gespräch. Wie können wir nun lernen, so miteinander zu reden, daß unsere Partnerschaft dadurch bereichert wird und lebendig bleibt?

Was uns helfen kann, ein gutes Gespräch zu führen

Im folgenden werden wir uns zunächst einmal mit den Voraussetzungen für ein gutes Gespräch beschäftigen und danach einige konkrete Hinweise geben.

Selbstwertgefühl und Würde achten

Um ein Gespräch gewinnbringend, kreativ und konstruktiv gestalten zu können, empfehlen wir, sich selbst – und das gilt besonders für

Streßsituationen – immer wieder bewußt zu machen, auf welcher Basis ich dem anderen begegnen will und wie ich möchte, daß der Partner mit mir in kritischen Situationen umgeht. Grundsätzlich erzielen wir die positivsten Ergebnisse, wenn wir unser eigenes Selbstwertgefühl sowie das Selbstwertgefühl des Partners nicht belasten bzw. dafür sorgen, daß es sogar noch durch die Art unserer Kommunikation gestärkt wird. Selbst wenn wir uns in einer harten Auseinandersetzung im Recht fühlen und tief verletzt und wütend reagieren, haben wir nicht das Recht, die Würde des anderen anzutasten. Ebenso hat auch der Partner nicht das Recht, unsere Würde zu verletzen, egal was ich ihm seiner Ansicht nach angetan habe. Nur auf dieser Basis kann eine angstfreie und damit ehrliche Kommunikation aufgebaut werden, die unser gegenseitiges Verständnis fördert. Sich fair und liebevoll in gefühlsmäßig beladenen Situationen auseinanderzusetzen, bedarf in der Regel der Übung und positiver Disziplin.

Die positive Intention erkennen

Virginia Satir hat in ihrer familientherapeutischen Arbeit immer wieder aufgezeigt, daß in jedem auch noch so unverständlichen bzw. destruktiv erscheinenden Verhalten eine positive Intention zur Erhaltung des Gleichgewichts in einem Beziehungssystem steckt. Diese positive Intention können wir meist nicht unmittelbar und schon gar nicht ohne Kommunikation mit dem anderen herausfinden. Wenn es uns gelingt, uns nicht abzuwenden, sondern uns für den anderen zu interessieren, gewinnen wir ein tieferes Verständnis für das Verhalten des Partners. Dies ermöglicht es uns, auch in schweren Krisen Wesentliches voneinander zu lernen und lebensfördernde, konstruktive Lösungen miteinander erarbeiten zu können.

Bevor wir uns also in ein Gespräch mit dem Partner begeben, können wir folgende Entscheidungen treffen:

Ich wähle unabhängig von Inhalt und Verlauf unseres Gespräches die Grundposition: Ich bin o.k., du bist o.k.

Ich verpflichte mich, Selbstwert und Würde des anderen und meiner selbst zu achten und dementsprechend zu handeln.

Ich entscheide mich, hinter jedem mir noch so unverständlich erscheinenden Verhalten des Partners eine positive Intention anzunehmen, die es gemeinsam zu erkunden gilt.

Vor die Klammer des Gesprächs ein Plus setzen

Zu den wichtigen Voraussetzungen, daß ein wirkliches Miteinander im Gespräch entstehen und gefördert werden kann, gehört weiterhin, daß ich immer wieder gründlich meine eigene Motivation prüfe, mit der ich in diese Situation hineingehe. Ist es meine Intention, mit meinem Gegenüber tatsächlich in Kontakt kommen zu wollen und gemeinsam nach einer Lösung zu suchen, oder verfolge ich unterschwellig die Absicht, die Distanz zwischen mir und dem anderen noch zu vergrößern und mir im Gespräch zu beweisen, daß das Problem mit dem Partner sowieso nicht zu lösen ist, d. h., setze ich vor die Klammer des Gesprächs ein Plus oder von vorneherein ein Minus?

Wer von sich selbst und dem anderen weiß, wie betriebsblind wir in Streßsituationen in alten Automatismen steckenbleiben können, wird durch eine positive Distanz zu sich selbst und auch zum anderen, d. h. konkret, indem ich nicht alle Reaktionen sofort persönlich nehme, auch in schwierigen Situationen günstige Voraussetzungen für ein Miteinander im Gespräch schaffen und dabei so manche positiven Überraschungen erleben können.

Offen und authentisch miteinander reden

Kreative Kommunikation findet nur dann wirklich statt, wenn wir einander so authentisch und so wenig verschlüsselt wie möglich begegnen.

Virginia Satir hat auf dem Hintergrund ihrer therapeutischen Erfahrung mit Familien folgende fünf Freiheiten formuliert, die uns hier weiterhelfen und ein positives persönliches Wachstum für jeden einzelnen und ein produktives und kreatives Miteinander-Gestalten ermöglichen:

Die Fünf Freiheiten

1. Die Freiheit, zu sehen und zu hören, was ist, statt zu sehen und zu hören, was sein sollte oder einmal sein wird.

2. Die Freiheit, zu sagen, was du fühlst und denkst, statt zu sagen, was du darüber sagen solltest.

3. Die Freiheit, zu fühlen, was du fühlst, statt zu fühlen, was du fühlen solltest.

4. Die Freiheit, um das zu bitten, was du möchtest, statt immer auf die Erlaubnis dazu zu warten.

5. Die Freiheit, um der eigenen Interessen willen Risiken einzugehen, statt sich dafür zu entscheiden, „auf Nummer Sicher zu gehen" und „das Boot nicht zum Kentern zu bringen".

Wenn wir miteinander reden, sprechen wir auf vielen verschiedenen Ebenen zueinander

Wenn wir miteinander reden, sprechen wir gleichzeitig auf verschiedenen Ebenen zueinander. Unser Mund formuliert Worte. Unsere Augen blitzen dabei den Partner an. Unsere Worte sind wie eine Melodie. Sie haben einen bestimmten Klang, einen ganz spezifischen Rhythmus und ein jeweils unterschiedliches Tempo. Auch unser Atem sendet Botschaften und, wenn wir aufmerksam in uns hineinlauschen, spüren wir, wie letztlich jede Zelle unseres Körpers sich am Gespräch beteiligt. Wir sprechen also mit all unseren Sinnen, mit unserer gesamten Person. Selbst wenn wir schweigen, also keine Worte verwenden, sprechen wir häufig auf anderen Ebenen noch weiter. Zum Beispiel sagt Stefan Samstagmorgen am Frühstückstisch: „Ich muß heute noch unbedingt das Auto in die Waschanlage fahren" und trommelt dabei mit den Fingern auf den Tisch. Als er seinen Satz beendet hat, trommeln seine Finger noch weiter auf den Tisch, als wollten sie den Satz noch ein paar Mal wiederholen.

Wir sprechen nicht nur mit unserem Mund

Ganz grundsätzlich hat es sich in der Praxis als zweckmäßig erwiesen, zwischen den Ebenen verbaler und nicht verbaler, d.h. nonverbaler Kommunikation zu unterscheiden. Wenn wir die verbale und die nonverbale Ebene im Gespräch miteinander vergleichen, entdecken wir häufig, daß diese nicht deckungsgleich, d.h. kongruent miteinander sind, sondern sich im Extremfall sogar vollkommen widersprechen können.

Beispiel 1: Elisabeth sagt zu ihrem Mann: „Ich freue mich ja so auf unseren gemeinsamen Urlaub", aber ihre Stimme hat dabei einen eher tonlosen dunklen Klang, und ihre Augen wirken matt.

Beispiel 2: Florian geht mit Martina im Park spazieren und sagt zu ihr: „Du brauchst doch gar nicht eifersüchtig zu sein, ich liebe doch nur dich." Gleichzeitig wendet er sich jedoch körperlich ziemlich abrupt von Martina ab und schaut eine andere junge Frau lächelnd an.

In Beispiel 1 erkennen wir, daß sich die in den Worten ausgedrückte Freude auf den nonverbalen Ebenen nicht in gleicher Weise widerspiegelt. Wir sehen deutlich eine Diskrepanz, die Fragen aufwirft, denen wir im gemeinsamen Gespräch nachgehen sollten.

In Beispiel 2 widersprechen sich die verbale und die nonverbale Ebene so extrem, daß Verwirrung entsteht. Martina erhält von Florian eine sogenannte Doppelbotschaft und weiß nicht, auf welche der beiden Botschaften sie sich beziehen kann. Sie verliert damit sozusagen den Boden im Gespräch. In diesem Fall kann Martina ihre Beobachtung Florian mitteilen. Florian kann dann erkennen, daß er keine eindeutige Position in der Beziehung eingenommen hat und sich damit auseinandersetzen.

Grundsätzlich führt unser Miteinander-Reden nur dann zu positiven und die Beziehung bereichernden Ergebnissen, wenn es beiden Partnern gelingt, sozusagen einsgerichtet zu kommunizieren, d.h. eine Übereinstimmung zwischen der verbalen und der nonverbalen Ebene im Gespräch herzustellen.

Während wir miteinander sprechen, sagen wir uns, wie es uns miteinander geht

Neben der verbalen und der nonverbalen Ebene im Gespräch unterscheiden wir noch zwischen Inhalts- und Beziehungsebene. Darunter versteht man folgendes: Während wir über einen Inhalt miteinander sprechen, drücken wir gleichzeitig dabei aus, wie wir gerade zueinander stehen.

Zum Beispiel: Thomas kommt nach Hause, und seine Frau Ulrike sagt zu ihm: „Du kommst heute aber spät, das Essen ist inzwischen kalt geworden." Er antwortet: „Ich kann doch den Stift nicht einfach fallen lassen, das solltest du doch inzwischen wissen."

Auf der Inhaltsebene wird ein klarer Sachverhalt ausgetauscht: Ulrike stellt fest, daß Thomas zu spät gekommen und das Essen inzwischen kalt geworden ist. Thomas macht Ulrike darauf aufmerksam, daß sie weiß, daß er bei seiner Arbeit nicht immer pünktlich sein kann. Auf der Beziehungsebene vermitteln sich die beiden parallel dazu folgendes:

Ulrike: Wenn du mich wirklich liebhaben würdest, würdest du rechtzeitig nach Hause kommen und mein Essen wertschätzen.

Thomas: Wenn du mich wirklich magst, hättest du mehr Verständnis für meine Situation.

Während wir also über Inhalte sprechen, tauschen wir auf der Beziehungsebene ständig Du- und Wir-Botschaften aus, d.h., ich sende laufend Botschaften, wie ich glaube, daß *du* zu mir stehst (Du-Botschaften) und Botschaften, wie ich glaube, daß *wir* zueinander stehen (Wir-Botschaften).

Je positiver unsere Beziehungsbotschaften sind, um so entspannter und aufmerksamer können wir uns in der Regel mit den Inhalten des Gesprächs beschäftigen. Ulrike und Thomas könnten z.B. in der oben beschriebenen Situation auch folgendermaßen miteinander reden:

Ulrike: „Schade, daß du heute erst so spät kommen konntest. Ich habe uns etwas besonders Schönes gekocht. Leider ist das Essen nun kalt geworden."

Thomas: „Das tut mir aber leid, Liebling. Ich konnte tatsächlich nicht pünktlich sein, aber ich freue mich, daß du uns etwas Besonderes gekocht hast. Komm, ich helfe dir, dann können wir gleich miteinander essen."

Wir hören mit vier Ohren

Der Kommunikationspsychologe Friedemann Schulz von Thun ist bei seinen Forschungen zu dem Ergebnis gekommen, daß wir mit vier Ohren eine Nachricht aufnehmen, nämlich mit dem „Sach-Ohr", dem „Beziehungs-Ohr" (Inhalts-und Beziehungsebene), mit dem „Selbstoffenbarungs-Ohr" und dem „Appell-Ohr".

Selbstoffenbarung bedeutet in diesem Zusammenhang, daß wir bei jedem Gespräch, sei es noch so sachlich, etwas über die Person des anderen erfahren, z. B. die Art, wie der andere Gedanken entwickelt oder bestimmte Dinge wichtig findet. So erfahren wir u. a. von Ulrike, daß ihr das gemeinsame Essen mit Thomas offensichtlich viel bedeutet und von Thomas, daß er in seinem Beruf verantwortungsbewußt handeln will.

Eine Botschaft, die ich sende bzw. empfange, kann nicht nur Selbstoffenbarungs-, sondern auch Appellaspekte beinhalten, d. h., ich will dich oder du willst mich zu etwas veranlassen. Ulrike will Thomas dazu veranlassen, pünktlich nach Hause zu kommen und das gemeinsame Essen genauso wichtig zu nehmen wie seine beruflichen Verpflichtungen. Thomas appelliert an Ulrike, Verständnis für seine berufliche Situation zu haben und entsprechend flexibel zu sein.

Aufgrund der vielen Appelle, die wir in unserer Kindheit von unseren Eltern und Lehrern empfangen haben, hat sich unser „Appell-Ohr" meistens besonders stark entwickelt. Auf den drei anderen Ohren hören wir in der Regel wesentlich schlechter. Vor allem das „Selbstoffenbarungs"- und das „Beziehungs-Ohr" sind bei den meisten von uns verkümmert. Diese beiden Ohren brauchen wir jedoch in besonderer Weise, um unsere Partnerschaft lebendig zu halten.

Aktives Zuhören in der Partnerschaft

Die Methode des aktiven Zuhörens bietet uns eine hervorragende Möglichkeit, unser verkümmertes „Selbstoffenbarungs-Ohr" zu schulen bzw. zu verfeinern. Beim aktiven Zuhören bemühen wir uns, uns in die Gefühls- und Gedankenwelt des anderen hineinzubegeben und hineinzufühlen, ohne interpretierend, analysierend, bewertend oder beratend in die Welt des anderen eingreifen zu wollen. Wir wollen uns noch einmal unser Beispiel vornehmen und anhand der beiden Mitteilungen zeigen, was geschieht, wenn Thomas Ulrike und Ulrike Thomas aktiv zuhört.

Ulrike: „Du kommst heute aber spät. Das Essen ist inzwischen kalt geworden."

Thomas: „Ich höre von dir, daß es dir ziemlich viel ausmacht, daß ich so spät nach Hause komme."

U.: „Allerdings! Ich habe mich ganz schön über dich geärgert! Gerade heute habe ich mir solche Mühe gemacht und etwas besonders Schönes für uns gekocht. Ich habe mich so auf einen gemütlichen Abend mit dir gefreut!"

Th.: „Du hast dich also sehr geärgert, weil du dir gerade heute ein besonders schönes Essen für uns zwei ausgedacht hattest und mit mir einen gemütlichen Abend verbringen wolltest."

U: „Ja, aber wenn ich so recht überlege, fühle ich mich weniger verärgert als traurig und enttäuscht, weil wir gerade viel zu wenig Zeit füreinander haben."

Th.: „Du leidest also darunter, daß wir in deinen Augen gerade zu wenig Zeit füreinander haben. Ich höre von dir einen starken Wunsch, dies zu verändern. Du möchtest, daß ich mit darauf achte, daß wir in Zukunft genügend Zeit füreinander haben."

U.: „Ja, darüber wäre ich sehr glücklich."

Durch sein aktives Zuhören bekommt Thomas von Ulrike wesentlich mehr Informationen und damit ein differenzierteres Bild von der Gesamtsituation. Ulrike wird sich gleichzeitig mehr darüber bewußt, was sich in ihrem Inneren wirklich abspielt und kann ihre Gefühle differenzierter wahrnehmen und mitteilen. Dadurch, daß sie von sich nicht abgelenkt wird, erkennt sie ihr eigentliches Problem. Durch das aktive Eingehen und Bemühen von Thomas, Ulrike zu verstehen, statt sich zu rechtfertigen bzw. ihr Verhalten zu bewerten, entspannt sich die Gefühlswetterlage zusehends. Der Abend ist nicht wie sonst gelaufen, sondern kann noch eine positive Wende nehmen.

Wir wollen uns nun umgekehrt anschauen, was Ulrike für Erfahrungen macht, wenn sie Thomas aktiv zuhört:

Thomas: „Ich kann doch den Stift nicht einfach fallen lassen, das solltest du doch inzwischen wissen."

Ulrike: „Du findest, daß ich inzwischen wissen sollte, daß du nicht immer pünktlich von der Arbeit kommen kannst."

Th.: „Ja. Du weißt doch, daß ich zur Zeit so viel Ärger im Betrieb habe. Überall nur Auseinandersetzungen und Terminstreß. Und wenn ich dann endlich zu Hause bin, empfängst du mich auch noch mit Vorwürfen."

U.: „Ich höre, daß du dich von mir kritisiert fühlst und zur Zeit keine Kritik vertragen kannst, weil du so viel Ärger und Streß in der Arbeit hast."

Th.: „Mir geht gerade ziemlich alles auf die Nerven. Ich würde das Ganze am liebsten hinschmeißen. Ich habe gründlich die Nase voll von all dem Ärger, und noch ist gar kein Ende abzusehen."

U.: „Dir wächst gerade alles über den Kopf, und du würdest am liebsten einfach gehen."

Th.: „Ich weiß selbst, daß das jetzt nicht geht. Aber manchmal bin ich richtig verzweifelt. Es tut mir ja auch leid, daß du einiges von meinem Ärger abkriegst."

U.: „Obwohl du manchmal verzweifelt und am Ende deiner Kräfte bist, versuchst du dich noch zusammenzureißen und bedauerst, daß du mir nicht liebevoller begegnen kannst."

Th.: „Komm, Schatz. Ich glaube, ich brauche deine Hilfe. Laß uns ein bißchen spazieren gehen und über meine berufliche Situation reden. Ich habe jetzt noch gar keinen Appetit. Vielleicht können wir später noch zusammen essen. Wie lieb von dir, daß du extra so etwas Feines gekocht hast."

Durch ihr aktives Zuhören erfährt Ulrike, wie sehr Thomas unter seiner Arbeit leidet und seine Stimmungen inzwischen auf die Beziehung sozusagen überschwappen. Bevor es vielleicht zu einer wirklichen Krise sowohl im Beruf als auch in der Beziehung kommt, kann so der Ernst der Lage rechtzeitig erkannt und dem Problem die Spitze genommen werden. Thomas wird sich mehr und mehr bewußt, daß er dringend Hilfe braucht und tatsächlich das Ganze nicht einfach so weiterlaufen lassen kann. Ulrike hingegen, die vielleicht aus einem unbewußten inneren Gespür heraus Thomas etwas Gutes tun wollte, erkennt beim aktiven Zuhören, daß das Essen im Moment nicht das geeignete Mittel ist, um Thomas zu helfen. Dadurch, daß sie erfährt, wie verzweifelt Thomas im Augenblick ist, fällt es ihr leichter, dem gemeinsamen Essen nicht eine so große Bedeutung zu geben, sondern sich auf den Lösungsvorschlag von Thomas einzulassen.

Aktives Zuhören hat also auch eine wichtige prophylaktische Wirkung. Wir können dadurch meist viel früher erkennen, wo sich in der Beziehung etwas zusammenbraut und rechtzeitig nach Lösungen suchen, bevor das Kind in den Brunnen gefallen ist. Ohne daß Ulrike ihm Ratschläge geben muß, kommt Thomas im Laufe des Gespräches selbst darauf, wie er am sinnvollsten an sein Problem herangehen könnte. Ulrike lernt in dieser Situation, daß sie nicht wissen kann und auch nicht wissen muß, was gerade das Beste für Thomas ist. Thomas wiederum erkennt die positive Intention in Ulrikes Bemühen, ein schönes Essen herzurichten und kann ihr dafür seine Wertschätzung ausdrücken. Auf der Beziehungsebene kommt es dadurch zu einer positiven Bewegung. Erstarrung und Festgefahrenheit lockern sich auf beiden Seiten immer mehr auf. Je lockerer, offener und beweglicher wir jedoch werden, desto kreativer kann unser Gehirn arbeiten und desto leichter stellen sich oft ganz spontan Lösungsmöglichkeiten ein.

Um aktives Zuhören auch in Streßsituationen erfolgreich anwenden zu können, muß ein Paar wie Ulrike und Thomas bereits darin geübt sein. Je höher der Streßfaktor in einem Gespräch ist, um so schwieriger gestaltet sich natürlich das aktive Zuhören und kann oft ohne zusätzliche Hilfsmittel nicht gelingen. Diese zusätzlichen Hilfsmittel werden wir im Kapitel Konfliktlösung näher erläutern.

Wie sich unsere Beziehung im gemeinsamen Gespräch vertiefen und reifen kann

Eine Beziehung kann sich im gemeinsamen Gespräch vertiefen, wenn wir bereit sind, eine neue Gesprächskultur zu entwickeln. Die Ausgangsposition dieser Gesprächskultur läßt sich folgendermaßen formulieren:

Ich gehe davon aus, daß ich nicht weiß, wie mein Partner bzw. meine Partnerin denkt, empfindet, fühlt usw. Um zu erfahren, was in meinem Partner bzw. in meiner Partnerin wirklich vor sich geht, brauche ich seine/ihre Mitteilung.

Mein Partner bzw. meine Partnerin kann umgekehrt auch nicht wissen, was ich empfinde, fühle, denke usw. Um mich verstehen zu können, braucht er/sie meine Mitteilung. Wenn wir mit dieser, wie Michael-Lukas Moeller es formuliert, sokratischen Einstellung, d.h., ich weiß, daß ich nichts weiß, an ein gemeinsames Gespräch herangehen, entsteht ein offener Raum, der nicht schon durch Interpretationen, Analysen und Vorannahmen zugestellt ist. Wir laden den anderen ein, sich zu zeigen und geben uns Mühe, auch umgekehrt ein möglichst wahrheitsgetreues Bild von uns selbst zu zeichnen. Wir steuern dabei weder bei uns selbst noch beim anderen ein bestimmtes Ziel an, sondern lassen die Selbstdarstellungen ihren eigenen Prozeß miteinander machen, ihre eigene Alchemie entwickeln. Wir greifen also weder bei uns noch beim anderen steuernd ein, sondern folgen der Dynamik unseres Kommunikationsflusses und erleben miteinander, wie dieser ganz von selbst tiefer und breiter wird. Wir machen die Erfahrung, daß wir ihn nicht zu regulieren brauchen. Auf eine uns nicht immer nachvollziehbare Art und Weise reguliert er sich immer von selbst. Das einzige, was wir tatsächlich in die Hand nehmen müssen ist, in unserer Partnerschaft Zeiten festzulegen, wo wir auf diese nicht funktionale Weise miteinander reden können.

Das Zwiegespräch

Eine konkrete und von uns in Paarseminaren immer wieder angewandte Hilfe dazu stellt das von Michael-Lukas Moeller entwickelte Zwiegespräch dar:

Das Zwiegespräch hat eine Länge von 90 Minuten und findet regelmäßig einmal pro Woche zu einem von beiden Partnern gemeinsam festgelegten, festen Termin statt. Das Zwiegespräch kann nur dann sinnvoll durchgeführt werden, wenn das Paar dabei nicht durch äußere Einflüsse gestört wird wie z.B. Telefongespräche, Überraschungsbesuche, hereinplatzende Kinder usw., sondern sich ausschließlich auf sich selbst konzentrieren kann.

Beim Zwiegespräch bleibt jeder bei sich selbst, es werden möglichst genaue Selbstportraits ausgetauscht. Jeder Partner versucht, dem anderen nicht in Schlagworten, sondern in möglichst bildlich beschreibender Sprache darzustellen, was ihn im Moment am stärksten bewegt. Diese Darstellung befaßt sich mit folgenden Fragestellungen:
- Wie erlebe ich mich im Moment?
- Wie erlebe ich dich im Moment?
- Wie erlebe ich im Augenblick unsere Beziehung?
- Wie erlebe ich die Situation, in der sich unsere Beziehung gerade befindet, z.B. nach der Ankunft des ersten Kindes?

Diesen inneren Fragen folgen wir nach der Methode des freien Einfalls. Äußern und Zuhören sollen möglichst gleich verteilt sein. Jeder kann schweigen und schweigen lassen, so wie es sich gerade ergibt. Ausgeschlossen sind jede Form von bohrenden Fragen, drängen und sanfte sowie heftige Versuche, den anderen zu übergehen. In den Zwiegesprächen herrscht kein Offenbarungszwang. Jeder entscheidet für sich, was er sagen mag, auch wenn größtmöglichste Offenheit erfahrungsgemäß die besten Ergebnisse erzielt.

Um zu zeigen, was man in Zwiegesprächen alles lernen kann, möchten wir einige Rückmeldungen von Teilnehmern aus unseren Partnerschaftsseminaren wiedergeben:

Rudi: „Zuerst dachte ich, die Zeit ist viel zu lang. Aber in Wirklichkeit war sie dann zu kurz. Der Austausch war hilfreich. Zu fühlen, wie das ist, wenn man mehr geschlossen ist. Wie die Wirkung auf den anderen ist. Jeder redet nicht mehr so viel für sich selber. Man muß da am Ball bleiben. Das Gespräch war freiwillig. Die lockere Art ist leichter für mich. Sich nicht so unter Zwang setzen, ist besser."

Ruth: „Wichtig war mir, gegenüber zu sitzen und nicht spazieren zu gehen. Wichtig war zu sehen, ob man noch auf der gleichen Wellenlänge ist."

Heribert: „Die Zeit war schnell um. Wenn man miteinander reden möchte, muß man sich Zeit nehmen, ruhig und sachlich bleiben."

Maria: „Es tut gut, sich Zeit zu nehmen. Ich habe mich nach der Übung ganz leicht gefühlt. Ich habe mich in meinem Leben noch nie so leicht gefühlt. Einige Felsbrocken sind weg. Allein kann man das nicht lösen, bei solchen Dingen braucht man Hilfe."

Heribert: „Die Trennung damals war hart, aber sie war wichtig. Jetzt brauchen wir Zeit füreinander. Wir können stolz sein, was wir geschaffen haben."

Maria: „Lob baut mich auf."

Stefan: „Erst dachte ich, jetzt müssen wir schon wieder reden, aber dann war es plötzlich fünf Uhr. Ich stecke meine Energie voll in etwas hinein, und meine Familie hat Schwierigkeiten, das Tempo mitzuhalten. Wenn wir gleicher Meinung sind, dann schaffen wir alles zusammen. Ich habe festgestellt, daß ich ein großes Mitteilungsbedürfnis habe."

Rosi: „Stefan hat erst mit negativen Dingen angefangen, hat es aber dann selbst gemerkt und verändert. In dem Gespräch haben sich keine großen Differenzen gezeigt."

Peter: „Das Gespräch war interessant und ruhig."

Susi: „Ich übernehme jetzt die Finanzen."

Untersuchungen haben festgestellt, daß wir durch das Zwiegespräch ungefähr hundert verschiedene Fähigkeiten lernen bzw. ausfeilen können.

Rudi lernt z. B., sich selbst besser wahrzunehmen und die Wirkung seines Verhaltens auf den Partner wahrzunehmen. Er entdeckt, daß sich im Zwiegespräch das Miteinander ganz von selbst einstellt.

Ruth macht die Erfahrung, daß nicht in jeder Situation ein konzentriertes Gespräch möglich ist. Um den inneren roten Faden im Gespräch halten zu können, bedarf es eines von außen ungestörten Kontaktfeldes.

Heribert hilft das Zwiegespräch, klare Gedanken zu fassen. Er kommt ganz von selbst zu für seine Partnerschaft wichtigen Erkenntnissen und kann prägnant formulieren, was der nächste Schritt für eine positive Entwicklung seiner Beziehung sein wird.

Maria kommt sich selbst näher und lernt auszudrücken, was sie braucht. Sie erfährt, daß Kontakt wichtig und entspannend sein kann. Durch das Zwiegespräch lösen sich in ihr alte Kindheitsmuster auf.

Stefan sieht deutlich, daß es innerhalb der Familie verschiedene Bedürfnisse gibt, die man nicht immer leicht in Einklang bringen kann. Er erkennt, daß die Beziehung handlungsfähiger wird, wenn man sich die Mühe macht, Konflikte auszuhandeln. Statt im Alleingang den eigenen Kopf durchzusetzen, entwickelt sich mehr Verhandlungs- und Kompromißbereitschaft. Auch bei ihm löst sich ein altes Kindheitsmuster auf, und er entdeckt, wie gern er sich mitteilt.

Rosi merkt, daß sie sich die anstrengende Überzeugungsarbeit sparen kann und es gar nicht notwendig ist, auf Stefans Lebenssicht Einfluß zu nehmen, sondern sich die Dinge im Zwiegespräch ganz von selbst regulieren. Sie macht die Erfahrung, daß Harmonie nicht krampfhaft hergestellt werden muß, sondern sich im Miteinander-Reden ganz von selbst entwickelt.

Peter und Susi erfahren, daß sie durch das ruhige Zwiegespräch plötzlich handlungs- und entscheidungsfähiger werden. Statt stundenlang ergebnislos zu diskutieren, gelingt es ihnen auf diese Weise, ein Problem zu lösen, das die Beziehung über Jahre belastet hat.

Lebendige Kommunikation gehört zu den Grundbedürfnissen des Menschen. Da wir heute einen großen Freiraum haben, unsere Beziehungen individuell zu gestalten, sind wir darauf angewiesen, ständig im Gespräch miteinander zu bleiben. Nur im gemeinsamen Dialog kann sich eine gleichwertige Partnerschaft entwickeln. Die

Fähigkeit zum wirklichen Dialog zwischen Mann und Frau muß jedoch in einer Beziehung erst erarbeitet werden. Geschichtlich befinden wir uns an dieser Stelle in einem Pionierstadium.

Lebendiger, kontinuierlicher Austausch erweitert in vieler Hinsicht unseren Beziehungshorizont. Uns gegenseitig zuzuhören, regt unser Gehirn zu differenziertem Denken an und läßt uns in der Farbpalette der Gefühle unsere gegenwärtigen Gefühlstöne und -schattierungen genau erkennen. Das gemeinsame Gespräch hilft uns, wacher zu werden und unsere Augen und Ohren dafür zu schärfen, inwieweit unsere Einstellungen und Verhaltensweisen mit dem, was wir wirklich wollen, übereinstimmen oder ob sie überholt sind und auf erlernten Automatismen und rigiden Regeln basieren. Wir erweitern also unsere Wahrnehmung sowohl von uns selbst wie auch von unserem Partner. Wir bleiben auf dem Laufenden und können unseren inneren Prozeß besser nachvollziehen. Dadurch bekommen wir eine Orientierung darüber, wie wir gerade denken, fühlen und zueinander stehen. Die Erlebniswelten werden transparenter, und eine Realitätsüberprüfung ist möglich. Je mehr wir voneinander wissen, um so leichter können wir uns auch in Streßsituationen aufeinander einstellen und unsere Gefühlsverstrickungen auflösen. Wir sind dadurch in der Lage, tragfähige Lösungen miteinander zu entwickeln. Unlösbar erscheinende Belastungssituationen lassen sich miteinander leichter tragen, ohne daß die Beziehung dadurch mehr als nötig leidet, ja sogar im Gegenteil durch die gemeinsame Bewältigung noch gestärkt wird.

Das gemeinsame Gespräch ist zudem wesentlich für unsere Beziehungshygiene. Es stärkt unser Selbstwertgefühl und hat eine wichtige prophylaktische Wirkung.

Im Zwiegespräch können wir entdecken, was Beziehung im eigentlichen Sinn bedeutet. Mit seiner Hilfe lassen sich noch ungeahnte Kommunikationspotentiale entwickeln, die uns in Räume führen, wo wir einander gleichberechtigt und frei begegnen.

Der Ausgleich von Geben und Nehmen

Der Ausgleich und die harmonische Verbindung von Geben und Nehmen sind wesentliche Grundbedingungen für einen lebendigen Organismus. Im Prozeß des Ein- und Ausatmens können wir miterleben und uns bewußt machen, wie diese beiden Seiten des Lebens im natürlichen Kreislauf zusammenwirken. Die meisten Menschen haben gelernt, sie als Gegensätze und voneinander getrennt zu betrachten. Wenn wir uns jedoch von dieser Sichtweise lösen, entdecken wir, wie Geben und Nehmen in Wirklichkeit zusammengehören und ohne einander nicht zu verstehen sind. Betrachten wir diese Bewegungsmuster näher, so erschließen sich uns ganz neue Zusammenhänge, und wir können tiefere Einblicke in die Geheimnisse des Lebens gewinnen. Zu unserer Verwunderung begegnen uns hier Ebenen des Seins, die sich dem schnellen Zugriff unseres logisch und rational trainierten Verstandes entziehen und uns einige Rätsel aufgeben. Märchen und Gleichnisse versuchen uns seit altersher dabei zu helfen, uns in diese für uns zunächst oft unverständliche und widersprüchliche Seite des Lebens einzufühlen und deren verborgenen Sinn zu erahnen. Wagen wir, auf diesem Weg weiterzugehen, können wir die Erfahrung machen und herausfinden, wie wir durch Geben nehmen und durch Nehmen geben können. Scheinbare Widersprüche lösen sich auf, und wir lernen eine ganz andere, nämlich die dem Leben selbst innewohnende Logik kennen. Sie lehrt uns, mit dem Herzen zu denken und mit unseren Gedanken zu fühlen.

Allerdings ranken sich um die Frage des harmonischen Ausgleichs von Geben und Nehmen viele Mißverständnisse. Immer mehr Paare greifen nach rechtlichen Absicherungen und sind der Überzeugung, eine gerechte Lösung dauerhaft fixieren zu können. So wichtig jedoch Regelungen im Einzelfall sein mögen: Es handelt sich hier gerade nicht um eine vertraglich regelbare Angelegenheit, sondern um einen natürlichen, dem Leben selbst innewohnenden

Prozeß. Anders ausgedrückt: Das Leben sorgt auf seine Weise immer für ein Gleichgewicht. Wie wir an unserem Körper sehen können, wird dieses entweder im positiven oder notfalls im negativen Sinn hergestellt. Ein chinesisches Sprichwort sagt: Wer sich nicht um seine Gesundheit kümmert, muß sich um seine Krankheit kümmern. Genauso verhält es sich in einer Beziehung. Geben und Nehmen gleichen sich aus, sei es in einer für die Beziehung aufbauenden oder leidvollen Weise.

Unsere Partnerschaft kann sich auf eine gesunde Weise stabilisieren und an Intensität gewinnen, wenn wir auf dieses Gleichgewicht achten und nicht durch starre Regelungen, sondern durch gemeinsames Hinspüren und lebendige, liebevolle Gespräche immer wieder zu einer glücklichen Verbindung von Geben und Nehmen finden.

Geben und Nehmen haben ihre eigenen Gesetze

In Deutschland wie in Amerika wächst die Zahl der Paare, die versuchen, so viel wie möglich über Verträge zu regeln. Inzwischen existieren bereits die verschiedensten Arten von Eheverträgen. Einige enthalten neben Abmachungen über Finanzen sogar Bestimmungen über den Lebensstil. Ziel dieser Verträge ist es, die je eigene Sache durch rechtliche Regelungen zu sichern. Dabei wird versucht, die in der Partnerschaftsgestaltung gewonnene Freiheit wieder in feste Formen zu gießen. In diesem Tauschverfahren, mit anderen Worten in diesem „ich gebe, damit du gibst", geht es dann in erster Linie nicht mehr um das Gemeinsame, sondern um die persönliche Glückserwartung jedes einzelnen.

Grundsätzlich halten wir feste Absprachen und Regelungen in einer Partnerschaft für wichtig und manchmal sogar für unbedingt notwendig. Dennoch können wir auf diesem Weg nicht alles lösen und auch Verträge können keine wirkliche Garantie für eine glückliche Beziehung bieten. Außerdem besteht ein wesentlicher Unterschied darin, ob das Bedürfnis nach Regelungen aus einem Beziehungsprozeß herauswächst oder ob durch feste Absprachen von vorneherein alles abgesichert werden soll.

Vieles läßt sich durch vertragliche Regelungen nur unzureichend oder überhaupt nicht erfassen. In manchen Fällen können wir vielleicht bis ins Detail hinein Quantitäten sichern. Wie wollen wir aber Qualitäten nachprüfen? Ein Paar kann die Anzahl und Art der Küsse pro Tag festlegen, aber nicht deren liebevollen Gehalt messen. Wir können miteinander Gesprächszeiten vereinbaren, die Art der inneren Beteiligung und Aufmerksamkeit aber nicht genau verrechnen bzw. quantifizieren. Nur wenig von dem, was für eine lebendige Partnerschaft wirklich wesentlich ist, kann über wechselseitige Verträge sinnvoll geregelt werden.

Lebendigkeit und Kreativität nehmen ab, je mehr sie durch immer ausgeklügeltere Regelsysteme in feste Bahnen gelenkt wird. Wenn der Fluß einer Beziehung zu stark reguliert wird, enthält er für die Beteiligten vielleicht weniger Risiken, aber verliert an natürlicher Schönheit. Wenn wir in unseren selbst gewählten Mauern dahinfließen, kommen wir mit dem Reichtum der Liebe nicht mehr in Berührung. Unser Beziehungsleben wird arm an Eindrücken. Wir haben einander wenig, manchmal sogar nichts mehr zu sagen. Sobald wir uns jedoch in offener und interessierter Zwiesprache miteinander durch die Seelenlandschaft schlängeln, werden wir reich an Erfahrungen und neuen Blickwinkeln. Das Leben zeigt sich uns in seiner ganzen Vielfalt. Unser Austausch bleibt auf diese Weise spannend und lebendig.

Vertragliche Regelungen helfen unter Umständen, vorhandene Bindungsängste zu reduzieren. Vielleicht fällt es dann leichter, sich auf eine Beziehung einzulassen. Zugleich kann aber dadurch eine wirkliche Begegnung in der Beziehung vermieden werden. Da wir ja in erster Linie unsere persönliche Glückserwartung sichern wollen, sind Verträge ziemlich stark ichbezogen. Sie wirken somit im eigentlichen Sinn beziehungsauflösend, da sie das Wagnis des wirklichen Einlassens auf ein Du erschweren bzw. sogar verhindern. Wir laufen dann Gefahr, in unseren Beziehungen leer auszugehen. Eine Partnerschaft lebt jedoch vom ständigen liebevollen Austausch. Wenn jeder in der Angst lebt, er könne zu viel geben bzw. zu kurz kommen, besteht die Gefahr, daß der Austausch zum Erliegen kommt. Irgendwann ist die Beziehung dann am Nullpunkt angelangt und rutscht sogar ins Minus. Lassen wir uns jedoch wirklich aufeinander ein und entscheiden uns, großzügig zu geben und zu nehmen, so ist dies eine Garantie für eine lebendige und dauerhafte Partnerschaft. Wenn beide Partner wirklich bereit sind, sich füreinander zu öffnen und ihr Bestes zu geben, entsteht mehr und etwas anderes als die Summe zweier Einzelpersonen. Je großzügiger wir miteinander umgehen, um so mehr erblüht unsere Beziehung und um so mehr wollen wir miteinander zu tun haben. Je sparsamer und mißtrauischer wir uns begegnen, um so weniger Vielfalt und Schönheit entsteht und um so weniger Berührungspunkte haben wir miteinander.

Gelingt es beiden Partnern, sich aufeinander einzulassen und dem Bewegungsfluß ihrer Beziehung anzuvertrauen, gelten in bezug auf Geben und Nehmen ganz andere und für jede Beziehung eigene Gesetze, die sich aus deren inneren und äußeren Dynamik ergeben. Der wesentliche Unterschied besteht nun darin, daß wir uns wirklich entschieden haben, unser Leben miteinander zu teilen, also auf allen Ebenen in eine gemeinsame Kasse hineinzuwirtschaften. Statt in der Angst zu verharren, zu kurz zu kommen und uns in Machtkämpfen aufzureiben, lenken wir unsere Aufmerksamkeit in die Richtung herauszufinden, wie wir Geben und Nehmen so gestalten können, daß wir immer glücklicher miteinander werden. Dabei entdecken wir, daß Fülle in der Beziehung immer auch Fülle für jeden einzelnen beinhaltet. Eines ist ohne das andere nicht realisierbar. So betrachtet, gibt es in einer Partnerschaft nur zwei Gewinner oder zwei Verlierer.

Wir haben im Laufe vieler Jahre beobachten können, daß jede Partnerschaft ihre individuellen spezifischen Bedingungen braucht, um erblühen zu können. Diese Bedingungen können nur im gemeinsamen Dialog gesucht und gefunden werden.

Wie sich unsere Kindheitserfahrungen auf das Geben und Nehmen in der Partnerschaft auswirken

Die Entwicklung unserer Fähigkeiten zu geben bzw. zu nehmen sowie die Kunst, beides in einer gesunden, harmonischen Verbindung zueinander zu halten, hängt in hohem Maß von unseren Vorerfahrungen, unserer ganz persönlichen Geschichte ab.

Neben den kleineren Zyklen von Geben und Nehmen finden wir im Lebensprozeß auch große Zyklen, in denen jeweils mehr der eine oder der andere Aspekt im Vordergrund steht. Ein Kind braucht sehr viel Unterstützung und intensive, liebevolle Begleitung, um in seine Lebensaufgaben hineinwachsen und hinsichtlich Körper, Geist und Seele so reifen zu können, daß es in derselben Weise auch für die Lebensbedingungen und die persönliche Entfaltung der nächsten Generation sorgen kann. Im Buch des Lebens steht also die Kindheit unter dem Zeichen des Nehmens, das Aufziehen der eigenen Kinder dagegen unter dem Zeichen des Gebens. Es gehört zu den Aufgaben der Eltern, ihren Kindern zu geben, was diese für ihre Entwicklung brauchen. Die natürliche Geberichtung geht also von den Eltern zu den Kindern und nicht umgekehrt. Die aus unserer Kindheitsgeschichte resultierenden Stärken und Defizite wirken sich später in der Regel unmittelbar auf unsere Partnerschaft aus.

Ganz allgemein betrachtet, können wir von unseren Eltern entweder insgesamt oder in bestimmten Bereichen zu wenig bzw. genügend Unterstützung bekommen haben. Diesen Vorerfahrungen entsprechend bringen wir in unsere Beziehung unerfüllte Sehnsüchte mit. Wir wünschen uns, endlich etwas zu bekommen. Oder wir haben diese unerfüllten Sehnsüchte nicht und können auf gute Ressourcen zurückgreifen. Im einen Fall wird ein Engagement in der Beziehung eher vermieden und die Erwartung an den Partner gerichtet, daß er/sie das Versäumte ausgleicht, im anderen Fall ergreift jeder unabhängig vom anderen die Initiative und hat das Bedürfnis, dem anderen zur Seite zu stehen. Wenn wir von unseren Eltern nicht oder nur unzureichend bekommen haben, was wir für unsere Entwicklung brauchen, tendieren wir dazu, eine, wie es der Familientherapeut Ivan Boszormenyi-Nagy nennt, negative Anspruchsberechtigung zu entwickeln. D. h., wir fühlen uns dazu berechtigt und tragen den Anspruch in uns, daß unsere Umgebung und speziell der Partner bzw. die Partnerin den in unserer Kindheit erlittenen Mangel ausgleichen müssen. Mit Hilfe eines Beispiels wollen wir veranschaulichen, was eine negative Anspruchsberechtigung ist und wie sie sich auf eine spätere Paarbeziehung auswirken kann:

Andreas, ein sonst aufgeschlossener und modern denkender Mann, wehrt sich strikt dagegen, daß seine Partnerin das Angebot eines beruflichen Aufstiegs wahrnimmt. Bei näheren Nachfragen stellt sich folgendes heraus: Die Mutter von Andreas war beruflich und auch ehrenamtlich sehr engagiert und hatte aufgrund dessen für die Familie kaum Zeit. Andreas war überwiegend sich selbst überlassen und mußte häufig auch noch die Verantwortung und

Versorgung der kleineren Geschwister übernehmen. Von ihm wurden hohe Leistungen gefordert. Obwohl sich Andreas sehr bemühte, überall zu helfen und den Erwartungen seiner Mutter zu entsprechen, bekam er wenig Anerkennung. Alles, was er in der Kindheit von seiner Mutter nicht bekommen hatte, sollte ihm nun seine Frau Gisela ersetzen. An sie stellte er den Anspruch, sie solle sich immer nach ihm richten und für ihn da sein. Er konnte unausstehlich werden, wenn Gisela einmal ihre eigenen Wege gehen wollte. Am liebsten wäre ihm gewesen, Gisela würde überhaupt nicht arbeiten und keine eigenen Interessen verfolgen. Ein beruflicher Aufstieg aber würde bedeuten, daß er sich zumindestens in der ersten Zeit für sie einsetzen und sie erheblich entlasten müßte. Erst nachdem ihm die Zusammenhänge mit seinen Kindheitserfahrungen und damit seine negative Anspruchsberechtigung bewußt geworden war, erklärte er sich dazu bereit, seine unnachgiebige Haltung aufzugeben und mit Gisela zusammen einen für beide akzeptablen Weg zu erarbeiten.

Negative Anspruchsberechtigungen verhindern, daß wir in unseren Beziehungen angemessen und mit Freude geben können bzw. führen wie bei Andreas zu einer für den Partner unverständlichen Verweigerungshaltung. Statt Wünsche zu äußern und miteinander nach Lösungen zu suchen, werden stillschweigend inadäquate Erwartungen und rigide Forderungen in den Raum gestellt. Das Engagement des Partners wird als selbstverständlich vorausgesetzt und oft sogar aggressiv eingefordert. In unserem Beispiel wird der Ausgleich von Geben und Nehmen dadurch gestört, daß Andreas von Gisela etwas bekommen möchte, was er eigentlich als Kind gebraucht hätte. Andreas fühlt sich in seiner Forderung im Recht und versucht, die Partnerin zu zwingen, ihm das zu geben, was ihm in seiner Kindheit versagt geblieben ist. Diese Haltung führt unweigerlich zu Beziehungsstörungen, da der Ausgleich von der Person erwartet wird, die das Gewünschte nicht geben kann. Auf beiden Seiten stellt sich Enttäuschung ein. In Extremfällen kann eine solche Haltung zu Gewalttätigkeiten in der Partnerschaft führen.

Ganz allgemein können wir davon ausgehen, daß viele von uns in irgendeiner Form negative Anspruchsberechtigungen aus ihrer Kindheit mitbringen. Es ist deshalb sinnvoll, in die eigene Kindheit zu schauen und sich bewußt zu machen, wo solche unerfüllt gebliebenen Sehnsüchte und kindlichen Wünsche noch in uns vorhanden sind. Dabei können wir lernen, offen darüber zu sprechen und unsere Defizite anzunehmen. Es fällt uns dann leichter zu erkennen, daß wir den Partner bzw. die Partnerin zu Unrecht für das verantwortlich machen, was wir in unserer Kindheit nicht bekommen haben. Unsere Enttäuschungen, Verletzungen, Ärger usw. richten sich nämlich an die falsche Adresse. Sie gehören in Wirklichkeit zu unseren Eltern. Im Prozeß der Auseinandersetzung mit unserer Kindheit gelingt es uns, klarer zu unterscheiden, was unsere Eltern in uns fördern konnten und was nicht. Erwachsen werden bedeutet, unsere Eltern so anzunehmen, wie sie waren und die Verantwortung dafür zu übernehmen, mit dem Versäumten umzugehen. Man kann z. B. mit dem Partner bzw. der Partnerin über solche Themen sprechen – und man wird erleben, daß man auf Verständnis und Mitgefühl stößt. Dann fällt es uns in der Regel leichter, alten Hader loszulassen. Es wirkt sich auf die Beziehung völlig anders aus und macht einen wesentlichen Unterschied, ob ich dem Partner bzw. der Partnerin alten Groll und Enttäuschungen erzähle oder ob ich alten Groll und Enttäuschungen unbewußt gegen ihn bzw. sie richte. Wir können uns gegenseitig nach Möglichkeit und freiwillig unterstützen, sind aber in keiner Weise dazu verpflichtet.

Negative Anspruchsberechtigungen aufzulösen kann sehr mühsam sein und braucht im Einzelfall die Unterstützung durch therapeutische Begleitung. Besonders schwierig ist es dabei, folgenden Teufelskreislauf zu stoppen: Je mehr ich erwarte und fordere, um so weniger liebevoll begegnet mir der andere und ist bereit, sich für meine Bedürfnisse einzusetzen. Während ich bestenfalls erzwinge, was mir in meinen Augen zusteht, verliere ich immer mehr an Liebe und herzlicher Zuwendung. Ich werde zunehmend zum Herrn, der Partner zum Sklaven meiner Bedürftigkeit. Diese negative Spirale kann dann gedreht werden, wenn wir begreifen, daß die fälschlicherweise an den Partner gerichteten Ansprüche für uns als Kind durchaus zu Recht bestanden haben, wir aber heute einen anderen Weg einschlagen müssen, um in eine positive Spirale zu gelangen. Der erste Schritt besteht darin, sich bewußt zu machen, daß das, was wir in unserer Kindheit nicht bekommen haben, unwiederbringlich vorbei ist und in der damaligen Form im Erwachsenenalter nicht wiederholt werden kann. Eine Weiterentwicklung ist also nur möglich, wenn wir bereit sind, von unseren kindlichen Ansprüchen Abschied zu nehmen. Statt in Ärger und Enttäuschung zu verharren, können wir das Versäumte betrauern. Sobald wir verstanden haben, daß es im Leben kein Zurück, sondern nur ein Vorwärts gibt, wächst die Motivation, unser Leben so in die Hand zu nehmen und zu gestalten, daß der vergangene Mangel ausgeglichen werden kann. Daraus folgt jedoch, daß wir zunächst nicht einfach nehmen können, sondern uns entscheiden müssen, das Feld, das unsere Eltern nicht bestellt haben, nun selbst anzusäen und zu pflegen. Wir müssen oft erhebliche emotionale Widerstände überwinden, bis wir bereit sind, unsere innere Verweigerungshaltung aufzugeben. Manchmal heißt das nämlich, nach einer kargen Kindheit nochmal eine große Durststrecke zu überwinden und intensiv an uns zu arbeiten. Wenn Menschen sich jedoch diesen Einsichten öffnen, Geduld und einen langen Atem beweisen, gelingt es ihnen, ihr Leben in sinnvolle Bahnen zu lenken und so zu strukturieren, daß sie darin Erfüllung finden können. Durch die erfolgreiche Bewältigung unserer Lebensaufgaben wachsen unser Selbstwertgefühl und unser Vertrauen ins Leben. Wir haben mehr Mitgefühl mit anderen Menschen und können auch unseren Partner in schwierigen Situationen mit gütigeren Augen betrachten. Auf diesen manchmal unwegsamen Pfaden entwickelt sich anstelle einer Anspruchshaltung ein tiefes Gefühl von Dankbarkeit für jede Hilfe und jedes gute Wort, das wir von anderen Menschen erhalten. Wir bekommen Zugang zu den feinen Ebenen inneren Reichtums. Je intensiver das Gefühl von Dankbarkeit eine Beziehung trägt, um so spürbarer wird der Strom der Liebe und um so leichter können wir uns füreinander einsetzen.

Störungen im Gleichgewicht von Geben und Nehmen können nicht nur dadurch entstehen, daß wir als Kinder zu wenig Unterstützung für unsere Entwicklung bekommen haben, sondern auch dadurch, daß wir aufgrund von Überbehütung daran gehindert wurden, altersgemäße Aufgaben zu übernehmen.

Markus zeigte als Kind z. B. sehr großes Interesse, selbständig zu kochen. Aber seine Mutter redete ihm ständig dazwischen und ließ ihn nicht allein in ihrer blitzblanken Küche arbeiten. Sie brachte so viele Bedenken vor und ließ ihm so wenig Eigenständigkeit, daß Markus schließlich die Lust am Kochen verlor.

Kinder haben den natürlichen Impuls, neu gewonnene Fähigkeiten für die Gemeinschaft einzusetzen. Sie wollen wie Markus selbständig kochen, einkaufen, etwas reparieren, anpflanzen usw. Überfürsorgliche Eltern schränken ihre Kinder häufig aus Angst vor den damit verbundenen Risiken in ihrer Eigenständigkeit ein und hindern sie daran, ihre Ideen auszuprobieren. Wenn unser Einfallsreichtum von den Eltern nicht begrüßt und gefördert wird, können wir nicht genügend Erfahrungen sammeln und kein vielseitiges Gebensrepertoire entwickeln. Die Partnerin von Markus wundert sich später über dessen Verhalten in der Küche. Sie kann nicht verstehen, daß er sich zunächst überhaupt nicht beim Kochen engagieren will. Als er sich nach langen Diskussionen endlich dazu bereit erklärt, lehnt er jede Zusammenarbeit ab und wird sofort aggressiv, sobald sie die Küche betritt oder irgendeinen Kommentar abgibt.

Wenn wir in unserer Kindheit kein Gefühl für den natürlichen Rhythmus von Geben und Nehmen entwickeln konnten und in unserer ursprünglichen Einsatzfreude gebremst wurden, wissen wir manchmal nicht, wann wir an der Reihe sind. Unter Umständen verhalten wir uns auch ungeschickt. Es will uns einfach nichts einfallen, weil wir ungeübt sind und diese Fähigkeiten zu wenig trainieren konnten.

Ein Kind verliert auch dann seine ursprünglich aktive Haltung im Kontakt, wenn es in seinem Engagement auf bestimmte Vorstellungen und von den Eltern vorgegebene Formen fixiert wird. Die meisten Kinder legen Wert darauf, selbst zu entscheiden oder zumindestens mitzubestimmen, wann und wie sie bestimmte Aufgaben erledigen wollen. Viele Jugendliche dürfen jedoch ihr Zimmer nicht aufräumen, wann und wie sie es wollen, sondern werden von den Eltern unter Druck gesetzt und müssen sich deren Vorstellungen fügen. Die meisten Menschen entwickeln in solchen oder ähnlichen Situationen Aversionen und haben später Schwierigkeiten, aus alten Trotzhaltungen in die eigene Form und ursprüngliche Einsatzbereitschaft zurückzufinden.

Wenn ein Kind von einem Elternteil zu stark an sich gebunden wurde, wirkt sich dies oft ebenfalls negativ auf eine spätere Partnerschaft aus. Geben und Nehmen werden z. B. bei Muttersöhnen mit Abhängigkeit und Vereinnahmung verknüpft. Ein solcher Partner tendiert dazu, sich in seiner Beziehung gegen die liebevolle Unterstützung seiner Partnerin zu wehren, statt sie zu genießen, weil er Angst hat, abhängig oder manipulierbar zu werden.

Für das Gelingen einer Partnerschaft erscheint es also wichtig, sich mit den jeweils eigenen Kindheitserfahrungen im Geben und

Nehmen vertraut zu machen. Wir können dabei auf beiden Seiten Stärken entdecken und die Verantwortung für vorhandene Defizite übernehmen, statt diese an den Partner zu delegieren. Wir haben die Aufgabe, zu prüfen und auszuwählen, welche Vorstellungen und Verhaltensmuster unserer Eltern wir übernehmen und in unser Leben integrieren und von welchen wir uns lieber verabschieden wollen. Im Verlauf dieses Prozesses finden wir unseren persönlichen Stil und unseren eigenen Weg, unsere Kindheitserfahrungen positiv aufzuarbeiten. Wenn wir uns dem Partner bzw. der Partnerin mitteilen und zusammen nach guten Lösungen suchen, gelingt es uns immer besser, unser Geben und Nehmen in einen guten Rhythmus zu bringen und harmonisch aufeinander abzustimmen.

Wie generationsübergreifende Störungen das Geben und Nehmen beeinflussen

Wenn die Beziehung der Eltern außergewöhnlichen Belastungen wie zum Beispiel einer Anhäufung von traumatischen Erlebnissen und Schicksalsschlägen ausgesetzt war, kommt es sehr häufig zu generationsübergreifenden Störungen im Geben und Nehmen. Es entsteht ein so gravierendes Ungleichgewicht, daß nicht nur die nächste, sondern möglicherweise mehrere nachfolgende Generationen davon betroffen sind.

Virginia Satir hat in ihrer therapeutischen Arbeit die Methode der Familienrekonstruktion entwickelt. Durch dieses Verfahren erhalten wir einen Überblick über einen größeren Zeitraum und können die Geschichte einer Familie über mindestens drei Generationen zurückverfolgen.

In unserer therapeutischen Arbeit haben wir es oft mit Menschen zu tun, die vor, während oder nach dem zweiten Weltkrieg geboren worden sind. Sie wurden von Eltern erzogen, die im Krieg Schlimmes erlebt hatten und mit vielen Verlusten konfrontiert worden waren. Diese Eltern konnten ihren Kindern meist wenig geben, da sie während des Krieges mit dem Überleben und danach mit dem Wiederaufbau beschäftigt waren. Die Not war groß, und von den Kindern wurde manchmal sehr viel gefordert. Welche Folgen diese Situation später für die Partnerschaft hat, wollen wir an einigen Beispielen aufzeigen:

Max und Marta kamen in unsere Praxis, weil Marta mit der Beziehung äußerst unzufrieden war. Sie erzählte, daß sich Max oft wochenlang von ihr zurückzieht und kaum ein Wort mit ihr redet. „Ich bekomme einfach keine Liebe von ihm", sagte sie immer wieder. Als wir Max nach seiner Lebensgeschichte fragten, kam folgendes zu Tage: Max war während des Krieges als viertes Kind geboren worden. Sein Vater kämpfte an der Front in Rußland und kehrte erst 1949 aus der Gefangenschaft nach Hause zurück. Das Elternhaus wurde ausgebombt, und die Mutter mußte mit den Kindern auf einem Bauernhof unterkommen. Dort war sie nicht willkommen, sondern nur geduldet. Sie mußte auf dem Hof mithelfen und hatte so gut wie keine Zeit für die Kinder. Max war die meiste Zeit sich selbst überlassen und kehrte sich sehr nach innen. Er hatte als Kind wenig liebevolle Resonanz erfahren und konnte deshalb auch wenig liebevoll auf seine Umgebung eingehen. Er versorgte zwar die Familie materiell vorzüglich, konnte aber emotional kaum etwas geben. Er hatte selbst fast nichts bekommen.

Menschen, die als Kinder einen extremen emotionalen Mangel erlitten haben, tun sich später in einer Partnerschaft oft schwer, Zuneigung oder überhaupt Gefühle zu zeigen.

In vielen Fällen bürden Kriege und die daraus entstehenden Folgen Menschen Schicksale auf, die zu tragen diese einfach überfordert. Aufgrund dessen kann es dazu kommen, daß zwischen Eltern und Kindern die Geberichtung verdreht wird.

Sylvia und Rainer suchten aus folgendem Grund unseren fachlichen Rat: Rainer wollte unbedingt ein Kind mit Sylvia haben, sie aber wollte auf keinen Fall ein Kind. Rainer konnte das überhaupt nicht verstehen, er begann, an der Liebe seiner Frau zu zweifeln, und die Ehe drohte an dieser Frage zu zerbrechen. Als uns Sylvia ihre Lebensgeschichte erzählte, wurden Rainer und Sylvia die wirklichen Zusammenhänge sehr bald klar: Sylvias Mutter hatte mit sechs Jahren ihre eigene Mutter bei einem Bombenangriff verloren. Ihr Vater fiel kurz darauf im Krieg. Sylvias Mutter wuchs dann bei der Großmutter auf, zu der sie aber nie ein gutes Verhältnis hatte. Sylvias Mutter trauerte ständig ihrer eigenen Mutter nach. Sie heiratete sehr früh, und bald darauf kam Sylvia zur Welt. Nach Sylvias Worten gestaltete sich die Beziehung zwischen Mutter und Tochter dann folgendermaßen: „Ich hatte ständig das Gefühl, kein Kind sein zu dürfen. Meine Mutter wollte mich immer bei sich haben. Sie erzählte mir viel von ihrer

Mutter und ihrer schlimmen Kindheit. Ich mußte sie dann trösten und ihr versprechen, immer für sie da zu sein und ihr zu helfen. Ich hatte oft das Gefühl, ihr die Mutter ersetzen zu müssen."

Da Sylvias Mutter selbst so liebesbedürftig war, suchte sie Liebe und Halt beim Kind, statt ihrer Tochter liebevollen Halt und Unterstützung zu geben. Wenn die natürliche Geberichtung verdreht wird, bedeutet das für ein Kind eine äußerst starke Belastung. Als Sylvia heiratete, hörten die Ansprüche der Mutter an sie nicht auf. Sie rief täglich an und stellte Forderungen an ihre Tochter. Sie verhielt sich zu Sylvia wie ein Kind, das von der Mutter verlassen wurde. Sylvias Partnerschaft wurde durch das Verhalten ihrer Mutter erheblich belastet. Da Sylvia von der Mutter so vereinnahmt wurde, konnte sie sich nicht vorstellen, ein eigenes Kind zu bekommen. Sie hatte zum einen selbst nie Kind sein dürfen, und zum anderen hatte sie ja schon ein Kind, nämlich ihre Mutter. Als sich Sylvia mit Hilfe der Therapie von ihrer Mutter löste, erwachte in ihr der Wunsch nach einem eigenen Kind.

Generationsübergreifende Störungen im Geben und Nehmen finden wir häufig auch bei Menschen, die das Leid der Eltern und in manchen Fällen sogar das Leid der Großeltern übernommen haben.

Heinz und Michaela kamen zu uns in Beratung. Michaela spielte mit dem Gedanken, sich von Heinz zu trennen. Sie meinte, in ihrer Beziehung gäbe es überhaupt keine Freude. Sie sagte: „Wenn Heinz auftaucht, wird alles so ernst. Wir lachen selten. Heinz wirkt auf mich immer so bedrückt. Er tut zwar seine Pflicht, aber ihm macht einfach nichts Spaß. Diese freudlose Atmosphäre halte ich nicht mehr aus. Auch unsere Kinder leiden ziemlich darunter." Als wir Heinz zu seiner Kindheitsgeschichte befragten, erfuhren wir folgendes: Der Vater von Heinz hatte im Krieg drei Brüder und seinen eigenen Vater verloren. Darüber wurde aber nie gesprochen. Es war ein tabuisiertes Thema. Wenn Heinz seinen Vater danach fragte, bekam er eine mürrische Antwort: „Das ist vorbei. Schwamm drüber." Der Vater von Heinz hat sein Leiden und seine Trauer nie verarbeitet, sondern nur verdrängt. Aber weil darüber nicht gesprochen werden durfte, hatte das verdrängte Leid eine so große Wirkung auf Heinz. Da er seinen Vater liebte, versuchte er das schwere Schicksal mit ihm zu teilen. Er erlaubte sich auch keine Freude und fühlte sich so im Einklang mit seinem Vater. Unbewußt versuchte er auf diese Weise, dem Vater zu helfen und dessen schwere Schicksalsschläge auf seine Schultern zu nehmen. Deshalb erlaubte er sich in seinem Lebenskonzept keine Freude und keinen Spaß. Der Glücksrahmen des Vaters durfte in seinen Augen nicht überschritten werden. Ihm durfte es nicht besser gehen als seinem Vater. Es ist kein Wunder, daß diese Haltung die Beziehung zu Michaela und den Kindern schwer belastete. Wir erklärten Heinz, daß es nicht die Aufgabe der Kinder ist, das Leiden der Eltern zu übernehmen. Heinz kann das schwere Schicksal seines Vaters achten. Er kann es ihm aber nicht abnehmen. Heinz wurde bewußt, daß er auf diese Weise seinem Vater nicht helfen konnte, sondern seiner eigenen Familie schadete. Als er sich von dieser aus Liebe übernommenen Last befreite, konnte er sein Leben neu gestalten.

Grundsätzlich können wir davon ausgehen, daß Kinder ihre Eltern so sehr lieben, daß sie bereit sind, deren Leiden auf sich zu nehmen, auch wenn sie selbst dabei unglücklich werden. Prinzipiell ist es schwierig, den Glücksrahmen der eigenen Eltern zu überschreiten. Oft bindet uns eine tiefe innere Loyalität und läßt uns vom Leben nicht alles nehmen, was möglich und zugedacht wäre. Als Erwachsene können wir uns ganz bewußt die Erlaubnis geben, uns von dem Schicksal unserer Eltern zu lösen und das eigene Lebensglück anzunehmen.

Abschließend wollen wir noch einmal kurz zusammenfassen:

Schwere Schicksalsschläge können Menschen so aus ihrem Gleichgewicht bringen und so stark aus ihrer Lebensbahn werfen, daß deren Auswirkungen noch mehrere Generationen danach spürbar sind. Bei der Auseinandersetzung mit dem Schicksal unserer Eltern und Großeltern können wir Wertvolles für unser Leben lernen. Es ist jedoch nicht möglich und auch nicht unsere Aufgabe, das Leid unserer Eltern und Großeltern auf uns zu nehmen. Wir haben die Verantwortung für unser eigenes Leben. Wenn unsere Eltern und Großeltern sehr schwere Lebenssituationen zu bewältigen hatten, müssen wir besonders darauf achten, daß unsere Partnerschaft und unsere Kinder nicht mit vergangenem Leid belastet werden.

Welche Rolle frühere Beziehungen spielen

Je früher und prägender die Einflüsse in der Kindheit waren, um so stärker sind sie in der Regel emotional verankert und um so schwerer unserem Bewußtsein zugänglich. Aber auch in unserer Beziehungsgeschichte werden häufig alte unglückliche Konstellationen wiederholt und festgeschrieben. Stellen wir uns vor, daß eine Beziehung daran gescheitert ist, daß eine aus der Kindheit stammende negative Anspruchsberechtigung gar nicht als solche erkannt worden ist. Da der Betreffende das Problem nicht bei sich selbst sieht, begegnet er einem neuen Partner in der Regel mit noch mehr Forderungen und Erwartungen. Das gleiche Problem wird auf den nächsten Partner bzw. die nächste Partnerin übertragen, der oder die auch die Frustrationen aller vorangegangener Beziehungen ausgleichen muß.

Aus früheren Beziehungen werden vielfach unaufgearbeitete Eifersuchtsgefühle mitgebracht. Aufgrund dessen besteht die Gefahr, daß dem neuen Partner von vorneherein alles Mögliche unterstellt wird. Besonders schwierig wird es, wenn jemand aus einer Beziehung kommt, in der er bzw. sie hintergangen und belogen wurde. Das verletzte Vertrauen läßt sich meist schwer wieder aufbauen, und der neue Partner wird zunächst mit mißtrauischen Augen betrachtet.

Wenn wir unsere aktuelle Beziehung nicht belasten oder gefährden wollen, ist es notwendig, die Verantwortung für unsere wie immer geartete Geschichte selbst zu übernehmen und nicht an den Partner zu delegieren. Wir können aus der vergangenen Beziehung lernen und unser verletztes Selbstwertgefühl wieder stabilisieren. Wenn wir von unerfüllt gebliebenen Wünschen Abschied genommen und unser Leid angemessen betrauert haben, kommt der Zeitpunkt, wo wir uns innerlich wieder frei fühlen. Was wir aus unserer Vergangenheit an Einsichten und neuen Verhaltensweisen gewonnen haben, können wir dann konstruktiv und gewinnbringend in unsere aktuelle Beziehung einbringen.

Je größer die Erfahrungsdiskrepanz zwischen den Partnern ist, um so schwieriger gestaltet sich in der Regel der Ausgleich zwischen Geben und Nehmen. Dies gilt etwa für Paare, die einen großen Altersunterschied aufweisen. Die Erlebniswelten und Lebensaufgaben eines Fünfzigjährigen und einer Siebenundzwanzigjährigen gehen in der Regel weit auseinander. Ähnlich verhält es sich auch mit ihren Lebens- und Beziehungserfahrungen.

Erfahrungsgemäß entstehen besonders komplizierte Konstellationen, wenn ein Partner ein oder mehrere Kinder in die Beziehung mitbringt, der andere aber selbst keine Kinder hat. Oft wird dann ganz selbstverständlich erwartet, daß der Partner bzw. die Partnerin auf eigene Kinder verzichtet und sich um die Kinder des anderen kümmert, diese sogar möglichst als die seinen bzw. ihren betrachtet und die kostbare Beziehungszeit mit ihnen teilen will. Aus solch unrealistischen Ansprüchen erwachsen oft erhebliche Beziehungsprobleme. Nur im ständigen offenen Gespräch und in vielen Fällen mit zusätzlicher fachlicher Hilfe lassen sich hier gute Lösungen finden. Bei der Bewältigung dieser Aufgabe können Paare ein reichhaltiges Gebensrepertoire entwickeln und die Fähigkeit, die gemeinsame Zeit optimal und wesentlich zu nützen. Wir können lernen, unvermeidliche Verzichte, die ein Partner freiwillig auf sich nimmt, nicht einfach als selbstverständlich zu betrachten, sondern als besonders wertvolle Geschenke zu sehen. Auch hier ist ein Ausgleich wichtig und möglich. Dieser kann darin bestehen, dem Partner bzw. der Partnerin immer wieder zum Ausdruck zu bringen, wie dankbar und froh wir über seinen selbstlosen Einsatz und seinen Verzicht sind. Zusätzlich wirkt es sich positiv aus, wenn wir in jeder Hinsicht großzügig sind und auch selbst bereit sind zu verzichten.

Wie Geben und Nehmen verrechnet wird

Wie wir schon früher erwähnt haben, suchen Geben und Nehmen immer nach ihrem natürlichen Gleichgewicht. Sie werden also ständig bewußt oder unbewußt in unseren Beziehungen verrechnet. Der Satz „Liebe rechnet nicht" verschließt uns die Tür zu einem offenen Austausch über unsere inneren „Kontostände". Unser Körper rechnet ständig aus, was er braucht, um gesund und lebendig zu bleiben. Genauso verhält es sich in unseren Beziehungen. Sie bleiben gesund, stabil und lebendig, wenn die innere Bilanz für jeden Partner aufgeht.

Nun besitzt aber jeder Mensch seinen eigenen inneren Verrechnungsmodus. Wir können also nicht einfach von uns auf den anderen schließen, sondern müssen miteinander im Gespräch bleiben. Ansonsten kommt es zu den in vielen Partnerschaften üblichen oft ganz gravierenden Fehleinschätzungen:

Ein beruflich stark engagierter Geschäftsmann bucht einen teuren Urlaub für sich und seine Frau. Am Urlaubsort angekommen, setzt er sich stundenlang vor den Fernseher, schmökert in Zeitschriften und Zeitungen oder liest Bücher. Er kann überhaupt nicht verstehen, daß seine Frau enttäuscht und wütend reagiert und diesen Urlaub als ziemlich hohes Minus verbucht. Er veranschlagt die Annehmlichkeiten, die er ihr bietet, sie jedoch verrechnet den fehlenden Kontakt. Beide geraten auf diese Weise ins Minus. Die Rechnung geht so nicht positiv auf. Wenn der Mann sich hingegen ganz bewußt seiner Frau zuwendet und nach der langen Abwesenheit auf ihre Kontaktbedürfnisse eingeht und ihre Nähe sucht, entsteht ein doppeltes Plus. In Verbindung mit liebevollem Kontakt kann seine Frau auch die Annehmlichkeiten genießen.

Um also Fehleinschätzungen rechtzeitig erkennen bzw. vermeiden zu können, ist es notwendig, miteinander im Gespräch darüber zu bleiben, wie wir unser Geben und Nehmen gegenseitig verrechnen. Wenn wir uns hier gut aufeinander abstimmen, können auf beiden Seiten hohe Gewinne für die Beziehung erzielt werden.

Manche Verrechnungsmodi sind von Haus aus destruktiv. Viele Menschen neigen z. B. dazu, in ihren Beziehungen die Minuspunkte stillschweigend anzusammeln. Ist nach eigenem Befinden das Maß voll, wird die Sammlung ohne Abstimmung mit dem Partner eingelöst, etwa so: Du hast mich so und so oft verletzt, jetzt erlaube ich mir einen Seitensprung. Der „verurteilte" Partner wird gar nicht zu der Sache gehört und hat keinerlei Einfluß auf diese Verrechnung. In vielen Fällen hat der betroffene Partner von diesen Verletzungen überhaupt keine Ahnung, weil sie gar nicht oder ungenügend mitgeteilt wurden. Er steht dann vor vollendeten Tatsachen.

Manchmal setzen wir uns in unserer Partnerschaft auch deshalb nicht offen und direkt über dieses Thema auseinander, weil uns bestimmte starre Haltungen und rigide Einstellungen im Weg stehen. Besonders bei Frauen finden wir häufig folgende Auffassung: Wenn mein Mann mir meine Wünsche nicht von den Augen ablesen kann und ich ihm erst sagen muß, was ich brauche, dann hat alles, was ich bekomme, keinen Wert. Mit dieser Haltung wird zum einen das Geben des Partners abgewertet und zum anderen ein offener Austausch unnötig erschwert. Um solche Fixierungen zu lockern, hilft es, das Ganze einfach umgekehrt zu betrachten. Ich kann genauso gut die Einstellung vertreten: Der Partner schätzt mich dann besonders, wenn er auf die von mir ausgesprochenen Wünsche eingeht.

Im folgenden wollen wir nun aus unserer Erfahrung mit Paaren berichten, was grundsätzlich bzw. was für Mann und Frau spezifisch einen hohen Verrechnungsmodus besitzt.

Eine grundsätzlich hohe und stabile Währung besitzt die Zeit, die man füreinander aufbringt. Hoch verrechnet werden auch die Freude beim Geben sowie die Freude über die Freude des Partners. Viel zählt, was der Partner beim Geben einsetzt. Ein Beispiel: Ich mache mit dir eine bestimmte Bergtour, weil du es dir schon so lange wünschst, auch wenn ich Höhenangst bekommen könnte. Besonders positiv gewertet werden auch Situationen, in denen der Partner bzw. die Partnerin die angebotene Hilfe annimmt, obwohl es ihm/ihr schwer fällt. Ein wirklich notwendiger Verzicht aus Liebe zum anderen und ein selbstloser Einsatz für den Partner werden in hohem Maße wertgeschätzt. Jedes liebevolle Handeln, das gezielt altes Leid auflösen hilft sowie ein vorausschauendes Geben an der richtigen Stelle und in der richtigen Weise, haben ebenfalls einen großen Stellenwert in der inneren Buchführung. Hoch verrechnet wird auch die Motivation, nicht unbedingt das Ergebnis, z. B.: Ich bin heute extra noch einkaufen gefahren, weil du dir Auberginen gewünscht hast, aber ich habe nirgends welche bekommen. Wenn ein Partner sich mit dem anderen anlegt, um ihm/ihr in einer schwierigen Situation zu helfen und dabei riskiert, ungerechterweise verletzt zu werden, wird dieses Ereignis später positiv verbucht. Ebenfalls hoch gewertet werden Situationen, in denen der Partner oder die Partnerin einen gravierenden Fehler gemacht hat und nun versucht, dem anderen Brücken zu bauen, um die Situation wieder zu bereinigen. Ein Partner hat sich an eine wichtige Abmachung nicht gehalten, der andere zieht sich daraufhin tief gekränkt zurück. Der Partner, der den Fehler gemacht hat, versucht nun, dem anderen Brücken zum klärenden Gespräch zu bauen, selbst wenn er die Reaktion des anderen als unangemessen stark empfindet.

Besonders erwähnenswert ist in diesem Zusammenhang die innere Verrechnung von Situationen, in denen uns der Partner bzw. die Partnerin in besonderer Weise geholfen hat.

Eine junge Mutter mit zwei Kindern erlebte einen schweren Verkehrsunfall und mußte monatelang im Krankenhaus liegen. Es dauerte Jahre, bis sie sich von den Folgen des Unfalls einigermaßen erholt hatte. Ihr Partner besuchte sie während dieser Zeit häufig im Krankenhaus und war sehr liebevoll zu ihr. Er versorgte die Kinder aufopferungsvoll und war bereit, viele seiner Bedürfnisse zurückzustellen, ohne zu klagen. Die ganze Familie konnte sich voll auf ihn verlassen. Es gelang ihm, in dieser schwierigen Situation wirklich seinen Mann zu stehen. Hier wurden, wie es die Frau in einem Partnerseminar ausdrückte, die positiven Kontostände vervielfacht. Viele frühere Fehler konnten verziehen und spätere Unzulänglichkeiten leichter nachgesehen werden.

Zum Abschluß wollen wir noch aus unserer Erfahrung berichten, welche Verrechnungsmodi mehr für Männer, welche mehr für Frauen spezifisch sind:

Frauen verrechnen in erster Linie die Qualität des Kontakts und der liebevollen Zuwendung positiv. Im Unterschied zu ihren Männern legen sie mehr Wert darauf, daß ihr Geburtstag beachtet und mit einem persönlichen Geschenk geehrt wird. Liebevolle Worte, kleine Aufmerksamkeiten im Alltag wie Blumen, kleine Geschenke usw. bedeuten Frauen sehr viel, ebenso zärtliche Begrüßungen und liebevolle Umarmungen. Einen besonders hohen Verrechnungsmodus haben bei Frauen alle Aufmerksamkeiten, die der Partner sich aus eigener Initiative, also ohne dazu gedrängt worden zu sein, ausdenkt. Die Eigeninitiative im Geben wird also bei Frauen besonders positiv verbucht.

Männer dagegen verrechnen im allgemeinen mehr in funktionalen Kategorien, z. B. wenn er nach Hause kommt und die Wohnung bzw. das Haus so vorfindet, daß er sich beruhigt niederlassen kann und nicht das Gefühl hat, gleich wieder zupacken zu müssen. Er rechnet es der Frau hoch an, wenn sie ihm Zeit für sich und seine Hobbies läßt. Während Frauen mehr Kontakt und Zärtlichkeiten verrechnen, zählt für Männer eher eine befriedigende und auch von der Frau ausgehende Sexualität. Ganz allgemein verbuchen Männer positiv, wenn im Alltag alles gut und möglichst ohne Klagen läuft und sie sich nicht zusätzlich um bestimmte Bereiche kümmern müssen.

Insgesamt gesehen bewerten also Männer und Frauen sehr unterschiedlich. Auf beiden Seiten werden unter Umständen auch manche Bereiche zu wenig oder gar nicht bewertet, z. B. die Versorgung der Kinder in der Nacht oder in den Ferien, bestimmte Arbeiten im Haushalt, berufliche Belastungen usw. Nur durch regelmäßigen Austausch können Männer und Frauen hier voneinander lernen und zu einer positiven Bilanz in ihrer Beziehung gelangen.

Im Laufe der Beziehung können sich übrigens die Verrechnungsmodi erheblich verändern. Was wir ursprünglich positiv verbucht hatten, kann zum Minus werden. Was wir zunächst negativ verbucht hatten, kann später einen hohen Wert besitzen. Besonders wenn es darum geht, sich von den eigenen Eltern abzugrenzen, bekommt der jeweilige Partner oft sehr viel Unverständnis, Unterstellungen und Ärger, also überwiegend negative Buchungen quittiert. Wenn sich später dann die Vorteile für die Entwicklung der Beziehung und der Kinder zeigen, wertet der Partner bzw. die Partnerin den Einsatz des anderen völlig anders. Ursprünglich negative Bewertungen können sich somit später in besonders hohe und stabile Währungen verwandeln.

Abschließend wollen wir noch einmal festhalten, daß Geben und Nehmen immer nach Ausgleich suchen und deshalb in einer Beziehung laufend bewußt oder unbewußt verrechnet werden. Kann das Gleichgewicht nicht in einer positiven Weise hergestellt werden, kommt es auf jeden Fall zu einem negativen Ausgleich. Wenn wir unsere Partnerschaft lebendig erhalten und dauerhaft festigen wollen, ist es daher notwendig, Verantwortung dafür zu übernehmen, wie wir unser Geben und Nehmen gestalten und aufeinander abstimmen. Frauen verausgaben sich z. B. oft zu lange und zu einseitig und fordern dann plötzlich den Ausgleich. Sie haben zu wenig Verantwortung für das richtige Nehmensmaß entwickelt. Manche Männer wiederum nehmen und wissen nicht, was für Konsequenzen ihnen dabei auf der Gebensseite entstehen. Fülle auf der Nehmens- und Gebensseite läßt unsere Partnerschaft aufblühen. Wenn wir uns von unserem Partner bzw. unserer Partnerin reich beschenkt fühlen, neigen auch wir zu einem großzügigen Verrechnungsmodus.

Bei der Auseinandersetzung mit den individuellen Verrechnungsmodi lernen wir unsere eigenen Wünsche und Bedürfnisse sowie die Wünsche und Bedürfnissen unseres Partners bzw. unserer Partnerin näher kennen. Wir entdecken dabei, wie verschieden die Wertvorstellungen und Bedeutungen sind, die jeder von uns bestimmten Ereignissen beimißt.

Wie wir im Geben nehmen und im Nehmen geben können

Nicht immer, wenn wir meinen zu geben, geben wir tatsächlich. Es kommt in einer Beziehung sogar häufig vor, daß wir durch unser Geben dem anderen etwas nehmen. Genauso verhält es sich manchmal umgekehrt. Wir meinen zu nehmen, doch eigentlich geben wir.

Dazu ein Beispiel:

Tim fühlt sich Claudia in fast allen lebenspraktischen Fragen überlegen. Er hält Claudia für eine Träumerin und bemüht sich, ihre Selbständigkeit zu fördern, indem er ihr ständig Ratschläge gibt. Claudia hört Tim zu und will seinen Vorstellungen auch genügen. Tim ist fest davon überzeugt, Claudia sehr viel zu geben, tatsächlich aber nimmt er in dieser Situation. Claudia ihrerseits definiert sich als Nehmende, aber in Wirklichkeit gibt sie. Indem Tim nämlich Claudias Stärken abwertet und ihr ständig Vorschriften macht, untergräbt er ihr Selbstwertgefühl und läßt ihr wenig Raum, ihren eigenen Weg zu finden. Claudia verwendet ihrerseits sehr viel Zeit darauf, Tim zuzuhören und dessen Vorstellungen zu verwirklichen. Sie gibt ihm durch ihr Verhalten sehr viel Sicherheit und Anerkennung. Die Situation zwischen Tim und Claudia würde sich sofort in einer positiven Weise verändern und in ein gesundes Gleichgewicht kommen, wenn Tim zu Claudia sagen würde: „Es ist schön, daß du da bist. Ich brauche dich. Du kannst so gut zuhören und hast oft so gute Ideen." Wenn Tim Claudias Stärken anerkennt, hilft er ihr tatsächlich. Gleichzeitig kann er aber auch viel für sich gewinnen. In ihm wächst die Bereitschaft, Claudia in gleicher Weise zuzuhören und von ihren Fähigkeiten zu lernen.

Ähnliches können wir beobachten, wenn es um Körperkontakt geht. Peter z. B. beschwert sich über folgende Situation: Seine Partnerin Alexandra kann es nicht leiden und reagiert unwirsch, wenn er in der Nacht seinen Arm um sie legt und sich ankuscheln will. Er will ihr seine Liebe geben, sie aber nimmt sie nicht an, sondern weist ihn ab. Bei näherer Betrachtung stellt sich heraus, daß Alexandra diese Berührung von Peter intuitiv nicht als an sich gerichtet erkennt. Peter will sich eigentlich an seine Mutter ankuscheln, da er das als Kind sehr vermißt hat. Peter meint zwar, Alexandra Liebe geben zu wollen, aber in Wirklichkeit will er von ihr nehmen, was er als Kind nicht bekommen hat. Alexandra gibt Peter in dieser Situation durch ihr Nein einen wesentlichen Anstoß, sich seiner verdrängten Sehnsüchte mehr bewußt zu werden. Als Peter dies verstanden hatte, änderte sich in der Beziehung sehr viel. Alexandra konnte nun den Körperkontakt genießen, und sie konnten sich gegenseitig sehr viel geben. Dadurch konnte der Mangel an Körperkontakt, der in der Kindheit auf beiden Seiten bestanden hatte, in einer positiven Weise ausgeglichen werden.

Im Verständnis der Dynamik von Geben und Nehmen können wir nun noch einen ganz neue Perspektive gewinnen. Der Schlüssel hierzu liegt in der Art und Weise, wie wir geben bzw. nehmen. Wenn wir uns z. B. liebevoll küssen, lösen sich die beiden Pole auf und gehen sozusagen ineinander über. Wir können nicht mehr sagen, ob wir gerade geben oder nehmen. Beides geschieht gleichzeitig. Hinterher haben wir jedoch das Gefühl, reicher geworden zu sein. Wenn wir uns also in unserem Leben so bewegen, daß wir aus Liebe handeln, sind Geben und Nehmen eins. Soviel wir auch geben, haben wir als Liebende doch immer das Gefühl, mehr zu bekommen.

So einfach und plausibel das klingen mag, scheint es uns in manchen Lebenssituationen unmöglich. Am Anfang einer Beziehung sind die meisten Menschen fest davon überzeugt zu wissen, was Liebe ist. Im Laufe unserer Partnerschaft werden jedoch alle unsere Klischees und Wunschträume über den Haufen geworfen, und wir kommen an einen Punkt tiefer Verunsicherung. Und genau hier, wo unsere Vorstellungen enden, beginnen wir, das Wesen der Liebe zu erfahren. Zu unserer Verwunderung existiert in diesem vermeintlichen Nichts tatsächlich eine Spur, der unser Herz folgen kann. Wir wollen an dieser Stelle ein wahres Märchen, nämlich die Geschichte eines Paares erzählen, die uns tief berührt hat:

Cordula und Torsten waren ein junges glückliches Paar. Sie hatten zwei kleine Jungen und ein schönes Haus. Es fehlte ihnen materiell an nichts. Als sie aus einem Urlaub zurückkamen, erfuhr Torsten plötzlich, daß er unheilbar krank war und nur noch wenige Monate zu leben hatte. Seine Krankheit schritt schnell voran und war mit entsetzlichen Schmerzen und großem Leiden verbunden. Cordula pflegte ihren Mann auf liebevolle Weise, und es gelang ihnen, in einem tiefen Kontakt zueinander zu bleiben. Er starb trotz des tiefen Leides und seiner Trauer um die Kinder mit einem Lächeln. Sie fühlte eine tiefe tröstende Kraft in sich, die sie in ihrem Schmerz nicht abstürzen ließ, sondern ihr half, mit den Kindern einen liebevollen Weg zu finden und die Verantwortung nun allein zu übernehmen. Trotz tiefer Trauer blieb das Gefühl der Innigkeit in ihr lebendig und trug sie über viele schwere Stunden. Obwohl Torsten seiner Frau nichts mehr geben konnte und sie sogar schwer belasten mußte, entstand kein Minus. Das liebevolle Miteinander strahlte noch weit über den Tod hinaus und gab auch den Kindern Halt und Sicherheit.

Wer wirklich loslassen kann und die Welt mit den Augen der Liebe betrachten lernt, erfährt, wie alles auf eine uns oft unverständliche, aber dem Herzen erahnbare Weise zusammenhängt. Wir können auch schwere Zeiten in der Partnerschaft durch unsere liebevolle Haltung verwandeln. Die Tiefe der Innigkeit, die in solchen Stunden wächst, kann unser Leid ausgleichen.

Diese komplexen und paradoxen Vorgänge können wir oft sprachlich kaum mehr vermitteln. Was Liebe in ihrem Wesen bedeutet, können wir nur erahnen und mit unserem Herzen verstehen.

Bei der Verbindung von Geben und Nehmen kommt es also darauf an, daß wir eine liebevolle Position wählen und aus einer positiven Motivation heraus das tun, was wir für richtig und angemessen halten. Nicht immer gelingt es uns, liebevoll zu handeln Wir brauchen eine unvoreingenommene Haltung und Geduld, um diese Kunst zu erlernen. Im Laufe dieses Prozesses werden wir immer offener für die tieferen Dimensionen unseres Daseins und entdecken zunehmend, daß tatsächlich alle Aspekte des Lebens mit den Augen der Liebe betrachtet werden können. Je mehr wir Vertrauen in unsere Liebesfähigkeit gewinnen, um so reicher und freier fühlen wir uns in unserer Partnerschaft.

Liebe und Macht
Wie wir unsere Konflikte in der Partnerschaft konstruktiv und kreativ lösen können

Auseinandersetzungen und Konflikte sind von Haus aus nichts Schlechtes und brauchen unsere Liebe zueinander nicht zu trüben. Sie gehören zum Alltag einer lebendigen Partnerschaft. Ohne die Bereitschaft, sich mit dem Partner über wesentliche Fragen auseinanderzusetzen, kann sich eine gleichwertige Partnerschaft nicht wirklich entwickeln. Um unseren Lebensaufgaben gerecht werden zu können, haben wir in unserer Beziehung oft schwierige und komplizierte Teamarbeit zu leisten.

Konfliktgespräche dienen aber nicht nur der sachlichen Klärung, sondern haben im Leben eines Paares auch die Funktion, die Beziehung immer wieder emotional zu reinigen. Wir können lernen, unseren Unmut nicht übermäßig anzusammeln, nicht zu viel unter den Teppich zu kehren oder zu warten, bis die Beziehung zum Himmel stinkt, sondern die Verantwortung für eine laufende Beziehungshygiene übernehmen d. h. den sich ansammelnden Beziehungsmüll gemeinsam entsorgen und immer wieder reinen Tisch machen.

Aufgrund unserer Sozialisation in Elternhaus, Schule und Beruf finden wir in Auseinandersetzungen und Konfliktsituationen häufig Macht- und Wettbewerbskomponenten. In früheren Zeiten wurde Macht in Beziehungen intensiv und ganz selbstverständlich ausgeübt. Sie war die Regel und sogar gesetzlich verankert. Auf einem solchen geschichtlichen Hintergrund halten wir das neoromantische Liebesideal, in dem es zwischen Partnern keine Machtausübung geben darf, für völlig unrealistisch und in seiner konflikthemmenden Wirkung sogar für gefährlich. Es hilft uns nichts, die Augen zuzumachen und etwas vorauszusetzen, was viele Jahrhunderte nicht vorhanden war. Wir stehen hier in der Tat am Anfang eines langen und mitunter schwierigen Lernprozesses. Um Formen gleichwertiger Partnerschaft kreieren zu können, ist es notwendig, sich mit den uns überlieferten Machtmustern genauestens zu beschäftigen. Über Machtmuster verfügt nicht nur der, der Macht ausübt, sondern auch der, über den Macht ausgeübt wird. Beide Seiten versuchen, einen möglichst direkten bzw. indirekten Einfluß auf die Gestaltung der Beziehung zu gewinnen. So finden wir im Patriarchat nicht selten ein heimliches Matriarchat. Wo Macht in einem positiven Sinn nicht kontrolliert wird, treibt sie ihre eigenen Blüten und wirkt sich auf die Entwicklung einer Partnerschaft insgesamt negativ aus.

Eine wichtige Funktion von Auseinandersetzungen und Konflikten besteht also darin, die darin oft unbewußt enthaltenen Machtmuster herauszufiltern, bewußt zu machen, gemeinsam zu kontrollieren und nach gerechten Lösungen zu suchen. Wenn sich beide Partner in der Beziehung lebendig und glücklich fühlen, so erlischt auch das Interesse an Machtkampf und Machtausübung.

Vielen Menschen fällt es schwer, die in einer Partnerschaft unweigerlich vorhandenen tieferen Konflikte wirklich fair auszutragen. Während wir im Beruf und im Freundeskreis durch den größeren persönlichen Abstand die Eigenart von anderen Menschen eher respektieren und erwachsen mit Konflikten umzugehen verstehen, kommen in Paarbeziehungen oft sehr infantile Muster zum Tragen. Wir fühlen uns ganz schnell abhängig oder tendieren dazu, den Partner als unseren Besitz zu betrachten. Vielen Paaren fällt es daher schwer, in jeder Hinsicht „gewaltfrei" miteinander zu kommunizieren und auch bei emotional stark belasteten Themen ihre Konflikte auf erwachsene Weise konstruktiv zu lösen. Auch hier wirkt sich natürlich in hohem Maße aus, was wir diesbezüglich von unseren Eltern abgeschaut und gelernt haben.

Wenn es uns im Laufe der Zeit gelingt, in unserer Beziehung eine kreative und konstruktive Streitkultur zu verwirklichen, gewinnen wir dadurch nicht nur in der Partnerschaft, sondern auch in unserer persönlichen Entwicklung einen hohen Reifegrad.

Wir können uns gegenseitig die Tür zu einem konstruktiven Konfliktgespräch öffnen

Wenn wir in unserer Beziehung ein Konfliktgespräch beginnen, verlieren wir oft schon nach den ersten Sätzen Ruhe und Überblick Wir geraten in Streß und gehen innerlich automatisch in Deckung. Hier werden Abwehrmechanismen aktiviert, die die Tür verschlossen halten und die Angst vor dem drohenden Konflikt bannen sollen.

Virginia Satir hat in ihrer Arbeit mit Familien herausgefunden, daß Menschen in Streßsituationen vor allem auf vier Kommunikationsmuster zurückgreifen, um einer offenen Auseinandersetzung zu entkommen. Umgekehrt weisen uns diese Kommunikationsmuster auf vier wesentliche Aspekte im Konfliktgespräch hin.

Wir können uns gegenseitig also die Tür zu einem konstruktiven und kreativen Konfliktgespräch öffnen:

1. wenn wir nicht alles auf den Partner schieben

Eines dieser vier Kommunikationsmuster, das manche Menschen im Streß automatisch anwenden, um sich zu schützen, besteht darin, daß sie, egal worum es sich handelt, von vorneherein alles auf den Partner schieben. Ganz sicher ist der Partner schuld und hätte sich anders verhalten bzw. anders sein müssen. Diese Menschen treten also im Streß vorsichtshalber die Flucht nach vorne an und nehmen sofort die Position des Anklägers bzw. der Anklägerin ein. Hier eine kleine Kostprobe:

Sabine sagt zu Florian: „Ich finde, die Hausarbeit bleibt in letzter Zeit mehr an mir hängen."

Florian antwortet entrüstet: „Was heißt hier, die Hausarbeit bleibt an dir hängen! Da bist du selber Schuld, alles muß bei dir perfekt sein. Nichts darf mal liegen bleiben. Du machst mir immer Streß und beschwerst dich dann noch. Ich lasse mir doch von dir nicht vorschreiben, was ich wann zu tun habe. Du bist wie deine Mutter. Ich lasse mich nicht von dir bevormunden."

Florian geht nicht darauf ein, was Sabine sagt. Er sucht kein klärendes Gespräch, sondern fühlt sich sofort angegriffen. Er setzt sich mit Sabine nicht ernsthaft auseinander, sondern schmettert ihre Äußerung einfach ab und versucht, ihr Anliegen vom Tisch zu wischen. Florian fragt nicht nach, was Sabine mit dieser Aussage genauer meint und wie ihre Veränderungswünsche aussehen. Er glaubt vielmehr, sich verteidigen zu müssen und geht sofort in einen scharfen Gegenangriff über: Er beurteilt ihr Verhalten, macht ihr Vorschriften und weist ihr die Schuld zu. Dabei wird nicht nur die Sache, sondern auch Sabine als Person abgewertet. Florian ist der festen Überzeugung: An mir liegt das Problem auf keinen Fall, es ist alles deine Schuld. Wenn du anders wärst, wäre alles in Ordnung.

Wenn wir alles auf den Partner schieben und nicht bereit sind, uns auch mit uns selbst und unseren Verhaltensweisen kritisch auseinanderzusetzen, können wir die Tür zu einem konstruktiven Konfliktgespräch nicht öffnen

2. wenn wir uns selbst nicht übergehen

Das zweite Kommunikationsmuster kann als das genaue Gegenteil zu der vorher beschriebenen Form des Anklagens verstanden werden. Besonders Frauen sind in diesem Fach Meisterinnen. Drohende Konfliktsituationen werden hier durch Beschwichtigen und scheinbar selbstloses Verhalten abgewehrt und entschärft. Wir sind dann plötzlich wie Engel, wollen nur das Beste für den Partner, und unsere eigenen Wünsche und Bedürfnisse lösen sich in nichts auf. Das schaut dann zum Beispiel so aus:

Stefan: „Ich möchte heute mit dir den Urlaub besprechen. Du weißt ja, wie gerne ich in die Berge fahren würde, aber neulich hast du gesagt, daß du dich nach dem Meer sehnst."

Gudrun: „Ja schon. Aber wenn du in den Bergen wandern willst, fahre ich natürlich mit. Du brauchst doch dringend Erholung und jemanden, der dich ein bißchen verwöhnt. Es macht mir gar nichts aus, aufs Meer zu verzichten, wenn ich sehe, wie gut es dir dann geht."

Wie wir deutlich erkennen können, wird auch bei diesem Kommunikationsmuster eine wirkliche Auseinandersetzung über das Thema Urlaub bereits im Keim erstickt. Stefan erfährt nicht, was in Gudrun vor sich geht und was sie tatsächlich möchte. Gudrun übernimmt keine Verantwortung für ihre Wünsche und Bedürfnisse, sondern versteckt sich hinter Stefan. Sie nimmt dabei folgende Position ein: Du bist alles, ich bin nichts. Ich muß alles für dich tun; denn wenn es dir schlecht geht, fühle ich mich wertlos und schuldig.

Wenn wir uns selbst übergehen und nicht zu unseren eigenen Wünschen und Bedürfnissen stehen und diese angemessen vertreten lernen, bleibt die Tür zu einem konstruktiven und kreativen Konfliktgespräch verschlossen.

3. wenn wir uns als Personen und nicht als Roboter sehen

Bei Auseinandersetzungen geraten wir auch deswegen leicht in Streß, weil wir Angst davor haben, daß die Wogen der Emotionen hochschlagen und wir uns gegenseitig im Eifer des Gefechtes unnötig verletzen könnten. Manche Menschen versuchen deshalb,

Konflikte äußerst vernünftig anzugehen und übermäßig rational zu argumentieren. An folgendem Beispiel wird dieses Kommunikationsmuster deutlich:

Susi: „In letzter Zeit haben wir so wenig Zeit füreinander gehabt. Du hast so viel gearbeitet. Ich fühle mich richtig vernachlässigt."

Tom.: „Ich werde dir die Gründe darlegen, damit du das verstehen kannst. Mit meinem Beruf verdiene ich unseren Lebensunterhalt. Die Umstände sind eben so, daß man manchmal im Privatleben zurückstecken muß. Deine gefühlsmäßigen Reaktionen sind zwar verständlich, aber in einer solchen Situation gehen sie an der Sache vorbei."

Stefan versucht mit seiner Reaktion auf Susis Anliegen, die ganz persönliche Ebene im Konfliktgespräch auszuschalten. Er sagt nicht, wie es ihm geht. Er setzt sich weder mit sich selbst und seinen Gefühlen noch mit Susi und deren gefühlsmäßigem Befinden auseinander. Für ihn zählt nur die sachliche Ebene, nicht Susis oder seine persönlichen Wünsche.

Wenn es nur noch um die Sache geht und nicht mehr um Personen, die miteinander eine ganz persönliche Auseinandersetzung haben, dann bleibt ein Konfliktgespräch im Grunde wertlos. Die Tür zu einer konstruktiven und kreativen Lösung öffnet sich nur den Paaren, die neben den Sachzwängen die persönlichen Wünsche und Bedürfnisse jedes einzelnen in gleichem Maße mitberücksichtigen.

4. wenn wir keine Verwirrung und Tumult stiften

Im vierten Kommunikationsmuster wird aus Angst vor Auseinandersetzungen versucht, erst gar kein zusammenhängendes Gespräch aufkommen zu lassen. Es wird so lange vom Thema abgelenkt und jede Konzentration zerstreut, bis auf allen Seiten Verwirrung entsteht und keiner mehr weiß, worum es ursprünglich ging. Eine kurze Gesprächssequenz soll dieses Verwirrung stiftende Ablenkungsmuster veranschaulichen:

Kurt: „Ich mache diese Unordnung nicht mehr lange mit. Ich will jetzt mit dir reden, wie wir unseren Haushalt besser organisieren können."

Renate tänzelt auf Kurt zu und gibt ihm ein Küßchen: „Ach Schätzchen, ich habe heute so ein schönes Kleid gesehen. Übrigens sind wir morgen bei Ingrid und Dieter eingeladen. Ach, da fällt mir ein, daß ich vergessen habe, die Waschmaschine einzuschalten. Bist du sehr müde? Ach so, du wolltest ja mit mir reden. Moment mal, ich muß noch meine Mutter anrufen. Oh, mir ist ganz schwindelig."

Bei diesem Feuerwerk von Impulsen und Gedanken hat Kurt keine Chance, mit Renate zu einem ernsthaften Gespräch zu kommen. Renate verliert mit der Zeit den Überblick und weiß am Schluß selbst nicht mehr, wo ihr der Kopf steht. Das Ganze wirkt wie ein großes Karussell, der Kontakt zur Realität geht immer mehr verloren. Wir drehen uns so lange im Kreis, bis wir nicht mehr wissen, was wir eigentlich wollten bzw. was in der Situation erforderlich gewesen wäre.

Wenn wir von Thema zu Thema springen, um uns vom eigentlichen Konflikt abzulenken, entsteht Verwirrung. Wir vernebeln die gesamte Situation und können dadurch nicht mehr klar erkennen, was die Wünsche und Bedürfnisse jedes einzelnen sind oder was unter den jeweiligen Lebensumständen wirklich angemessen wäre. Im allgemeinen Tumult verschwindet der Weg zu einer konstruktiven und kreativen Konfliktlösung.

Eine Lösung gelingt aber, wenn wir uns selbst, den Partner und die Lebensumstände in gleicher Weise berücksichtigen

Um Konflikte konstruktiv miteinander austragen zu können, ist es wichtig, folgende drei Ebenen gleichermaßen zu beachten und zu gewichten, nämlich:

- den Kontakt zu sich selbst und den eigenen Wünschen und Bedürfnissen;
- den Kontakt zum Partner bzw. zur Partnerin und dessen bzw. deren Wünschen und Bedürfnissen;
- den Kontakt zur gesamten Lebenssituation und deren Erfordernisse.

Wir wollen am Beispiel von Kurt und Renate aufzeigen, wie der Konflikt unter Berücksichtigung der drei oben genannten Aspekte positiv angegangen werden kann:

Kurt: „Ich mache diese Unordnung nicht mehr lange mit. Ich will jetzt mit dir reden, wie wir unseren Haushalt besser organisieren können."

Renate: „Ich sehe schon länger, daß dich die Unordnung ziemlich stört, aber ich weiß im Moment keinen Rat. Wir haben beide so viel zu tun. Sobald die Terminarbeiten erledigt sind, wird sich diese Situation wieder ändern."

Kurt: „Ich bin wirklich froh, daß du dich so einsetzt und wir so gut zusammenarbeiten. Aber wenn in unserer Wohnung so ein Chaos herrscht, belastet mich das, und ich fühle mich hier nicht mehr wohl."

Renate: „Gut. Laß uns heute abend überlegen, wie wir uns besser organisieren können. Ich möchte jetzt erst die Kinder ins Bett bringen, sonst wird es für sie zu spät. Außerdem können wir dann ungestört miteinander reden."

Kurt: „Ist in Ordnung. Ich helfe dir, dann sind wir schneller fertig."

Renate und Kurt gelingt es hier, die Voraussetzungen für ein gemeinsames Klärungsgespräch zu schaffen. Dadurch, daß sie ihre eigene Position, die Position des anderen und den Kontext berücksichtigen, öffnen sie sich gegenseitig die Tür zu einem konstruktiven Konfliktgespräch. Auch während der gemeinsamen Suche nach geeigneten Lösungen ist es natürlich wichtig, diese drei Aspekte weiterhin in einem harmonischen Gleichgewicht zu halten.

Konflikte sind oft nur die Spitze eines Eisberges

Bisher haben wir uns damit beschäftigt, wie wir uns gegenseitig die Tür zu einem konstruktiven Konfliktgespräch öffnen können. Nun wenden wir uns der Frage zu, wo das eigentliche Thema eines Konflikts liegt. Geht es tatsächlich um die gerechte Aufteilung der Hausarbeit, die Urlaubsplanung usw., oder verbirgt sich hinter der vordergründigen Auseinandersetzung ein ganz anderer und viel brisanterer Konfliktstoff? Unsere ganz alltäglichen Konflikte sind oft nur die Spitze eines Eisberges. Die tieferen Schichten des Konflikts bleiben uns in vielen Fällen zunächst verborgen. Wir bemühen uns redlich um eine Lösung, kommen aber nicht recht weiter. Wenn wir uns also auf der Stelle drehen und das Gefühl haben, nicht weiterzukommen, liegt die Lösung mit hoher Wahrscheinlichkeit nicht auf der Ebene, auf der wir sie suchen. Die Erfahrung zeigt, daß keine auf Dauer befriedigende Lösung gefunden werden kann, solange das eigentliche Konfliktthema nicht zutage tritt. Wir können dem an der Oberfläche sichtbaren Konflikt wie einer Spur folgen und so mit der Zeit in das Zentrum des Geschehens gelangen. Statt den Konflikt dort lösen zu wollen, wo er nicht lösbar ist, folgen wir dieser Spur und erreichen die eigentliche Konfliktquelle.

Konflikte können ihren Ursprung in festgefahrenen Beziehungsstrukturen haben

Eine dieser Konfliktquellen kann in der Struktur einer Beziehung liegen. In manchen Beziehungen zum Beispiel müssen Mann und Frau immer gleich stark sein, um sich sicher zu fühlen. In einer solchen Partnerschaft wird also laufend auf Symmetrie geachtet. Die vordergründige Konfliktebene dient dann vor allem dazu, diesen symmetrischen Ausgleich zu schaffen. Wenn jeder Partner immer gleich stark wie der andere sein muß, fällt es natürlich beiden schwer, eigene Schwächen oder Bedürftigkeiten mitzuteilen bzw. den anderen um etwas zu bitten. Ebenso unmöglich ist es, den Partner bzw. die Partnerin in seinen/ihren Stärken anzuerkennen. Es geht immer nur um die eigene Stärke. Dadurch entwickelt sich ein ständiger, oft unerbittlicher Machtkampf um alles und jedes. Beim Auftreten von Konflikten streiten solche Paare nicht primär um die Sache, sondern um das Recht bekommen, damit sich jeder wieder in der überlegenen Position fühlen kann. Bei einer symmetrischen Beziehungsstruktur können Konflikte nur dann effektiv gelöst werden, wenn das Paar seine Machtkampfstruktur erkennen und auflösen lernt.

Beziehungsstrukturen, die eine konstruktive Konfliktlösung verhindern, finden wir nicht nur bei symmetrischen, sondern auch bei komplementären Beziehungskonstellationen. Unter einer komplementären Beziehung verstehen wir eine Partnerschaft, in der sich beide zunächst scheinbar wunderbar ergänzen. Zum Beispiel lernt die unsichere Maria den selbstbewußten Franz kennen. Sie schaut zu ihm auf und orientiert sich zunächst nur an ihm und seinen Interessen. Ihm tut ihre Bewunderung gut. Er fühlt sich durch sie stark. Er wird zur Sonne, sie zum Mond. Sie bekommt das Licht von ihm. In einer solchen Beziehung ist jeder Partner auf seine Rolle festgelegt, keiner kann ohne den anderen leben. Maria darf nicht stark werden, und Franz darf keine Schwäche zeigen. Wenn Maria selbstbewußter wird und sich mehr mit Franz auseinandersetzen will, fühlt sich dieser in seiner Stärke bedroht und wird alles tun, um Maria in ihrer ursprünglich schwachen Position zu halten. Er wird versuchen, noch hartnäckiger über sie zu bestimmen und ihr Streben nach Eigenständigkeit möglichst zu unterbinden. Außerdem wird er ihr jede Anerkennung verweigern und unnachgiebig an seinem bisherigen Lebensstil festhalten. Solange Franz glaubt, daß er eine schwache Maria braucht, um sich selbst stark zu fühlen, können die Konflikte dieses Paares nicht kreativ gelöst werden. Eine positive Veränderung ist nur dann möglich, wenn Franz seine Stärke nicht von Marias Schwäche abhängig macht und Marias zunehmende Eigenständigkeit nicht mehr als Bedrohung erlebt. Unter diesen Voraussetzungen wächst in Franz die Bereitschaft, sich in Zukunft auch nach Marias Bedürfnissen zu richten und ihr mehr Anerkennung zu geben.

Grundsätzlich können wir bei Paaren folgendes feststellen:

Je festgefahrener und rigider die Beziehungsstrukturen eines Paares sind, um so schwerer lassen sich auftretende Konflikte auf eine angemessene und kreative Art und Weise lösen. Wenn wir also auf der Konfliktebene nicht weiterkommen, können wir uns die dahinter liegende Beziehungskonstellation eines Paares genauer anschauen und dort den Ansatz zu einer Lösung suchen.

Festgefahrene Beziehungsstrukturen können ihren Ursprung in unserer Kindheitsgeschichte haben

Manchmal sind die Beziehungsstrukturen eines Paares so festgefahren, daß sie sich auch beim besten Willen nicht so einfach auflösen lassen. In diesem Fall führt uns die Spur noch tiefer unter die Oberfläche des Konflikts. In diesen Schichten finden wir alle Erfahrungen, die wir in unserer Herkunftsfamilie gesammelt haben und, was noch viel wesentlicher ist, alle unsere Strategien, mit denen wir versucht haben, diese Erfahrungen zu verarbeiten. Diese Verarbeitungsstrategien setzen bereits sehr früh in der Kindheit ein. Je weiter sie zurückliegen, um so weniger sind sie uns bewußt, um so tiefer sind sie jedoch in Körper, Geist und Seele verankert. Die Transaktionsanalytikerin Fanita English hat herausgearbeitet, daß Kinder besonders im Alter von circa drei Jahren aus ihren Erlebnissen heraus sogenannte **Überlebensschlußfolgerungen** ziehen können. Diese Überlebensschlußfolgerungen entstehen aus der Abhängigkeit von unseren Eltern und haben die Funktion, unsere frühen Ohnmachtsgefühle und Überlebensängste zu bannen. Eine solche Überlebensschlußfolgerung kann lauten: Man muß die Mutter schonen, sonst bricht sie zusammen, und ich bin allein und hilflos der Welt ausgeliefert. Solche Überlebensschlußfolgerungen finden wir häufig bei Menschen, die etwa früh ihren Vater verloren haben und ihre überforderte und leidende Mutter nicht durch eigene Ansprüche zusätzlich belasten wollten. Später wird diese früh getroffene Entscheidung unbewußt auf die Partnerin übertragen Diese beklagt sich dann, daß sie nichts mit ihrem Mann klären könne, da dieser bei Konflikten ständig weglaufe oder in Schweigen erstarre.

Hinter Beziehungen mit rigiden Machtkampfstrukturen finden wir häufig Überlebensschlußfolgerungen, die ein entweder ich *oder* du enthalten, d.h., ich muß immer überlegen sein aus Angst, sonst unterzugehen. Diese Konstruktion der Wirklichkeit engt den Horizont erheblich ein. Lösungen im Sinne eines Sowohl-als-Auch werden von vorneherein ausgeschlossen. Die Meinung des anderen gleichwertig neben der eigenen stehen zu lassen, ist Menschen mit solchen Persönlichkeitsstrukturen nicht möglich. Sie können sich auch beim Partner bzw. der Partnerin nicht anlehnen und dessen/deren Stärke genießen.

Neben den Überlebensschlußfolgerungen bilden wir in unserer Kindheit auch bestimmte **Gefühlsfixierungen** aus, die später in unserer Partnerschaft Konfliktlösungen erschweren bzw. verhindern können. Eine verbreitete Gefühlsfixierung ist zum Beispiel von der Person des anderen immer enttäuscht zu sein. Jeder Konflikt endet bei diesen Menschen in dem Gefühl der Enttäuschung. Frühe Enttäuschungen werden dabei unbewußt auf den Partner übertragen. Bei solchen Konstellationen ist es schwierig, wirklich kreative Lösungen zu erarbeiten und auch mit Kompromissen und Teillösungen zufrieden zu sein. Hinter Gefühlsfixierungen stehen oft unrealistische und überzogene Ansprüche ans Leben. Diese Menschen haben von ihren Eltern ganz selten oder nie gehört: „Es reicht, was du getan hast, ich bin zufrieden mit dir."

Häufig begegnen uns bei Paaren auch aggressiv gefärbte Gefühlsfixierungen. Die hier eingenommene Haltung dem Partner bzw. der Partnerin gegenüber kennen wir als ständig aggressive und nörglerische Grundstimmung. In Konfliktsituationen wird das Gegenüber durchgehend abgewertet. Eigene Fehler werden nicht gesehen, sondern der andere wird massiv und oft auch unter der Gürtellinie angegriffen. Zu Menschen, die meinen, sich ständig ärgern zu müssen, sagen wir manchmal in der Paarberatung: „Man kann sich zwar den ganzen Tag ärgern, aber man ist nicht dazu verpflichtet."

Konflikte sind auch dann auf dem direkten Weg nicht lösbar, wenn aus der Herkunftsfamilie noch unaufgelöste **Delegationen** vorliegen. Heidrun kommt aus einer Familie, in der die Mutter sich gegen den despotischen Vater nicht durchsetzen konnte. Nach Auseinandersetzungen mit dem Vater sah Heidrun die Mutter häufig weinen. Als Heidrun größer wurde, begann sie immer mehr mit dem Vater zu streiten. Aus dem Leid der Mutter hatte sie für sich den Schluß gezogen, sie müsse der Mutter gegen den Vater beistehen. In der Rolle der Rächerin fühlte Heidrun eine heimliche Unterstützung von seiten der Mutter, deren Aggressionen gegen ihren Ehemann sie als Kind stellvertretend ausagierte. Heidrun hatte später eine Reihe von Männerbeziehungen, in denen sie sehr viel unbegründeten Streit anzettelte. Kein Partner konnte es ihr recht machen. Die von der Mutter übernommene Delegation, sich am Vater zu rächen, wurde auf spätere Beziehungen übertragen Erst als ihr in der Therapie dieser Zusammenhang deutlich wurde, hörte sie auf, ihren Partner aus der Position der Mutter heraus zu sehen und konnte sich von deren Auftrag verabschieden.

Was uns hilft, Konflikte konstruktiv zu lösen

Eine gute Streitkultur zu entwickeln ist für eine egalitäre Paarbeziehung unerläßlich. Das Streben nach individueller Entfaltung mit gleichzeitiger Verbundenheit, d. h., die Verwirklichung von Freiheit und Liebe, erscheint uns oft unvereinbar und wie die Quadratur des Kreises. In einer egalitären Beziehung kann nichts ein für allemal festgelegt werden. Das Zusammenspiel von Ich, Du und Wir muß vielmehr immer wieder neu ausgelotet und ausbalanciert werden. Dafür brauchen wir die Fähigkeit, miteinander offen und ehrlich reden zu können. Über etwas reden reicht aber oft nicht aus, um strittige Punkte zu klären. Wir brauchen über den notwendigen Dialog hinaus in manchen Situationen eine für unsere Partnerschaft geeignete Verhandlungssprache.

Bis vor ca. 30 Jahren herrschten auf zwischenmenschlichen Ebenen überwiegend hierarchische Strukturen. Die Beziehungen zwischen Eltern und Kindern funktionierten nach dem Prinzip von Befehl und Gehorsam. Widerrede war nicht erwünscht und wurde notfalls mit Gewalt unterdrückt. Die von den Kindern angebotene Verhandlungssprache wurde als Widerstand gegen die elterliche Autorität bzw. die elterliche Gewalt interpretiert und massiv sanktioniert. Erst die Studentenunruhen von 1968 und zunehmend die siebziger Jahre brachten hier eine entscheidende Wende. Die Auseinandersetzungen in der Partnerschaft werden mehr und mehr positiv gesehen und Ansätze zu fairem Streiten diskutiert. Damals schrieb G. Bach das Buch „Streiten verbindet". Wir sind heute zwar nicht mehr der Meinung, daß Streiten uns automatisch verbindet. Wir glauben auch nicht, daß jeder Frosch, der an die Wand geklatscht wird, als Prinz herunterfällt. Unserer Meinung nach stehen die meisten Paare erst am Anfang, sich eine für sie passende Streitkultur zu erarbeiten.

Die Grundlinien einer kreativen Streitkultur wollen wir nun im folgenden herausarbeiten.

Umgang mit Macht und Einfluß in der Partnerschaft

In unserer Zeit ist es möglich und notwendig, daß Paare selbst darüber entscheiden und Regelungen finden, wie sie mit dem Thema Macht und Einfluß in ihrer Partnerschaft umgehen wollen. In einer egalitären Partnerschaft werden die Fragen um Macht und Einfluß offen und direkt verhandelt. Im Prozeß der Auseinandersetzung übernimmt jeder Partner für sich die Verantwortung und bleibt für den anderen in seinen Strategien transparent.

Aufgrund unserer Erfahrung mit Paaren erscheint uns folgendes wesentlich:

- Beide Partner verhandeln auf der Basis der Anerkennung von Gleichrangigkeit, d.h. die eigenen Bedürfnisse und die Bedürfnisse des Partners werden als grundsätzlich gleichrangig angesehen. Zum Beispiel wird kein Rangunterschied zwischen einem Konzertbesuch oder dem Anschauen eines Fußballspiels gemacht.
- Je weniger Vorurteile und Bewertungen im Spiel sind, um so

leichter und sachbezogener können wir unsere Verhandlungen führen.

- Auseinandersetzungen führen nur dann zu guten Lösungen, wenn wir das eigene Wohl, das Wohl des Partners bzw. der Partnerin und das Wohl der Partnerschaft gleichermaßen im Auge behalten und uns dafür einsetzen.
- Eine egalitäre Partnerschaft kann sich nur dann entwickeln, wenn beide Partner bereit sind, sich mit dem Thema Macht und Einfluß in der Beziehung auseinanderzusetzen. Zunächst ist dabei wichtig zu akzeptieren, daß bei Auseinandersetzungen Macht im Spiel ist und auch sein darf. Jeder versucht, im Streitgespräch den größtmöglichen Einfluß zu gewinnen und den anderen zu überzeugen. Wenn wir uns diese Einflußnahme gegenseitig zugestehen und nicht als persönliche Beleidigung oder gar als liebloses Verhalten interpretieren, können wir lernen, die Machtverhältnisse unter uns gemeinsam zu kontrollieren und im Gleichgewicht zu halten. Unter diesen Voraussetzungen gelingt es uns, unsere innere Handbremse zu lösen und uns in Auseinandersetzungen wirklich zu zeigen und zu entfalten. Mit der Zeit entdecken wir dann, daß Streiten auch Spaß machen, spannend und kreativ sein kann.
- Macht und Einfluß müssen in einer Partnerschaft immer wieder neu verteilt werden, besonders dann, wenn sich die Lebenssituation eines Paares deutlich ändert. Ganz pauschal können wir z. B. die Phase vor den Kindern, die Phase mit den Kindern und die Phase nach den Kindern unterscheiden. Zuständigkeiten und Spielregeln bezüglich Haushalt, Beruf, Kinderversorgung u. ä. können immer wieder geklärt oder fest geregelt und bei Bedarf wieder geändert werden. Grundsätzlich ist es jedoch bei jeder größeren Lebensveränderung notwendig, die Aufgabenverteilung neu zu diskutieren. Dafür brauchen wir eine geeignete Verhandlungssprache, die Positionen klären hilft, ohne dabei die Verbundenheit aus den Augen zu verlieren.

Eine verbindende Verhandlungssprache entwickeln

Wenn wir als Paar miteinander verhandeln, müssen wir auf der einen Seite Positionen klären und Entscheidungen treffen, wollen aber auf der anderen Seite unsere Beziehung nicht überfordern oder gar aufs Spiel setzen. Im Gegenteil erhoffen wir uns von unseren Auseinandersetzungen eine Intensivierung unseres Kontaktes sowie eine Verbesserung unserer Lebenssituation. Dies gelingt nur, wenn wir eine Verhandlungssprache entwickeln, die positionale und relationale Aspekte miteinander verbindet. Hier können in der Regel die Männer von den Frauen und die Frauen von den Männern lernen. Männer sind wesentlich geübter als Frauen, Positionen im Gespräch zu formulieren und mit Argumenten zu vertreten. Frauen hingegen benutzen die Sprache in erster Linie zur Beziehungsaufnahme und erst in zweiter Linie zur inhaltlichen Einflußnahme. Ein Mann würde also in der ihm vertrauten positionalen Sprache zu seiner Frau sagen: „Ich will heute abend ins Kino gehen. Es läuft ein interessanter Film. Den solltest du dir auch anschauen." Die Frau würde in der ihr näher liegenden relationalen Sprache das gleiche ungefähr folgendermaßen ausdrücken: „Ich würde gern mal wieder mit dir zusammen etwas unternehmen. Hast du Lust, mit mir ins Kino zu gehen? Der neue Film könnte uns beide interessieren." Der Mann formuliert zwar klar und deutlich seine inhaltliche Position, drückt aber seine Wünsche auf der Beziehungsebene nicht in gleicher Weise differenziert aus. Die Frau hingegen betont die Beziehungsebene und damit den Wunsch nach Verbundenheit, läuft aber Gefahr, dabei ihre eigene Position zu vernebeln oder gar zu verlieren. Positionale und relationale Aspekte könnten in diesem Beispiel etwa folgendermaßen miteinander verbunden werden:

„Ich möchte gern mit dir zusammen etwas unternehmen. Mir ist es auch wichtig, diesen Film zu sehen. Wenn du einverstanden bist, gehen wir heute zusammen ins Kino."

Für eine optimale Verhandlungssprache in der Partnerschaft müssen manche Männer die relationale und manche Frauen die positionale Sprache wie eine Fremdsprache lernen, ohne dabei die jeweils anderen Sprachfähigkeiten zu verlieren.

Nicht die Ereignisse sind das Problem, sondern wie wir mit den Ereignissen umgehen

Evelyn und Rüdiger wollen miteinander ins Theater gehen. Sie sind schon etwas verspätet.

Evelyn: „Der Autoschlüssel hängt nicht mehr am Brett. Hast du ihn schon genommen, Rüdiger?"

Rüdiger: „Nein, ich weiß nicht, wo er ist. Du bist doch zuletzt gefahren."

E.: „Das stimmt nicht. Du bist doch mit dem Auto zum Einkaufen gefahren."

R.: „Aber beim Ausladen habe ich ihn dir gegeben, das weiß ich genau."

E.: „Ich habe ihn aber nicht!"

R.: „Wenn du den Schlüssel immer dorthin legen würdest, wo er hingehört, dann hätten wir dieses Problem gar nicht. Wegen dir kommen wir jetzt zu spät und werden nicht mehr eingelassen."

E.: „Immer schiebst du mir alles in die Schuhe. Dabei hast du erst vorgestern den Schlüssel verlegt. Ich bin sicher, daß du ihn nach dem Einkaufen eingesteckt hast."

R.: „Wie oft soll ich dir noch sagen, daß ich ihn dir gegeben habe. Aber du mit deiner ewigen Schlamperei!"

E.: „Jetzt reicht's mir aber! Mit dir hat man nichts als Ärger! Wegen allem und jedem machst du so ein Theater! Du bist wie dein Vater! Immer sind die anderen Schuld! Du selbst kannst es natürlich nicht gewesen sein!"

R.: „Fang bloß nicht wieder damit an! Deine chaotische Familie ist mir schon immer auf die Nerven gegangen."

... und wenn sie nicht gestorben sind, dann streiten sie noch heute.

Wenn wir von Streitkultur sprechen, meinen wir gerade nicht diese wenig hilfreiche Form. Statt miteinander alle Energie darauf zu verwenden, den Schlüssel möglichst bald zu finden, werden Verletzungen verteilt, alte Wunden aufgerissen und Mauern aufgebaut. Der Schaden, den die Beziehung hierbei erleidet, steht in keinem Verhältnis zum ursprünglichen Anlaß.

Spielregeln für eine positive Streitkultur

Wir wollen nun anhand dieses Beispiels einige hilfreiche Spielregeln für eine positive Streitkultur formulieren:

- **Beim konstruktiven Streiten geht es nicht darum, nach Schuldigen, sondern miteinander nach geeigneten Lösungen zu suchen.**

Häufig verwenden wir sehr viel Energie und Zeit darauf, die Schuldfrage zu klären. Wie wir jedoch an dem oben gewählten Beispiel deutlich sehen können, sind solche Diskussionen äußerst kontraproduktiv. Wir können uns ewig darüber streiten, wer nun schuld ist oder nicht. Damit vertun wir aber nur unsere Zeit und verbrauchen unsere Kräfte, statt diese für eine kreative Lösung einzusetzen. Nicht zuletzt schaukelt sich mit der Schuldfrage die Situation zu einem erbitterten Gegeneinander auf, ein flexibles Miteinander ist nicht möglich. Um den „Schlüssel" zu finden, brauchen wir aber vor allem Ruhe und Gelassenheit, damit unser Gehirn optimal arbeiten kann.

- **Auseinandersetzungen bereichern unsere Partnerschaft vor allem dann, wenn wir nicht problem-, sondern lösungsorientiert vorgehen.**

Viele Paare sind inzwischen sehr darin geübt, sich gegenseitig zu interpretieren und zu analysieren. Vor lauter Erkenntnissen bleibt aber in vielen Fällen die Lösung auf der Strecke. Lösungen, die für unsere Partnerschaft wichtig sind, müssen in der Regel jetzt und hier getroffen werden und können wie bei Evelyn und Rüdiger nicht warten, bis wir alles ausdiskutiert haben. Darüber hinaus belasten Interpretationen und Analysen häufig unser Selbstwertgefühl und produzieren statt Lösungsansätzen Rechtfertigungen. Bei einem lösungsorientierten Ansatz geht es jedoch nicht um Rechthaben oder um ausgeklügelte Begründungszusammenhänge, sondern schlicht und einfach darum, für die gegenwärtige Situation eine geeignete Lösung zu finden. Selbst wenn wir dabei die Vergangenheit miteinbeziehen, bleibt der Blick doch darauf gerichtet, das vorhandene Problem zu bewältigen. Wir probieren dabei unsere Ideen so lange aus, bis beide Partner die Lösung akzeptieren können. Dieser Prozeß des Miteinanderherumtüftelns kann sogar Spaß machen. Wir können uns gemeinsam über unsere Erfolge freuen und werden dadurch motiviert, unsere Partnerschaft immer aktiver in die Hand zu nehmen.

- **Zu einer positiven Streitkultur gehört der Verzicht auf jede Form der Gewaltanwendung.**

Eine egalitäre Beziehung kann sich nur in einem gewaltfreien Rahmen entwickeln. Wir brauchen besonders bei emotional stark belasteten Themen die grundsätzliche Sicherheit, daß der Partner auf körperlich und verbal gewalttätiges Verhalten verzichtet. Aus unserer Erfahrung heraus können wir dies nicht genug betonen. Viele Paare, die sich grundsätzlich für friedliche Menschen halten, neigen in Streßsituationen und Krisen dazu, Gewalt anzuwenden.

Es ist noch nicht lange her, daß es für Eltern und Lehrer selbstverständlich war, Kinder zu schlagen. Viele von uns haben diese Form der Konfliktlösung noch am eigenen Leib erlebt. Kein Wunder, wenn wir später im Affekt selbst zu dieser „Lösung" greifen. Durch entsprechende Entscheidungen und sinnvolle Verhaltensregeln können wir die positive Hemmschwelle zu körperlicher Gewalt wieder so festigen, daß wir uns auch im äußersten Streß auf uns verlassen können. Helmut fand z. B. für sich folgende effektive Strategie: „Ich sage dann innerlich zu mir: Lade nicht gleich die Pistole durch, wenn dir jemand blöd kommt. Laß dir Zeit und atme durch, bis die Wucht der ersten Reaktion verraucht ist."

Gewalttätige Kommunikation erscheint in vielen Gewändern und ist mitunter nur an ihrer Wirkung auf die Beziehung zu erkennen. Streiten kann nicht fruchtbar werden, wenn wir uns wüste Drohungen und Beschimpfungen an den Kopf werfen bzw. uns unter der Gürtellinie angreifen. Besonders Frauen haben aufgrund ihrer langen, geschichtlich bedingten Unterlegenheitsposition viele Formen von Erpressung und subtiler Gewaltanwendung entwickelt. Oft werden hierbei die sprachliche Überlegenheit, die emotionale Abhängigkeit und die Verführbarkeit des Partners genutzt, um ihn unter Druck zu setzen und zu manipulieren.

Jede Form der Gewalt belastet unsere Liebe und läßt sie mit der Zeit versiegen. Durch unsere Auseinandersetzungen wollen wir jedoch genau das Gegenteil erreichen. Deshalb ist im Streit hohe Achtsamkeit erforderlich. Jeder von uns weiß, wie schnell wir im Ärger etwas zerstören können und wie lange es dauert, bis wir es wieder aufgebaut haben. An dieser Stelle haben Schweigen und vorübergehender Rückzug eine positive Bedeutung. Sie lassen uns Raum und bieten manchmal die einzige Möglichkeit, die Beziehung vor unserem Vernichtungssystem zu schützen. Schweigen und Rückzug können schöpferische Pausen darstellen. Wir können in ihnen Luft holen, unsere Automatismen stoppen und einen neuen Ansatzpunkt zum Gespräch wählen.

– **Lösungen lassen sich leichter finden, wenn wir auf „Gesprächskiller" verzichten.**

Folgende **„Gesprächskiller"** finden wir häufig in Auseinandersetzungen:

Verallgemeinerungen: Du bist doch immer bzw. nie .... Das war bei uns schon immer/noch nie ... Du kannst es einfach nicht lassen ... Wenn man dir einmal ... usw. Solche Verallgemeinerungen tragen nichts zu einer Lösung bei, belasten aber das Gesprächsklima und führen uns auf unproduktive Nebengleise.

Die Gesprächsebene wechseln: Äußerungen von der Art „Du bist wie dein Vater bzw. wie deine Mutter" helfen uns nicht, den verlegten Schlüssel aus unserem Beispiel in möglichst kurzer Zeit zu finden, sondern stellen unnötige Verletzungen und Kränkungen dar.

Vorwürfe: „Du hast schon wieder..." oder „Du machst immer..." Solche Sätze sind ein Angriff auf das Selbstwertgefühl und werden in der Regel mit Gegenvorwürfen beantwortet. Damit beginnt ein Aufschaukelungsprozeß, und die Suche nach einer Lösung wird fallengelassen. Negative Aufschaukelungsprozesse sollte ein Paar aber so schnell wie möglich stoppen. Der Satz „So kommen wir nicht weiter, laß uns nach einer Lösung suchen", kann dabei sehr hilfreich sein. Zu Paaren, die sich ständig gegenseitig Vorwürfe machen, sagen wir zum Beispiel: „Statt einen Vorwurf zu machen, äußere lieber deinen Wunsch. Vorwürfe sind schlecht formulierte Wünsche."

Vergleiche mit anderen Personen: „Sabine ist auch schon aufgefallen, daß du immer ..." Solche Formulierungen sind für das Erarbeiten einer Lösung hinderlich.

– **Destruktive Kreisläufe im Konfliktgespräch können wir stoppen und in eine konstruktive und kreative Richtung lenken, wenn wir uns nicht gegenseitig schwächen, sondern durch explizit ausgedrückte Anerkennung und Wertschätzung die Sicherheit und damit das Selbstvertrauen des Partners bzw. der Partnerin stärken und so hoch wie möglich halten.**

Wie können nun Rüdiger und Evelyn unter Berücksichtigung dieser Spielregeln ihr Schlüsselproblem lösen:

Evelyn: „Der Autoschlüssel hängt nicht mehr am Brett. Hast du ihn schon genommen, Rüdiger?"

Rüdiger: „Nein, ich weiß nicht, wo er ist. Laß uns mal nachdenken, wo er sein könnte."

E.: „Bis jetzt haben wir ihn immer wieder rechtzeitig gefunden. Deswegen lassen wir uns nicht unseren schönen Abend verderben."

Rüdiger nimmt Evelyn in den Arm: „Komm Schätzchen, du hast doch so eine gute Nase. Wenn bei uns etwas verloren geht, findest du es doch meistens."

E.: „Laß mich mal überlegen. Ah ja, da könnte er sein."

R.: „Ich hätte schwören können, daß ich ihn dir gegeben habe. Da siehst du mal, wie man sich irren kann."

Rüdiger und Evelyn finden in diesem Beispiel gemeinsam einen Weg, dem Problem die Spitze zu nehmen, und trotz des Zeitdruckes gelingt es ihnen, eine entspannte Atmosphäre herzustellen, in der jeder für die Lösung sein Bestes geben kann. Grundsätzlich können wir lernen, in Konflikten so miteinander umzugehen, daß wir uns von unserer besten, nicht von unserer schlechtesten Seite zeigen können. Unter diesen Umständen werden wir kreativ, und ein Schlüsselproblem kann plötzlich zu einem Schlüsselerlebnis werden. Wenn wir unsere eigene Position in Auseinandersetzungen relativieren können, entsteht häufig ganz von selbst eine humorvolle Stimmung. Wir können uns über eine Sache ernsthaft streiten und dabei herzlich lachen.

Nicht alle Probleme und Konflikte lassen sich so schnell lösen wie bei Evelyn und Rüdiger. Manche Themen begleiten uns Jahre und müssen immer wieder miteinander verhandelt werden. Wenn wir eine oder viele Verknotungen in unserer Beziehung vor uns haben, nützt es uns in der Regel nichts, wenn wir daran herumzerren und am Schluß sogar zum Schwert greifen und einfach losschlagen. Wir brauchen mitunter viel Geduld, unsere ganze Geschicklichkeit, Intelligenz und unseren gesamten Erfahrungsschatz, um langsam Schritt für Schritt die Knoten zu lösen. Wenn wir die Geduld verlieren und beginnen, uns im Streit zu verspannen und zu verrennen, ist es für beide Seiten besser, Pausen einzulegen. In diesen schöpferischen Pausen kann sich das Streitgespräch setzen, jeder kann ausführlich darüber nachdenken und es in sich wirken lassen. Dies ist besonders für die Männer wichtig, da oft die Gefahr besteht, daß sie von den sprachgewandteren Frauen an die Wand geredet werden. Mit dem nötigen Abstand werden die wirklichen Positionen beider Partner wieder klarer und emotionale Verstrickungen können besser vermieden bzw. wieder aufgelöst werden.

Wenn ein Thema in der Partnerschaft sehr emotional besetzt ist, können „Rituale" helfen, eine Gesprächssituation zu schaffen, die jeden Partner schützt und ihm trotzdem die Möglichkeit gibt, sich mitzuteilen und den anderen anzuhören.

Ein Beispiel für ein Konfliktritual: „Die blaue Karte"

Rituale werden in Friedenszeiten miteinander ausgehandelt. Der Ablauf wird festgelegt und muß von beiden Seiten akzeptiert werden. In diesem Fall braucht das Paar als Hilfsmittel eine blaue Karte, die an einem für beide Partner zugänglichen Platz aufbewahrt wird. Jeder Partner kann die blaue Karte ziehen. Wenn das geschieht, wird am selben oder spätestens am nächsten Tag ein fester Gesprächstermin vereinbart. Die Partner akzeptieren folgenden Gesprächsablauf:

Der, der die blaue Karte gezogen hat, fängt an und darf 15 Minuten sprechen, ohne daß der andere ihn/sie unterbricht. Dann wird gewechselt. Nachdem beide Partner nacheinander jeweils 15 Minuten gesprochen haben, dürfen sie mindestens eine Stunde lang nicht miteinander über die Themen reden, die im Ritual angesprochen wurden.

Dieses Ritual kann uns helfen, aus einem destruktiven, feindseligen Schweigen oder Hickhack herauszukommen. Wir können uns aus unserem inneren Ärgerdialog lösen, bevor der Anstau von Aggressionen in Destruktivität umschlägt.

Das von beiden Seiten akzeptierte Schweigen über die im Ritual besprochenen Themen gibt uns Raum und Zeit für ein vom Partner bzw. von der Partnerin unbeeinflußtes Nachdenken. In der Regel sind Frauen viel schneller im verbalen Reagieren als Männer. Darüber hinaus fällt es vielen leichter, auf der Handlungsebene etwas zu verändern, ohne verbal zustimmen zu müssen, weil sie sich sonst sofort festgelegt oder eingeengt fühlen. Die Handlungsebene bleibt dagegen offen und läßt Spielraum, zu einem anderen Zeitpunkt anders handeln zu können.

Für dieses Ritual empfehlen wir Paaren zusätzlich noch folgendes:

Derjenige, der den Partner kritisieren will, soll nicht die Person, sondern das Verhalten der Person kritisieren. Es ist wichtig, so genau wie möglich zu beschreiben, welches Verhalten die Aggressionen auslöst, ohne dabei die Person des anderen abzuwerten. Als nächsten Schritt empfehlen wir, möglichst genau zu sagen, welches Verhalten statt dessen gewünscht wird. Je genauer wir unsere Wünsche formulieren können und je realistischer diese sind, um so größer ist die Chance, daß der Partner bzw. die Partnerin etwas verändern wird. Wenn der Partner bzw. die Partnerin in den Tagen nach dem Gespräch tatsächlich etwas in der gewünschten Weise verändert, dann ist es wichtig, dies anzuerkennen. Anerkennung zu geben ist eine Kunst für sich. Ein Satz wie „Du machst es ja schon viel besser als früher" kann den Partner bzw. die Partnerin verletzen, da man sich zum Richter über den anderen aufspielt. Vergleiche mit früherem Verhalten wirken grundsätzlich negativ.

Abschließend wollen wir noch einmal festhalten, wie wichtig es für eine gleichwertige Partnerschaft ist, die Fähigkeiten zu aktivieren und zu erweitern, Konflikte konstruktiv und kreativ lösen zu können. In dieser Hinsicht betreiben wir als Paare sozusagen Friedensforschung. Was wir im Prozeß unserer Auseinandersetzungen lernen, reicht weit über den Rahmen der Partnerschaft hinaus und ist für die nächste Generation von unschätzbarem Wert und ein gutes „Erbe". Eine auf gegenseitiger Achtung und Wertschätzung basierende Konfliktbewältigung in der Partnerschaft festigt die Grundlagen für ein neues Zeitalter menschlicher Begegnung.

Typisch Mann – typisch Frau
Polarisierung oder voneinander lernen

Kaum ein Thema wurde und wird so emotional verhandelt und mit so vielen Vorurteilen und Klischees beladen wie das der Unterschiedlichkeit von Mann und Frau. Jeder von uns weiß aus Erfahrung, wie schwierig es hier werden kann, miteinander in einem offenen Gespräch zu bleiben.

Aufgrund der Forschungsergebnisse der letzten Jahre und der Erfahrungswerte aus der Psychotherapie verdichtet sich mehr und mehr der Eindruck, daß Männer und Frauen ihre Partnerschaft wesentlich unterschiedlicher erleben, als man ursprünglich angenommen hat. Insgesamt gesehen verlassen wir auf diesem Gebiet eine eher harmonistische Sichtweise. Männer und Frauen bewegen sich mehr in die Richtung, sich intensiver als bisher mit dem Thema ihrer Unterschiedlichkeit zu beschäftigen.

Die Ergebnisse kann man vorläufig in etwa folgendermaßen zusammenfassen: Die Erwartungen und Erfahrungen, die Männer und Frauen mit Partnerschaft verbinden, stimmen in wichtigen Punkten nicht überein. Diese Unterschiedlichkeit im Erleben der Partnerschaft gilt dabei für alle wesentlichen Bereiche, u. a. für die Wünsche, die Sexualität und Erotik betreffen sowie für die Arbeitsteilung und das Gesprächsverhalten im Alltag. So betrachtet, leben Mann und Frau zwar zusammen und sind sich von daher vertraut, bleiben sich aber im Erleben ihrer Beziehung doch wesentlich fremder, als bisher vermutet.

Verständlicherweise verstärken solche Erkenntnisse die bereits vorhandene Verunsicherung vieler Paare und werfen eine Unmenge weiterer Fragen auf, für die erst geeignete Lösungen gesucht werden müssen.

Glückt es uns tatsächlich, miteinander ins Gespräch zu kommen, stehen wir nicht selten ratlos vor unvereinbar erscheinenden Bedürfnissen, und unsere ursprüngliche Bereitschaft zum konstruktiven Dialog droht immer wieder leicht in eine pessimistische

Haltung umzuschlagen. Um uns zu motivieren, das Feuer des gegenseitigen Bemühens auch in Phasen von Unverständnis und Ratlosigkeit weiter zu hüten, können wir uns ins Gedächtnis rufen, daß wir erst am Anfang einer geschichtlichen Entwicklung stehen und sozusagen Pioniere sind, die einen Weg finden wollen, wie Männer und Frauen ihre Partnerschaft dauerhaft und glücklich gestalten können. Beiden Seiten fällt es in der Regel schwer, sich aus den bisherigen, überwiegend leidvollen Paarkonzepten der Vergangenheit zu lösen und miteinander eine neue Geschichte gleichwertiger Partnerschaft zu schreiben.

Eine kongeniale Evolution in der Paargeschichte zu fördern, ist unserer Meinung nach sinnvoll und möglich. Diese wird uns dann am besten gelingen, wenn wir unsere geschlechtsspezifischen Scheuklappen abnehmen und den Raum zwischen uns für eine wirkliche Begegnung öffnen. In einem freundlichen Klima können Männer und Frauen sich gegenseitig neu entdecken und voneinander lernen. In diesem Prozeß wachsen wir aus unseren geschlechtsspezifischen Festlegungen heraus und integrieren männliche und weibliche Aspekte in unsere Persönlichkeit.

Insgesamt gesehen lösen wir uns mehr und mehr von vergangenen Erfahrungen und gehen in unseren Beziehungen einer neuen Zeit entgegen. So können wir neue Visionen eines Miteinander entwerfen und konkretisieren.

Wir sind unterschiedlich, aber nicht darauf festgelegt

In ihrer Evolutionsgeschichte haben Männer und Frauen sehr unterschiedliche Schwerpunkte entwickelt. Die Frauen haben sich infolge ihrer Anpassung an die Mutterrolle stärker auf die sprachlichen Bereiche des Gehirns spezialisiert, während die Männer in ihrer Rolle als Jäger und Beschützer mehr die räumlichen Fähigkeiten trainiert haben. Aufgrund dieser unterschiedlichen Evolutionsgeschichte verfügen kleine Mädchen früher als kleine Jungen über sprachliche Fähigkeiten und benützen bedeutend mehr Wörter als Jungen im gleichen Alter. Jungen hingegen bilden in der Regel wesentlich stärker als Mädchen ihre räumlichen Fähigkeiten aus. Sie sind z. B. besser im Werfen, Zielen und Laufen. Ihr Orientierungssinn ist ausgeprägter. Untersuchungen haben gezeigt, daß ein **klei-**

ner Junge schon sehr früh seine Probleme dadurch zu lösen versucht, indem er **etwas tut**, d. h. seine räumlichen Fähigkeiten beim Problemlösen einsetzt. **Kleine Mädchen** hingegen nehmen in derselben Situation **Kontakt auf** und benutzen ihre **Stimme**, auch wenn sie noch gar nicht sprechen können.

Im Laufe ihrer Entwicklung verstärken sich bei Mädchen, ganz allgemein gesprochen, im Gehirn die neuralen Verbindungen, die es ihnen später ermöglichen, gleichzeitig fühlen, sprechen und denken zu können. Jungen dagegen scheinen ihr Gehirn mehr in die Richtung eines Nacheinanders zu trainieren, nämlich zuerst zu fühlen, dann darüber nachzudenken und schließlich darüber zu sprechen oder zu handeln.

Diese geschlechtsspezifischen Unterschiede, die sich im Laufe unserer Evolutionsgeschichte ausgeprägt haben, werden durch die Erziehung nicht ausgeglichen, sondern noch häufig weiter verstärkt, obwohl sich unsere Lebenssituation grundlegend geändert hat. Jungen kommen auch heute noch von früh auf in einen völlig anderen Erwartungsraum als Mädchen. Jungen werden stärker funktionalisiert, d. h. leistungs-, ziel- und sachorientiert, Mädchen werden mehr in ihren sozialen Fähigkeiten gefördert und verstärkt.

Wie wirken sich nun diese evolutions- und erziehungsbedingten Unterschiede später auf unsere Partnerschaft aus?

Männer konzentrieren ihre Aufmerksamkeit in der Paarbeziehung mehr darauf, daß der Alltag gut läuft und fühlen sich geliebt, wenn ihr Einsatz für die Familie von der Partnerin entsprechend anerkannt und gewürdigt wird. Frauen dagegen legen in erster Linie Wert darauf, sich mit ihrem Partner gut zu verstehen und innerlich nah zu fühlen. Sie spüren die Liebe ihres Partners dann am deutlichsten, wenn sie mit ihm über alles reden und dabei ihre Gefühle ausdrücken können, ohne daß diese bewertet, heruntergespielt oder ihnen am Ende sogar ausgeredet werden. Die Erfahrung, dem Partner alles mitteilen zu können, fördert bei Frauen das Gefühl von Sicherheit und Geborgenheit in der Paarbeziehung. Ein Mann hingegen empfindet dann Glück und tiefe Erfüllung in seiner Partnerschaft, wenn er die Rückmeldung erhält, daß er alles für seine Familie tut. Er ist zufrieden, wenn er hört, daß er durch seine Leistungen seine Frau glücklich macht. Etwas verkürzt könnte man sagen: **Der Mann**

will sich durch seine Taten bestätigen und von der Partnerin dafür Anerkennung bekommen, die Frau will mit dem Mann reden und Nähe im Kontakt erleben.

Genau betrachtet können sich beide an dieser Stelle wunderbar ergänzen, aber die Erfahrung zeigt, daß gerade diese Unterschiedlichkeit bei vielen Paaren zu tiefgreifenden Mißverständnissen und heftigen, folgenschweren Auseinandersetzungen führt. In manchen Fällen erweist es sich als sinnvoll, fachliche Hilfe in Anspruch zu nehmen, um rechtzeitig einer Chronifizierung und Ausweitung solcher Konflikte entgegenzuwirken.

Wir wollen nun anhand eines einfachen Beispiels aus dem Beziehungsalltag aufzeigen, wie polarisierende Kommunikation entsteht, auf welche Weise wir sie am besten auflösen und welche Ergebnisse wir dann miteinander erzielen können:

Karl und Lisa sind seit neun Jahren verheiratet und haben zwei Jungen, Jonas mit sieben Jahren und Sebastian mit vier Jahren. Karl arbeitet als Gruppenleiter in einem großen Unternehmen. Lisa ist Lehrerin und hatte sich nach der Geburt der Kinder beurlauben lassen. Seit einem halben Jahr gibt sie wieder mit begrenzter Stundenzahl Unterricht.

Karl und Lisa schilderten folgende Situation:

Karl kommt von der Arbeit nach Hause und geht in sein Zimmer, um die Aktentasche abzulegen.

Lisa: „Hallo, Karl, schön, daß du da bist. Heute war so viel los, wir ..."

Karl: „Ist Post gekommen?"

L.: „Ja, dort auf dem Fensterbrett liegt sie."

Karl öffnet die Post und liest.

L.: (in gereiztem Ton) „Kannst du die Post nicht einmal liegenlassen? Du hast mich überhaupt noch nicht richtig begrüßt!"

K.: (in die Post vertieft) „Laß mich das schnell noch durchschauen."

L.(fängt einfach an zu reden): „Der Tag heute war für mich ziemlich anstrengend. Ich bin fix und fertig. Heute mittag kam Jonas auch noch weinend von der Schule nach Hause, weil der Peter und der Michael ihn wieder so geärgert haben. Und Sebastian hat letzte Nacht so schlecht geschlafen. Hoffentlich wird er nicht krank. Wenn die nächste Nacht wieder so anstrengend wird wie die letzte, weiß ich nicht, wie ich dann noch meinen Unterricht halten soll."

K.: „Hm, hat jemand für mich angerufen?"
L.: „Ja, es hat jemand auf den Anrufbeantworter gesprochen."
Karl geht ans Telephon und hört den Anrufbeantworter ab: „Ich ruf grad mal schnell zurück, dann ist die Sache erledigt."
L.: „Du hörst mir ja überhaupt nicht zu."
K.: „Jetzt fang doch nicht gleich wieder damit an. Ich will ja nur kurz telephonieren, damit ich es nicht vergesse."
L.: „Alles ist dir wichtiger. Wie es mir geht, interessiert dich überhaupt nicht."
K.: „Du brauchst dich nicht gleich so aufzuregen. Ich habe heute auch den ganzen Tag gearbeitet. Jonas muß halt lernen, sich durchzusetzen, und am Wochenende nehme ich dir den Sebastian ab, damit du dich erholen kannst. Wieviel Uhr ist es eigentlich? Ich möchte heute unbedingt die Tagesschau sehen."
L. wütend: „Ich finde dich unmöglich! Wie gehst du eigentlich mit mir um?"
K.: „Ich habe dein ewiges Gejammer gründlich satt. Ich gehe jetzt."
L.: „Das ist typisch Mann. Du machst es dir einfach. Du gehst, wann es dir paßt, und ich kann schauen, wie ich mit der Situation weiter zurecht komme. Ich kann nicht einfach alles hinschmeißen und gehen."
K.: „Typisch Frau! Ich kann mich anstrengen und für die Familie tun, was ich will, du bist nie zufrieden."
In einer männerdominierten patriarchalen Paarbeziehung hätte Lisa ihr Bedürfnis nach Kontakt und Gespräch auf keinen Fall so direkt angemeldet. Es wäre wahrscheinlich nicht einmal zu dem Ansatz einer offenen Auseinandersetzung gekommen. Lisa hätte ihre Wünsche selbstverständlich hinten angestellt und für Karl alles so hergerichtet, wie er es für sich braucht. Sie hätte ihm die Post gegeben, ihn über den Anrufbeantworter informiert und, ohne sich zu beklagen, akzeptiert, daß er seine Ruhe braucht und ihm die Kinder vom Leib gehalten. Am nächsten Tag hätte sie dann vielleicht unter Migräne gelitten.
Um ein tieferes Verständnis für die Schwierigkeiten von Karl und Lisa zu bekommen, erweist es sich als hilfreich, einen kurzen Blick in die Geschichte der Paarbeziehung zu werfen und uns folgendes ins Gedächtnis zu rufen:
Die Ehe in der heutigen Form als Kleinfamilie und Liebesge-

meinschaft gibt es noch gar nicht so lange. In der vorindustriellen Zeit, also etwa vor 1850, lebten die Ehepartner nicht allein, sondern eingebunden in eine Großfamilie. Der persönliche Gesprächskontakt war in der Regel auf ein Minimum beschränkt. Jeder hatte seine festen Aufgaben und Rollen. Diese waren vorgegeben und mußten von daher nicht diskutiert werden. Ehefrauen erwarteten von ihren Männern überhaupt nicht, daß diese mit ihnen Kinderbelange besprachen. Dafür waren Frauen zuständig. Eine Frau erwartete auch nicht, daß der Mann ihr zuhörte und auf ihre Gefühle einging. In Großfamilien tauschten sich Frauen vor allem mit Frauen aus, und Männer sprachen hauptsächlich mit Männern. Der Mann sah es nicht als seine Aufgabe, seiner Frau zuzuhören, auf sie einzugehen und Verständnis für sie zu zeigen. Dafür waren die Frauen zuständig. Die Großfamilienstrukturen haben sich in den vergangenen 150 Jahren zunehmend aufgelöst. Das Konzept von Partnerschaft hat sich nun vor allem in den letzten 50 Jahren grundlegend verändert. Hier hat wirklich eine Revolution stattgefunden. Frauen erwarten jetzt von ihren Männern Gespräch, Kontakt und Verständnis. Viele Männer aber tragen in sich noch immer das Konzept der Großfamilie, in dem sich die Männer für die emotionalen Belange ihrer Frau nicht zuständig fühlten und sich deshalb auch nicht dafür interessierten.

Wenn wir uns bewußt machen, wie lange diese patriarchale Einstellung die Auffassung von Ehe bestimmt hat und wie kurz im Verhältnis dazu das moderne Verständnis von Ehe ist (maximal in der zweiten Generation), wird vielleicht klarer, warum Karl und Lisa diese Schwierigkeiten haben. Karl hat es von seinem Vater nicht gelernt, auf eine Frau wirklich einzugehen. Lisa stellt an Karl die Kontakterwartungen, die sie in der Großfamilie früher über andere Frauen befriedigt hätte. In der Kleinfamilie richten sich nun diese Erwartungen an den Mann, und dieser weiß nicht, wie er sie erfüllen soll. Er glaubt, durch eine optimale äußere Versorgung alles für seine Familie zu tun. Dabei versteht er nicht, daß sich seine Frau nicht nur materielle, sondern auch seelische Nahrung wünscht. Sie erwartet von ihm einfühlsames Verstehen und will keine gescheiten Vorschläge darüber hören, wie sie ihre Probleme lösen soll. Damit geht er nicht auf ihre Gefühle ein und gibt ihr zugleich noch die Botschaft: Ich weiß eh alles besser als du. Stell dich doch nicht so blöd an.

Wie kann Karl auf Lisa eingehen, und was kann er dabei für sich selbst gewinnen

Um sich in der Beziehung sicher und geborgen zu fühlen, braucht Lisa, daß Karl ihr wirklich zuhört und sich dafür interessiert, was sie tagsüber erlebt hat. Lisa hat ursprünglich gar nicht die Absicht, Karl zu kritisieren, noch erwartet sie Lösungen von ihm. Sie will sich einfach den Streß von der Seele reden und fühlt sich dann liebevoll angenommen und entlastet, wenn sie ihren Gefühlen freien Lauf lassen kann, ohne daß Karl diese bewertet bzw. sich angegriffen fühlt. Lisa schöpft also neue Kraft, wenn sie bei Karl ein offenes Ohr findet. Kann sie sich aussprechen, wird sie von selbst ruhig, gewinnt Übersicht und kann später gegebenenfalls nach Lösungen suchen.

Im Partnerseminar bekam Karl Unterstützung und konnte sich darin üben, auf Lisa in einer für ihn zunächst ungewohnten Weise einzugehen. Er lernte, Lisa nicht wie üblich mit dem Appellohr, sondern mit dem Selbstoffenbarungsohr zuzuhören. Er konnte nach und nach den antrainierten Automatismus, sich gleich verantwortlich zu fühlen und sofort nach Lösungen suchen zu müssen, ablegen. Dadurch konnte er sich auf das Zuhören zunehmend einlassen und die Erfahrung machen, daß er sich dabei sogar entspannen und von seinem eigenen stressigen Alltag Abstand gewinnen konnte. Statt Vorwürfe zu machen oder Lösungsvorschläge zur Verbesserung der Situation vorzubringen, lernte Karl zu sagen: „Ich verstehe, daß du einen schweren Tag hinter dir hast," oder: „An deiner Stelle wäre ich auch geschafft." Durch Karls Anteilnahme wuchs in Lisa das Gefühl, von ihm geliebt zu werden. Trotz Anspannung und Müdigkeit entwickelten sich so Gefühle von Nähe, Zärtlichkeit und liebevollem Kontakt. Auf diese Weise konnten beide trotz allen Stresses einen schönen Abend miteinander erleben.

Im Partnerseminar sprachen wir dann darüber, daß die Seele jedes Menschen eine weibliche und eine männliche Seite besitzt und innerer Friede und Harmonie sich nur dann einstellen, wenn diese beiden Seiten ausgeglichen sind. Das weibliche Lebensprinzip wird im Chinesischen mit Yin und das männliche Lebensprinzip mit Yang bezeichnet. Yin repräsentiert das Prinzip der Hingabe, der Liebe, der Bezogenheit, des Weichen, des Fließenden, des Eingehens auf den andern, des Verstehens, des Mitgefühls u. ä. Yang beinhaltet das Prinzip der Schöpferkraft, des Aktiven, des Machens, des Forderns, des sich Durchsetzens, der Tatkraft u. ä. Beim Jungen und später beim Mann drängt zunächst die Yangseite, das männliche Prinzip, in den Vordergrund, beim Mädchen und später bei der Frau die Yinseite, das weibliche Prinzip. Sobald der Mann seine Yangseite integriert hat, ist es seine Aufgabe, die Yinseite zu integrieren, um eine reife Persönlichkeit zu werden. Dasselbe gilt für die Frau. Wenn sie ihre Yinseite integriert hat, ist es ihre Aufgabe, auch die Yangseite zu integrieren.

Durch die Auseinandersetzung mit diesem Thema kam Karl zu der Einsicht, daß er durch sein Eingehen auf Lisa nicht nur ihre Beziehung verbessern, sondern dabei auch Wesentliches für sich selbst dazugewinnen könnte. Indem er sich auf Lisas Bedürfnisse einließ und sich ihr gegenüber öffnete, bekam er gleichzeitig einen tieferen Zugang zu den über Tag vernachlässigten weiblichen Teilen seiner eigenen Seele. Im Kontakt mit Lisa fand er leichter zu einem Ausgleich zwischen dem „männlichen" Alltag und den weiblichen Seiten seiner Seele. Während sich Karl für Lisa einsetzte, gewann er also doppelt. Er kam sowohl mit Lisa als auch mit sich selbst in einen tieferen Kontakt. Indem er Lisa zuhörte und den Fluß ihrer Gefühle betrachtete, erkannte er wie in einem Spiegel, daß auch die weibliche Seite seiner eigenen Seele genügend Raum braucht, um sich auszusprechen und ihre Gefühle ausdrücken zu können.

Wie kann Lisa auf Karl eingehen, und was kann sie dabei für sich selbst gewinnen?

Lisa wurde sich im Gespräch mit Karl darüber bewußt, daß er seine Gefühle und seinen Streß völlig anders verarbeitet als sie. Sie konnte besser nachvollziehen, warum Karl nach einem Arbeitstag zuerst einmal Zeit für sich allein braucht, um seinen Streß durch Ruhe, Abschalten und Ablenkung zu verarbeiten. Wenn er in dieser Phase von sich aus weder Kontakt noch das Gespräch sucht, zieht Lisa daraus nicht mehr wie bisher den Schluß, daß Karls Rückzug Ablehnung oder Mangel an Liebe bedeutet. Sie kann nun dieses Verhalten leichter als seine Form der Streßbewältigung respektieren und ihm die nötige Zeit lassen, erst einmal anzukommen und den Kontakt zu ihr und den Kindern langsam aufzunehmen. Wir empfahlen ihr, mit folgender Einleitung zu beginnen: Bevor sie zu erzählen anfängt, sollte sie zuerst Karl daran erinnern, daß sie keine Lösungen von ihm erwartet, sondern sich nur aussprechen will. Mit dieser Hilfe gelang es Karl zu seiner eigenen Verwunderung tatsächlich, sich beim Zuhören zu entspannen und von seinem eigenen Arbeitstag abzuschalten. Lisa und Karl fanden einen Weg, ihre unterschiedlichen Bedürfnisse konstruktiv miteinander zu verbinden. Darüber hinaus achtet Lisa nun mehr darauf, daß sie immer wieder deutlich zum Ausdruck bringt, wie sehr sie Karls Einsatz für das Wohlergehen der Familie anerkennt und wertschätzt. Sobald Lisa Karl versicherte, daß sie trotz aller Probleme mit ihm glücklich sei, konnte er liebevoller und einfühlsamer auf sie zugehen.

Auch Lisa erkannte, wie wichtig die Integration männlicher Teile für sie als Frau ist. Dadurch, daß sie sich mit Karls Bedürfnissen intensiver auseinandersetzte, wurde sie sich gleichzeitig der männlichen Seite ihrer eigenen Seele bewußt. Sie spürte deutlich den Wunsch in sich, den „weiblichen" Tag auszugleichen und die „männlichen" Bedürfnisse nach Anerkennung und Struktur, Ruhe und Rückzug in die eigene Person zu integrieren und dadurch sowohl außen wie innen eine harmonische Verbindung zwischen weiblichem und männlichem Prinzip herzustellen. Ihr wurde bewußt, wie sehr sie sich bisher von dem Anspruch antreiben ließ, immer für andere dasein zu müssen, ohne auf sich selbst zu achten.

Wie Karl und Lisa miteinander gewinnen können

Durch die über die Konfliktsituation hinausgehende, umfassendere Auseinandersetzung mit dem Thema der Unterschiedlichkeit von Mann und Frau gelang es Karl und Lisa nicht nur, ihren gemeinsamen Abend zu beider Zufriedenheit einzufädeln, sondern sie bekamen zusätzlich eine Menge Ideen für ihre Beziehung.

Zunächst entwickelten Lisa und Karl ein tieferes Verständnis füreinander. Ihnen wurde klar, wie wichtig es ist, die Unterschiede zu sehen und jeden in seiner Unterschiedlichkeit anzuerkennen, ohne eine Seite abzuwerten. Durch die gegenseitige Wertschätzung wurde das Selbstwertgefühl jedes einzelnen sowie das Selbstwertgefühl von Karl und Lisa als Paar gestärkt. Hohe Selbstachtung verschafft uns mehr Flexibilität und damit eine kreative Basis, auch schwierigen Situationen eine positive Wende zu geben.

Bei näherer Betrachtung entdeckten Lisa und Karl, daß sie tatsächlich auf ihre Unterschiedlichkeit nicht festgelegt sind, sondern durch die Auseinandersetzung mit dem jeweils anderen bereichert werden. Wie Karl und Lisa kann jedes Paar die Chance nützen, über ein tieferes Verstehen des Partners zu einer Integration der männlichen und weiblichen Seite seiner eigenen Seele zu gelangen. Wir können uns dafür entscheiden, die männliche und weibliche Seite der Seele gleichermaßen in uns und in unserem Partner zu achten und zum Zug kommen zu lassen.

Lisa und Karl erkannten, daß es in der zunächst „banal" erscheinenden Konfliktsituation am Abend wesentlich mehr zu entdecken gab, als sie ursprünglich angenommen hatten. Sie lernten anhand dieser Alltagssituation, gründlicher hinzuschauen und die Gesamtzusammenhänge deutlicher herauszuarbeiten. Dabei wurde ihnen ganz von selbst klar, daß eine für beide befriedigende und tragfähige Lösung nur dann realisiert werden konnte, wenn sie den Abend nicht isoliert betrachteten, sondern als Ausdruck eines Ungleichgewichts der männlichen und weiblichen Seite des Lebens verstanden.

Wir sehen also: Der Prozeß, Polarisierungen aufzulösen, beginnt nicht erst in dem Moment, wo wir anfangen, miteinander zu reden, sondern wesentlich früher. Karl und Lisa begannen, sich mehr mit dem gesamten Tagesablauf zu beschäftigen. Lisa fing an, ihre männliche Seite tagsüber zum Zug kommen zu lassen. Sie bemühte sich, mehr Struktur in ihren Alltag zu bringen und Pausen einzuplanen. Sie arbeitete nicht mehr ohne Punkt und Komma, sondern gönnte sich feste Zeiten, um entspannen und abschalten zu können. Sie fing an, sich selbst regelmäßig Anerkennung für ihre tägliche Arbeit zu geben und legte Wert darauf, auch von Karl Anerkennung ausgesprochen zu bekommen. Auch in ihrem beruflichen Alltag veränderte sie Wesentliches. Sie lernte, sich von den Erwartungen anderer mehr abzugrenzen und wagte immer mehr, auch selbst Forderungen zu stellen. Sie war überrascht, welch positive Auswirkungen diese Veränderungen auch für die Arbeit in ihrer Klasse wie auch mit ihren Kollegen und Kolleginnen brachten. Wörtlich sagte sie: „Seit ich mich mehr abgrenze, nein sage und auch Forderungen an die Schüler stelle, ist die Disziplin in der Klasse besser geworden, und ich bin nicht mehr so gestreßt und ausgelaugt nach der Schule. Im Lehrerkollegium habe ich jetzt das Gefühl, daß auf meine Meinung mehr Wert gelegt wird."

Die Bedürfnisse ihrer weiblichen Seite nach lebendigem Austausch unterstützte Lisa zusätzlich noch dadurch, daß sie sich regelmäßig mit Freundinnen zum gemeinsamen Gespräch verabredete.

Karl entschied sich seinerseits, im Berufsalltag der weiblichen Seite seiner Seele mehr Raum zu geben. Bisher hatte es Karl am Arbeitsplatz vermieden, über sich selbst zu sprechen. Er war immer bemüht, sachlich zu bleiben und nur über berufliche Angelegenheiten mit seinen Kollegen zu reden. Er galt als sehr korrekt, aber unnahbar. Nachdem Karl sich dieser Einseitigkeit bewußt geworden war, begann er am Arbeitsplatz auch über sich und seine Familie zu erzählen. Er bemühte sich, offener zu sein und brachte manchen Kollegen mehr Verständnis und Interesse als bisher entgegen. Dadurch machte er die Erfahrung, daß ihm auch von den Kollegen mehr erzählt wurde und sich damit Anknüpfungspunkte ergaben, auf die er wieder Bezug nehmen konnte. Eines Tages erzählte ihm ein Kollege, daß sein Sohn an Lymphdrüsenkrebs erkrankt und gerade zur Chemotherapie im Krankenhaus sei. Karl erkundigte sich immer wieder nach dem Befinden des Sohnes, und dadurch entwickelte sich allmählich ein freundschaftlicher Kontakt. Sie gingen gelegentlich nach der Arbeit auf ein Bier miteinander weg. Dabei erzählte ihm der Kollege von seiner Angst, den Sohn zu verlieren. Er weinte, und Karl legte in der Öffentlichkeit seinen Arm um ihn und tröstete ihn. Solche und ähnliche Erfahrungen machte Karl immer mehr, nachdem er sich auch am Arbeitsplatz für seine weibliche Seite geöffnet hatte.

Eines der häufigsten Konstrukte von Männern lautet: „Ich muß immer stark sein, und außer Ärger darf ich keine Gefühle zeigen. Angst, Trauer oder Schmerz zu zeigen, ist unmännlich und für die Karriere abträglich." Für Karl bedeuteten diese neuen Erfahrungen eine wirkliche Revolution. Sein bisheriges Glaubenssystem geriet immer mehr ins Wanken, und er machte die Entdeckung, daß die Beziehungsebene nicht nur Frauensache ist. Im Gegenteil, nach einiger Zeit wurde ihm auch am Arbeitsplatz folgendes klar: Je besser er die Beziehungsebene zu seinen Kollegen entwickelte, um so leichter und schneller ließen sich auch Sachfragen regeln. Durch das erwärmte Beziehungsklima um ihn herum wurde es möglich, mehr Ideen mit den Kollegen gemeinsam zu entwickeln. Die Arbeit machte ihm insgesamt mehr Spaß, und das Zusammensein mit den Kollegen war nicht mehr so anstrengend und kräfteraubend. Durch seine Offenheit kam er mit einigen Kollegen in einen engeren Kontakt und bemerkte, daß das seinem Selbstwertgefühl und seiner Stimmung am Arbeitsplatz gut tat.

Karl ist jetzt abends seltener negativ gestreßt. Zusammen mit seiner weiblichen, fließenden Seite gelingt es ihm zunehmend besser, Dysstreß zu vermeiden und in Eustreß, d.h. in vollen befriedigenden Einsatz seiner Fähigkeiten, umzuwandeln. Auch wenn er müde zu Hause ankommt, ist er zufrieden und zieht sich nicht mehr so stark zurück. Nach anfänglichem Erstaunen hat Karl sein verschüttetes Mitteilungsbedürfnis entdeckt und festgestellt, daß es nicht nur Lisa gut tut, sich die Dinge von der Seele zu reden, sondern auch ihm.

Wenn weibliche und männliche Seiten in uns ausgeglichen sind, wir quasi auf zwei Beinen stehen und damit in uns selbst ruhen, sind wir für jede auf uns zukommende Situation in einer optimalen Ausgangslage. Wir werden durch unsere eigene Unausgeglichenheit nicht abgelenkt, sondern können den Überblick bewahren. Wir geraten nicht in einen Bedürfnissog, sondern können die Richtung des nächsten Schrittes so wählen, daß ein liebevolles Miteinander entstehen kann. Im Laufe dieses Prozesses reift die Erkenntnis, daß wir nicht nur auf eine Lösung festgelegt sind, sondern uns aus standardisierten Tanzfolgen zunehmend lösen und frei aufeinander zutanzen können. Je freier wir uns miteinander bewegen, um so mehr wird unser Gehirn in einer kreativen Weise aktiviert und kann sein kongeniales Beziehungspotential entwickeln.

Schauen wir uns nun anhand des Beispiels von Karl und Lisa die erarbeitete Lösungsvariation einmal näher an:

Zunächst bereiteten sich sowohl Karl als auch Lisa innerlich auf die Situation vor und konzentrierten sich darauf, das Zusammentreffen am Abend gut einzufädeln.

Karl hat in seinen Arbeitstag schöpferische Pausen eingeplant und sich auf der Fahrt nach Hause Zeit gelassen, um sich innerlich auf Lisa und seine Kinder einzustellen. Auf deren Wunsch hat er sich angewöhnt, auch tagsüber kurz mit Lisa und Jonas zu telephonieren. Wenn Lisa in der Nacht wieder einmal kaum geschlafen hat, achtet sie jetzt über Tag darauf, sich zu entlasten und wieder zu Kräften zu kommen. Sie nimmt sich ebenfalls Zeit, um sich auf das Heimkommen von Karl einzustellen.

In unseren Partnerseminaren beobachten wir häufig, wie schwierig sich das Einfädeln am Abend trotz dieser Vorbereitungen gestalten kann. Jeder kommt aus seiner Welt, und wenn das Einfädeln nicht gelingt, ist meist der gesamte Abend verdorben. Deshalb erarbeiten wir in der ersten Zeit mit Paaren oft eine ritualisierte Form für diesen Übergang, die sowohl als Hilfe als auch als Schutz dient. Karl und Lisa vereinbarten also zunächst folgenden Ablauf, dem beide zustimmen konnten und der unnötigen Zündstoff aus der Situation herausnahm:

Karl geht auf Lisa und die Kinder zu und nimmt sich Zeit, jeden einzeln zu begrüßen. Dann sagt er:

„Ich freue mich, wieder bei euch zu sein."

Lisa: „Das ist schön. Ich bin wirklich froh, daß du da bist. Ich möchte dir gern einiges erzählen. Ich weiß, daß du heute schon sehr viel gearbeitet hast und sicher ziemlich müde bist. Würdest du mir trotzdem ein bißchen zuhören? Du brauchst nicht nach Lösungen zu suchen. Es tut mir einfach gut, mit dir zu reden."

K.: „Ist in Ordnung. In zehn Minuten bin ich so weit. Ich möchte erst in Ruhe die Post durchsehen und den Anrufbeantworter abhören. Dann setzen wir uns raus, und du kannst mir erzählen."

L.: „Soll ich uns einen Tee machen?"

K.: „Das wäre schön."

Auf den ersten Blick mag diese „Begrüßungszeremonie" für manche etwas aufgesetzt und befremdend wirken, aber es hilft vielen Paaren so wie Lisa und Karl, festgefahrene Konfliktmuster zu verlassen. Lisa und Karl erzählten, daß dabei mitunter eine humorvolle Stimmung aufkam und jeder zu schmunzeln anfing, wenn der andere etwas vergessen hatte, z.B. machte Lisa Karl lachend darauf aufmerksam, daß er jetzt mit dem Postdurchsehen dran sei und Karl Lisa, daß sie ihn noch nicht zum Tee eingeladen hätte. Nach einiger Zeit war dieses Ritual nicht mehr nötig, aber in Streßphasen konnten beide darauf zurückgreifen.

Wenn das Einfädeln beim Nachhausekommen glückt und es Mann und Frau dadurch besser gelingt, sich aufeinander einzustellen und den gemeinsamen Abend zu beider Zufriedenheit zu gestalten, wirkt sich dieses lebendige Miteinander positiv auf das gesamte Familienleben aus. Viele Paare berichten, daß ihre Kinder davon profitieren und ganz unerwartet erfreuliche Entwicklungsschritte zeigen. Weil Karl sich insgesamt und auch zu Hause wohler fühlte, suchte er von sich aus immer mehr Kontakt zu seinen Kindern. Was ihm vorher eher lästig war, machte ihm zunehmend Spaß. Er entdeckte sich als Vater und begann, die Zeit mit den Kindern zu genießen. Er brachte sie viel häufiger ins Bett als vorher. Der intensive Kontakt zum Vater wirkte sich auf die Entwicklung seiner Söhne spürbar positiv aus. Diese Veränderung entlastete also nicht nur die Mutter, sondern stärkte auch das Selbstbewußtsein der Kinder und die männliche Identifikation mit dem Vater. Jonas wurde insgesamt aufgeweckter und interessierter. Er konnte sich im Klassenverband plötzlich besser durchsetzen und gewann Freunde.

Lisa konnte sich auf diese Weise beruhigt zurückziehen und ihre Arbeiten für die Schule erledigen. Sie fand Zeit, sich wieder Dingen zu widmen, die ihr ganz persönlich am Herzen lagen. Karl bekam also mehr Kontakt zu seinen Söhnen und Lisa dadurch mehr Rückzugsmöglichkeiten und Zeit für sich. Durch ihre Auseinandersetzung gewannen beide also Wesentliches für sich. Da sie nicht mehr so gestreßt und unzufrieden aufeinander trafen, konnten sie auch ihre gemeinsame Zeit entspannter und glücklicher gestalten.

Aufgrund der Evolutionsgeschichte haben Männer und Frauen geschlechtsspezifische Schwerpunkte ausgebildet, die in Erziehung und Schule auch heute noch meist unreflektiert weiter verstärkt werden. Obwohl die Gesamtentwicklung in eine andere Richtung weist und wir die Probleme unserer Zeit auf diese Weise nicht lösen können, werden Männer und Frauen noch immer auf bestimmte Rollen fixiert, die in einem anderen geschichtlichen und gesellschaftlichen Zusammenhang entstanden sind. Da Männer und Frauen im Laufe der Menschheitsgeschichte ihre Lebensformen so polarisiert haben, nimmt es nicht wunder, daß sich auch ihre Erlebniswelten immer mehr voneinander entfernt haben. Daß wir auf unsere Unterschiedlichkeit nicht wirklich festgelegt sind, zeigt sich u. a. daran, daß sich Frauen im Beruf häufig an die männliche Welt anpassen, also versuchen, „bessere Männer“ zu sein. Untersuchungen haben gezeigt, daß dann das Verstummen von Frauen pro Jahr um 1,3 Prozent zunimmt. Eine Vermännlichung oder eine Verweiblichung der Welt kann jedoch in keinem Fall die Lösung für die Zukunft sein. Vielmehr liegt der Schlüssel für eine glücksverheißende Entwicklung in gleicher Wertschätzung und harmonischem Ausgleich zwischen den männlichen und weiblichen Aspekten des Lebens. Polarisierung und gegenseitiger Kampf hören dann auf, wenn wir uns bewußt machen, daß jeder von uns männliche und weibliche Seiten in sich trägt. Für den Mann wie für die Frau besteht die Aufgabe darin, die beiden Lebensprinzipien des Yin und Yang in ihrem natürlichen Gleichgewicht zu halten. Die Erfahrung zeigt, daß das, was wir im anderen bekämpfen, wir in uns selbst noch nicht hinreichend integriert haben. Im lebendigen Austausch und in einer von gegenseitiger Wertschätzung getragenen Auseinandersetzung können wir im anderen auch uns selbst entdecken, von einander lernen und unser kongeniales Beziehungspotential entwickeln.

Das erste Kind kommt – Partnerschaft ade?

Jede Partnerschaft erlebt im Laufe ihrer Entwicklung Zeiten der Ruhe und Zeiten der Veränderung. In den Phasen, in denen unsere Beziehung ruhig und gleichmäßig dahinfließt und keinen starken Bewegungen und Veränderungen ausgesetzt ist, kann sie sich konsolidieren und festigen. Wir sammeln Kraft und genießen miteinander, was wir erreicht haben. Wir schauen zurück und können unsere Erfahrungen auswerten und in unsere Persönlichkeit integrieren. Werden wir jedoch mit neuen Lebensanforderungen konfrontiert, gerät unsere Beziehung in Bewegung und manchmal sogar zeitweise aus den Fugen. Das Leben fordert uns heraus, prüft unsere Flexibilität und schult uns, mit unvertrauten Situationen umzugehen und uns mit ungewohnten Aufgaben auseinanderzusetzen. Wir entwickeln dabei neue Bewältigungsstrategien und erweitern unser Beziehungsrepertoire. Je reichhaltiger sich unser Beziehungsrepertoire gestaltet, um so kreativere Lösungsmöglichkeiten stehen uns zur Verfügung und um so geübter sind wir im Umgang mit unvorhergesehenen Ereignissen. Unsere Partnerschaft gewinnt an Stabilität und ist auch in Belastungssituationen weniger störanfällig. Zudem wird mit jeder erfolgreich gelösten Aufgabe unser Selbstbewußtsein gestärkt. Wir schauen optimistischer in die Zukunft und setzen mehr Vertrauen ineinander. Auch schwierigeren Lebensaufgaben fühlen wir uns als Paar zunehmend gewachsen.

Genauer betrachtet, haben also sowohl die Phasen der Kontinuität als auch die Phasen der Diskontinuität in einer Beziehung ihre ganz spezifischen Vor- und Nachteile. Zeiten hoher Stabilität lassen uns zwar zur Ruhe kommen und das Gelernte vertiefen, bergen aber auf der anderen Seite auch die Tendenz zu Erstarrung und Langeweile. Zeiten der Veränderung hingegen reißen uns aus unserem liebgewordenen Trott und wecken uns auf. Sie fordern unsere Intelligenz und Kreativität heraus, sind aber auch mit Anstrengung, Unsicherheit und Angst verbunden.

Wenn wir uns verändern und Neues ausprobieren, also schöpferisch tätig werden, entsteht häufig zunächst einmal in uns oder/und um uns herum Chaos. Chaos ist ein Teil unseres natürlichen Lebensprozesses und von daher unvermeidlich. Viele Menschen haben jedoch erhebliche Ängste in chaotische Situationen zu kommen und wehren sich deshalb so lange wie möglich gegen jede Veränderung in ihrer Partnerschaft. Wir können selbst entscheiden, ob wir unsere Kräfte im zähen Widerstand gegen den natürlichen Lauf des Lebens verbrauchen oder uns geschmeidig mitbewegen und unsere Fähigkeiten für eine kreative und bereichernde Lösung einsetzen.

Jede Partnerschaft durchlebt natürliche Krisen. Unter natürlichen Krisen versteht man die Phasen in einer Beziehung, in denen uns der ganz natürliche Lebensprozeß mit starken Veränderungen und Neuorientierungen konfrontiert. Dazu gehören u. a. das Zusammenziehen eines Paares in eine gemeinsame Wohnung, die Ankunft des ersten Kindes und die Zeit der Ablösung der heranwachsenden Kinder vom Elternhaus.

Von allen natürlichen Krisen ist besonders die Ankunft des ersten Kindes eine der größten Herausforderungen für eine Partnerschaft und verdient von daher einer eingehenden Betrachtung. In unserer Beratungsarbeit haben wir immer wieder die Erfahrung gemacht, daß spätere Beziehungskrisen ihren Ursprung oft in dieser hochsensiblen Zeit haben. Enttäuschungen und Verletzungen während der Schwangerschaft, der Geburt und im Jahr nach der Ankunft des ersten Kindes wiegen gerade bei Frauen besonders schwer und werden in ihrer negativen Auswirkung auf den weiteren Verlauf der Partnerschaft in der Regel unterschätzt. Nur allzu oft droht in dieser Zeit der Beziehungsfaden zu reißen, oder er reißt tatsächlich. In Streßsituationen neigen viele Menschen dazu, sich zu wenig um das eigene und um das Gefühlsleben des anderen zu kümmern. Man hat ja sowieso schon alle Hände voll zu tun. Diese weit verbreitete Einstellung wirkt sich jedoch in der Regel auf die Zukunft einer Paarbeziehung äußerst negativ aus.

Im folgenden werden wir zeigen, wie Paare eine natürliche Krise erfolgreich für die Entwicklung ihrer Partnerschaft nutzen können. Dabei werden wir feststellen, daß sich unsere Paarbeziehung vor allem dann lebendig weiterentwickeln kann, wenn wir das Augenmerk nicht in erster Linie auf das gemeinsame Funktionieren legen, sondern der Pflege des Kontaktes eine besondere Bedeutung beimessen.

Welche Veränderungen die Ankunft des ersten Kindes für eine Partnerschaft mit sich bringt, zeigt die Geschichte von Susanne und Georg:

Die Zeit vor der Geburt des ersten Kindes

Susanne und Georg sind seit 17 Jahren verheiratet und haben inzwischen zwei Kinder, Jonas mit 13 Jahren und Tobias mit 10 Jahren.

Georg (G.) : „Ich hätte wirklich nicht gedacht, daß sich in einer Partnerschaft so viel verändert, wenn ein Kind auf die Welt kommt. Die Umstellung ist mir, ehrlich gesagt, nicht leicht gefallen, obwohl ich unbedingt Kinder haben wollte."

Susanne (S.): „Auch für mich bedeutete die Ankunft von Jonas eine große Veränderung. Ich freute mich sehr über die Geburt unseres ersten Sohnes, aber gleichzeitig mußte ich auf so vieles verzichten, was für mich vorher selbstverständlich war."

G.: „Vor der Geburt von Jonas hatten wir beide viele Hobbies und waren ständig mit unseren Freunden unterwegs."

S.: „Besonders liebten wir ganz spontane Unternehmungen."

G.: „Zum Beispiel buchten wir mit Vorliebe Last-Minute-Flüge und unternahmen weite Reisen rund um die ganze Welt."

S.: „Wir verbrachten überhaupt sehr viel mehr Zeit miteinander. Am Wochenende konnten wir ausschlafen und so herrlich trödeln."

G.: „Wir sind beide ziemlich romantisch veranlagt. Wie oft saßen wir nachts am Feuer, über uns der Sternenhimmel, oder wir erlebten auf unseren Reisen die Sonnenuntergänge am Meer!"

S.: „Damals haben wir auch viel Musik miteinander gemacht ..."

G.: „... und uns gegenseitig vorgelesen."

S.: „Außerdem wurden wir nicht müde, über alles, was uns beschäftigte zu reden und zu reden, oft bis tief in die Nacht hinein."

G.: „Ja, das stimmt. Wir konnten stundenlang telephonieren, besonders am Anfang unserer Beziehung. Erinnerst du dich noch?"

S.: „Natürlich! Manchmal haben wir sogar, wenn wir eigentlich keine Zeit füreinander hatten, einfach alles stehen und liegen gelassen, um uns zu sehen."

G.: „Weißt du noch, wie wir ganze Nächte miteinander durchgeschmust haben. Wir lebten völlig unbeschwert."

S.: „Wir waren unabhängig. Unsere Eltern spielten in dieser Zeit keine große Rolle. Wir sahen sie selten."

G.: „Richtig. Unsere Eltern hatten wenig Einblick in unser Leben. Wir hatten überhaupt damals wenig Verpflichtungen."

S.: „So viel Zeit füreinander und so wenig Verpflichtungen haben wir seitdem nie wieder gehabt."

Wir wollen an dieser Stelle die Erzählung von Susanne und Georg kurz unterbrechen, um die wichtigsten Aspekte noch einmal zusammenzutragen:

Zunächst einmal hören wir von Georg und Susanne, daß sie vor der Geburt ihres ersten Kindes viel mehr Zeit füreinander hatten. Sie konnten sich ausgiebig und nach Herzenslust sehen, miteinander reden, zärtlich sein, reisen, Freunde treffen usw. Sie konnten also ihre Partnerschaft überwiegend frei gestalten und ausgiebig ihrem eigenen Rhythmus als Paar folgen. Jeder behielt dabei die Möglichkeit, auch ohne den anderen eigenen Interessen nachzugehen.

In dieser Phase weisen die Erlebniswelten von Georg und Susanne noch viele grundsätzliche Gemeinsamkeiten auf. Beide beschäftigen sich mit Fragen des Berufslebens, die Freizeit und der Kontakt zu Freunden werden überwiegend miteinander gestaltet. Darüber hinaus sind Susanne und Georg nicht unbedingt gezwungen, in schwierigen Situationen miteinander zu kooperieren. Sie können sich im Zweifelsfall auch aus dem Weg gehen. Die wenigen Trübungen in der Beziehung fallen bei weitem nicht so ins Gewicht, da die Fülle glücklicher Stunden alles überstrahlt. Die Nächte gehören dem Paar und müssen mit niemandem geteilt werden. Zärtlichkeit und Sexualität können frei und ungestört gelebt werden.

Georg und Susanne haben also vor der Geburt des ersten Kindes optimale Möglichkeiten, miteinander in Kontakt zu sein, d.h., sie haben ausreichend Zeit, sich gegenseitig tiefer kennenzulernen, auf die Bedürfnisse des anderen einzugehen und ihr Leben aufeinander abzustimmen. Diese unbeschwerte Zeit ist für das Gelingen einer Partnerschaft nicht zu unterschätzen. Wir brauchen diese Zeit, um uns zuerst einmal als Paar zu finden und ein Polster positiver Erfahrungen miteinander sammeln zu können. Wenn wir diese unbeschwerte Phase in der Beziehung nicht überspringen, sondern ausgiebig leben und genießen, schaffen wir uns gute Voraussetzungen, um die natürliche Krise nach der Ankunft des ersten Kindes besser bewältigen zu können. Sind wir uns gegenseitig schon vertrauter und haben als Paar genügend Sonne getankt, gehen wir satt und ausgeruht auf den Ansturm neuer Aufgaben zu.

Die Gründung einer Familie bedeutet, daß ein Paar eine gravierende Weichenstellung in der Partnerschaft vornimmt, die nicht mehr rückgängig gemacht werden kann. Beide Partner sollten daher diesem entscheidenden Schritt wirklich zustimmen können. Dafür ist es jedoch wichtig, unsere jeweiligen Motivationen zu ergründen und miteinander einer kritischen Prüfung zu unterziehen. Will ich, wollen wir wirklich ein Kind, oder handele ich bzw. handeln wir sozusagen fremdgesteuert? Bei dem Versuch, diese Frage zu beantworten, begegnen wir häufig sowohl in uns als auch um uns herum vielen Klischees und normativen Vorstellungen. Es ist daher in der Regel gar nicht so leicht, sich selbst zu finden und den eigenen, ganz persönlichen Standpunkt herauszufiltern. Untersuchungen zeigen deutlich, daß besonders die Motivation und der Wunsch der Väter einen hohen Einfluß auf den glücklichen Verlauf einer Partnerschaft nach der Ankunft des ersten Kindes haben. In der Vergangenheit überließen viele Männer diese Entscheidung ihren Frauen. Wenn das Thema Kind aber mehr als Frauendomäne betrachtet wird und das Paar eine so bedeutungsvolle Entscheidung nicht wirklich gemeinsam trifft, hat dies mit hoher Wahrscheinlichkeit negative Konsequenzen für den weiteren Verlauf der Partnerschaft.

Die Zeit der Schwangerschaft

Hören wir nun die Geschichte von Georg und Susanne weiter:

G.: „Bereits in der Schwangerschaft hat sich unsere Situation wesentlich geändert. Du warst zum Beispiel enttäuscht darüber, daß ich mich nicht so begeistern konnte wie du."

S.: „Ich hatte tatsächlich den Eindruck, daß du dich nicht so recht für unser Baby interessierst. Du hast von dir aus fast nie darüber gesprochen. Ich hätte mir damals gewünscht, daß du meinen Bauch öfter streichelst. Auch die Freude über die Bewegungen unseres Kindes konnte ich mit dir nicht richtig teilen."

G.: „Ich empfand deine Reaktionen manchmal einfach übertrieben und deine Vorhaltungen ungerecht. Schließlich bekamst du alle Veränderungen in deinem Körper sozusagen hautnah mit und hattest es in dieser Hinsicht viel einfacher als ich. Für mich war das Ganze zunächst einmal ziemlich abstrakt. Trotzdem habe ich mich bemüht."

S.: „Die Schwangerschaft bedeutete eine große Umstellung für mich. Ich litt anfangs häufig unter Übelkeit, war müde und mußte mich immer wieder hinlegen. Wir konnten nicht mehr so viel mit unseren Freunden unternehmen wie früher. Überhaupt drehte sich fast alles nur noch um mich. Jeder erkundigte sich nach meinem Befinden, nach dir wurde kaum gefragt."

G.: „Im nachhinein mußte ich feststellen, daß mich dieses Ungleichgewicht an Zuwendung doch wesentlich mehr geärgert und verletzt hat, als ich zunächst dachte. Da ich dich natürlich mit meinen Gefühlen nicht auch noch belasten wollte, habe ich mich häufiger zurückgezogen und war schweigsamer als sonst."

S.: „Dabei hat mich die ständige Aufmerksamkeit manchmal sogar gestört. Besonders meine Mutter versuchte, mir wie früher ihre gut gemeinten Ratschläge zu geben. Ihre übertriebene Sorge brachte mich aber aus der Ruhe, und ich mußte mich deutlicher von ihr abgrenzen."

G.: „Das ging mir genauso. Plötzlich traten die Eltern wieder mit Verhaltensweisen auf den Plan, die ich schon längst überwunden glaubte. Auch mir versuchten sie alles Mögliche einzureden, wie ich mich zum Beispiel dir gegenüber zu verhalten hätte und was ich bei den Vorbereitungen bedenken müßte usw. Ich mußte ihnen ein paar Mal ausdrücklich sagen, daß ich keinerlei Einmischungen wünsche."

S.: „Wir hatten also wieder mehr Auseinandersetzungen mit unseren Eltern. Obwohl sie es gut meinten, merkten wir bald, daß sich ihr Einfluß nicht immer positiv auf unsere Beziehung auswirkte."

G.: „Ich erinnere mich, daß ich ab und zu Angst davor hatte, was mit und nach der Geburt auf uns zukommt, aber darüber habe ich mit niemandem gesprochen. Je ängstlicher du warst, um so mehr bemühte ich mich, immer Zuversicht auszustrahlen."

S.: „Ich glaube, es wäre für uns beide besser gewesen, wenn wir uns über unsere Ängste mehr ausgetauscht hätten. Meine Befürchtungen kreisten immer wieder um die Geburt und eine mögliche Behinderung unseres Kindes."

G.: „Ja, ich glaube heute auch, daß manches viel leichter für uns gewesen wäre, wenn wir über unsere Ängste mehr miteinander gesprochen hätten. Aber ich wollte dich damals auf keinen Fall belasten."

S.: „Ja, du warst wirklich bemüht, mir vieles abzunehmen."

G.: „Selbst wenn man sich ein Kind wünscht, fallen einem die Dinge nicht einfach in den Schoß. Ich merkte sehr bald, daß es hier für mich und uns viel zu lernen gab."

S.: „Das kann ich nur bestätigen. Ich liebte zum Beispiel meinen Beruf und arbeitete mit meinen Kollegen und Kolleginnen sehr gern zusammen. Über die Jahre war unser Team richtig zusammengewachsen, und die gemeinsame Arbeit machte uns sehr viel Spaß. Obwohl ich einverstanden war, mich die ersten drei Jahre beurlauben zu lassen, fiel mir der Abschied vom Berufsleben überraschend schwer. Bereits in der Schwangerschaft mußte ich die Prioritäten neu verteilen. Bis dahin hatte ich kaum in der Arbeit gefehlt. Jetzt mußte ich wochenweise daheim bleiben, konnte mich nicht mehr so verausgaben und mußte mehr auf meinen Gesundheitszustand Rücksicht nehmen. Insgesamt war es wahrscheinlich gut für mich, daß meine Schwangerschaft nicht so komplikationslos verlief. Ich hatte dadurch mehr Zeit, mich umzustellen, und so kamen nicht alle Veränderungen auf einen Schlag."

G.: „Als junges Paar kann man sich kaum vorstellen, wie entscheidend sich die gesamte Lebenssituation mit der Ankunft des ersten Kindes verändert. Wie viele andere Paare besuchten wir natürlich eine Geburtsvorbereitungsgruppe und dachten, wirklich ausreichend gerüstet zu sein."

S.: „Die Geburtsvorbereitungsgruppe hat uns sehr geholfen, vor allem der Austausch mit anderen Paaren, die in der gleichen Lebenssituation waren wie wir. Dabei haben sich einige nette Kontakte ergeben, die wir nach der Geburt unseres Jonas weiter gepflegt haben."

Susanne und Georg hatten sich entschieden, zusammen eine Familie zu gründen. Obwohl die Voraussetzungen positiv waren und Susanne bald schwanger wurde, begannen sich in der Folgezeit bereits spürbare Veränderungen in der Beziehung anzubahnen.

Während der Zeit der Schwangerschaft entwickeln sich die Erlebniswelten von Mann und Frau immer mehr auseinander. Bei Susanne spielen sich im Gegensatz zu Georg enorme Veränderungen in ihrem Körper ab. Während Georg im Grunde noch so weiterleben kann wie bisher, muß Susanne sich bereits umstellen und ihre Prioritäten völlig neu setzen. Das Wohl des Kindes steht nun im Vordergrund. Die körperliche Befindlichkeit schränkt ihren Bewegungsspielraum ein. Diese Einschränkungen haben wiederum zur Konsequenz, daß Susanne sich mit ihren Kontaktwünschen mehr als sonst an Georg wendet. Vor der Schwangerschaft waren beide unabhängig und legten sehr viel Wert auf ihre Autonomie. Nun kommt ein neuer Aspekt in die Beziehung. Susanne sucht bei Georg Schutz und fürsorgliche Nähe. Sie ist mehr und mehr auf seine Hilfe angewiesen. Fürsorgliche, also mütterliche Qualitäten haben aber die meisten Männer bei ihren Vätern weder gesehen noch von ihnen lernen können. Sie sind auf diese Situation nicht vorbereitet und fühlen sich zunächst einmal auch überhaupt nicht zuständig. Georg hat deshalb wirklich Schwierigkeiten, sich in Susannes Situation hineinzudenken und einen gefühlsmäßigen Zugang dazu zu bekommen, was sie von ihm braucht. Susanne wiederum kann von ihrer Warte aus Georgs Verhalten überhaupt nicht verstehen. Sie interpretiert seine Zurückhaltung und Unbeholfenheit als Desinteresse und ist enttäuscht. Es kommt zu ernsten Mißverständnissen zwischen den beiden, und der ganze Prozeß tendiert dazu, sich aufzuschaukeln und die Beziehung zu belasten. Dieser unheilvolle Kreislauf kann gestoppt und ins Positive gedreht werden, wenn Susanne und Georg – statt alles mit sich selbst auszumachen bzw. als selbstverständlich beim anderen vorauszusetzen – offen und ohne moralischen Druck miteinander ins Gespräch kommen. Georg braucht in dieser Situation Übersetzungshilfen von Susanne, damit er wirklich nachvollziehen kann, was in ihr vor sich geht. Sie kann ihn einladen, sich mit ihr zusammen in der neuen, noch fremden Landschaft umzusehen. Über die funktionale Ebene hinaus können wir hier miteinander in einen tieferen Kontakt kommen. Georg kann mit und über Susanne Einblick in eine Dimension des Lebens gewinnen, zu der er über seinen eigenen Körper keinen direkten Zugang erhalten kann. Georg hat also die Wahl: Er kann sich wie viele Männergenerationen vor ihm abwenden und sich als Mann nicht zuständig fühlen oder kann die Schwangerschaft auch für sich als Chance begreifen und sich von ihr bereichert und tief berührt fühlen. Je liebevoller Susanne auf Georg eingeht und bereit ist, nicht stillschweigend vorauszusetzen, sondern jede Gelegenheit, sich mitzuteilen, zu nutzen, um so mehr kann sich ihr Kontakt trotz unterschiedlichen Erlebens vertiefen. Nicht nur ihre Partnerschaft gewinnt dabei eine neue Dimension. Durch den liebevollen Kontakt zu Susanne kann Georg der weiblichen Seite sehr nahe kommen. Wir haben im Leben nicht so oft die Gelegenheit, diesen Aspekt des Weiblichen so direkt und intensiv zu erfahren. Wir haben darauf hingewiesen, wie wichtig die Harmonie zwischen dem männlichen und weiblichen Lebensprinzip für eine gesunde Persönlichkeitsstruktur sowohl für Männer wie für Frauen ist.

Susanne und Georg sprechen in ihrer Geschichte noch eine weitere Veränderung an, die wir in ähnlicher Form bei vielen anderen Paaren beobachten konnten. Während Beachtung und Aufmerksamkeit vorher in etwa gleich verteilt waren, verschiebt sie sich während der Schwangerschaft oft stark in Richtung der werdenden Mutter. Um den werdenden Vater kümmert man sich wenig. Besonders wenn zusätzlich Komplikationen auftreten, rücken die Bedürfnisse des Mannes weitgehend in den Hintergrund. Von ihm wird automatisch erwartet, daß er seine Frau unterstützt. Durch das soziale Umfeld wird dieses Ungleichgewicht an Aufmerksamkeit meistens noch verstärkt. Eltern und Freunde erkundigen sich nach Susanne und unterhalten sich mit ihr, auf Georgs Befinden wird dagegen wenig Bezug genommen. Wie viele andere Männer bemerkt Georg erst viel später, wie sich diese Situation auf ihn auswirkt und welche Konsequenzen sich daraus für seine Beziehung zu Susanne ergeben. Denn wenn Georg keine Zuhörer findet und seinen inneren Prozeß mit Susanne nicht teilen kann, geht die Nähe verloren. Als Folge davon fühlen sich beide am Schluß einsam und unverstanden. Bei Georg äußert sich die Unzufriedenheit in ärgerlichem Rückzug, bei Susanne in Enttäuschung. Gelingt es Georg und Susanne, sich darüber auszutauschen und für einen positiven Ausgleich zu sorgen, wird sich ihre Beziehung rasch erholen und stabilisieren. Die Fähigkeit, bei auftretenden Schwierigkeiten den Kontakt halten, sich schnell und direkt austauschen sowie Entscheidungen in Kürze miteinander treffen zu können, sind wichtige Voraussetzungen für den Geburtsprozeß.

Eine weitere Schwierigkeit für die Paarbeziehung, die die Schwangerschaft und auch die Zeit nach der Geburt mit sich bringt, liegt in der Einschränkung der Sexualität. Kontakt, Zärtlichkeit und Sexualität sind aber in unserer Kultur für viele Männer nahezu untrennbar miteinander verbunden. In den späteren Monaten der Schwangerschaft nimmt zwar die Häufigkeit sexueller Kontakte ab, doch wünschen sich Frauen in dieser Zeit besonders innigen seelischen Kontakt und Zärtlichkeit von ihrem Partner. Insgesamt werden die Kontaktwünsche wesentlich mehr als sonst auf den Partner gerichtet, da der Kontakt zur Außenwelt für eine werdende Mutter ziemlich einschränkt ist. Viele Männer ziehen sich jedoch bei fehlender Sexualität im Kontakt zurück und zeigen immer weniger Zärtlichkeit. Hier kommt es häufig zu Teufelskreisläufen, die die Partnerschaft nachhaltig belasten oder sogar gefährden können. Sie können unterbrochen und in entwicklungsfördernde Spiralen umgewandelt werden, wenn es den Partnern gelingt, sich nicht in Ärger und Enttäuschung festzubeißen, sondern bereit sind, ihr Beziehungsrepertoire zu erweitern.

Für Frauen besteht der wesentliche Entwicklungsschritt vor allem darin, darauf zu verzichten, moralischen Druck auszuüben. Statt dessen können Frauen ihre Wünsche in einer Weise formulieren und vertreten, die die Lage des Partners mitberücksichtigt und nach Brücken sucht bzw. neue Wege erforscht.

Für viele Männer erwächst an dieser Stelle die Aufgabe, die im wesentlichen erziehungsbedingte Verknüpfung von Kontakt, Zärtlichkeit und Sexualität wieder zu entflechten und zu erkennen, daß diese Verknüpfung sie in ihrer Entwicklung einschränkt und nicht biologisch festgelegt ist. Zärtlichkeit und inniger Kontakt können während der Schwangerschaft intensiv gelebt werden und den Verlust an direktem sexuellem Kontakt ausgleichen. Dabei können beide Partner neue Gebiete in ihrer Seelenlandschaft entdecken und gründlicher erforschen.

Die Geburt und die erste Zeit zu dritt

G.: „Die Geburt selbst war sehr aufregend, aber trotz allem für uns beide ein unbeschreiblich tiefes und beglückendes Erlebnis. Es war mir vielleicht nicht so bewußt, aber ich spürte sehr deutlich, daß in unserer Beziehung eine neue Zeit anbrach. Wir waren uns sehr nahe, aber unser Blick war nicht wie bisher in erster Linie aufeinander, sondern miteinander auf unser kommendes Kind gerichtet. Nach der Geburt waren wir beide zwar erschöpft, aber selig. Zum

Glück hatten Jonas und Susanne die Strapazen der Geburt gut überstanden."

S.: „Die ersten Nächte konnte ich vor lauter Freude gar nicht schlafen. Immer und immer wieder mußte ich Jonas anschauen und konnte unser Glück kaum fassen. Alle meine Gedanken kreisten zunächst nur noch um unseren Sohn."

G.: „Auch ich war überglücklich. Da ich Urlaub genommen hatte, konnten wir unser kleines Wunder einige Wochen ungestört genießen und in unsere neuen Aufgaben hineinwachsen. Danach kam allerdings eine Phase großer Ernüchterung. Jonas nahm viel mehr Zeit in Anspruch, als wir uns vorgestellt hatten. Er wachte in der Nacht alle zwei bis drei Stunden auf und mußte versorgt werden. Du warst dadurch tagsüber erschöpft und hast schneller gereizt reagiert."

S.: „Wir stritten uns wesentlich mehr als früher. Ich hatte oft den Eindruck, daß du meinen Einsatz gar nicht richtig wahrgenommen hast"

G.: „Umgekehrt ging es mir genauso. Ich konnte tun, was ich wollte, es war entweder nicht genug oder nicht das Richtige. Lange habe ich tatsächlich gedacht, nur du weißt, wie man mit Jonas umgehen kann. Rückblickend wäre es besser gewesen, wenn ich mich von Anfang an um meine eigene Beziehung zu Jonas bemüht hätte."

S.: „Ich muß zugeben, daß ich damals wirklich fest davon überzeugt war, besser zu wissen, was Jonas braucht. Gleichzeitig war ich enttäuscht, daß du dich immer weniger um mich und Jonas gekümmert hast. Überhaupt hast du dich nach der Geburt plötzlich ganz anders verhalten, als vorher."

G.: „Ich fühlte mich zunehmend unverstanden und vernachlässigt. In meinem Ärger zog ich mich von dir und Jonas zurück, engagierte mich mehr im Beruf und suchte den Kontakt nach außen."

S.: „Unsere Welten gingen immer mehr auseinander. Vor der Geburt von Jonas hatten wir sehr viel Gemeinsamkeiten, danach sah es so aus, als hätten wir außer Jonas gar keine mehr. Ich fühlte mich alleingelassen und war enttäuscht. Ich vermißte mein Berufsleben und den unbeschwerten Kontakt zu meinen Freunden. In allem mußte ich mich nach dem Rhythmus von Jonas richten."

G.: „Wir haben beide die Erfahrung gemacht, daß es mit Kind wesentlich schwerer ist, als Paar im Kontakt miteinander zu bleiben. Wir konnten z. B. nicht mehr in dem Stil reisen wie früher. Wir mußten auf unseren Schlaf achten und unsere Zeit genau durchplanen."

S.: „Einige Freunde hatten kein Verständnis für unsere veränderte Lebenssituation und zogen sich zurück. Wenn es mir nicht gut ging, hatte ich das Gefühl, zu vereinsamen und zu verdummen. Anfangs blieb mir weder Zeit noch Kraft, auch nur einem meiner Hobbies nachzugehen."

G.: „Mir fiel besonders schwer, auf unsere spontanen Reisen verzichten zu müssen. Ich hatte mir vorgestellt, mein Kind überall hin mitnehmen zu können, aber Jonas vertrug das Autofahren und die klimatischen Veränderungen schlecht, und wir mußten oft auf ihn Rücksicht nehmen."

S.: „Wie andere frischgebackene Eltern erlebten auch wir viele Überraschungen und Einschränkungen in unserem Bewegungsspielraum. Obwohl wir vor der Geburt von Jonas sehr viel Wert auf unsere Autonomie gelegt hatten, waren wir nun froh, die Großeltern zu haben."

G.: „Einerseits ja, aber andererseits mußten wir uns jetzt mit ihnen wesentlich mehr auseinandersetzen. Wir konnten uns nicht mehr einfach entziehen, sondern mußten einige klärende Gespräche führen."

S.: „Gott sei Dank war es möglich, uns im wesentlichen mit ihnen zu einigen. Trotzdem kostete es mich anfangs einige Überwindung, Jonas allein bei den Großeltern zu lassen. Aber ich sah ein, daß wir dringend Zeit für unsere Beziehung brauchten und sich die gespannte Atmosphäre zwischen uns zunehmend negativ auf Jonas auswirken würde."

G.: „Sobald wir Unterstützung von außen bekamen, nicht nur von den Großeltern, sondern auch von Freunden, erholte sich unsere Beziehung. Uns wurde immer mehr bewußt, daß man zu zweit hier einfach überfordert ist."

S.: „Als Mutter wird man leicht betriebsblind. Sobald wir wieder mehr Zeit für uns als Paar hatten und gemeinsam etwas unternehmen konnten, fühlte ich mich gleich freier und konnte auch besser die Zeit für mich nützen, in der Georg für Jonas sorgte."

G.: „Im Gegensatz zu früher hatten wir zwar insgesamt weniger Zeit zu zweit, aber wir lernten, diese Stunden mehr zu schätzen und intensiver zu gestalten. Wir wurden richtig erfinderisch."

S.: „Außerdem gelang es uns immer mehr, uns in die Position

des anderen hineinzudenken und mehr Einfühlungsvermögen füreinander zu entwickeln."

G.: „Bald merkte ich, wie gut es dir tat, wenn ich in der Beziehung an manchen Stellen die Führung übernahm und mich von deinen Befürchtungen nicht in die Reserve drängen ließ."

S.: „Das stimmt allerdings. Ich mußte mich manchmal richtig überwinden, etwas für unsere Beziehung zu tun. Aber wenn es uns miteinander gut ging, hatte ich viel mehr Kraft und Spaß an Jonas, selbst wenn ich zu wenig geschlafen hatte. Als junge Mutter unterschätzt man leicht, wie wichtig es für das Wohlbefinden auch des Kindes ist, die Partnerschaft nicht zu vernachlässigen. Ich war häufig in Gefahr, dich mehr als zusätzliche Belastung zu sehen statt als Gefährten auf einem gemeinsamen Weg."

G.: „Irgendwann habe ich begriffen, daß ich unsere Partnerschaft nicht einfach so laufen lassen konnte. Mir wurde klar, daß es wirklich notwendig war, mir über unsere Beziehung mehr Gedanken zu machen und sie aktiver zu gestalten."

S.: „Heute ist unsere Beziehung vielleicht nicht mehr so romantisch wie früher, aber sie hat dadurch eigentlich nicht verloren, im Gegenteil. Das Gefühl von Innigkeit und tiefer Verbundenheit ist in den Jahren gewachsen."

G.: „Als junger Mann habe ich eigentlich wenig über unsere Beziehung nachgedacht. Wenn wir Konflikte miteinander hatten, habe ich mir sogar manchmal gewünscht, allein zu leben. Im Laufe der Jahre ist mir jedoch immer mehr bewußt geworden, wie schön trotz aller Schwierigkeiten das Zusammenleben mit dir und den Kindern ist. Ich nehme unsere Partnerschaft jetzt nicht mehr so selbstverständlich, sondern weiß sie zu schätzen und zu genießen."

Das gemeinsame Erleben der Geburt gehört zweifellos zu einer der tiefgreifendsten Begegnungen in der Partnerschaft. Das äußere und innere Aufeinanderbezogensein wird hier intensiv erfahren. Das Vertrauen in die Partnerschaft vertieft sich, wenn wir uns in so entscheidenden Stunden aufeinander verlassen können. Georg spürt deutlich, wie sich im Laufe der Geburt in der Paarbeziehung eine entscheidende Wandlung vollzieht und er und Susanne in ihrer Partnerschaft einer neuen Zeit entgegengehen. Mit dem ersten Kind überschreiten wir eine wichtige Schwelle in unserer Partnerschaft. Wir sind von da an nicht mehr zu zweit, sondern zu dritt. Ob die damit einhergehenden grundlegenden Veränderungen innerlich bejaht und positiv umgesetzt werden können, hängt wesentlich vom Kontakt der Partner zueinander ab und von deren Eingebettetsein in ihrem sozialen Umfeld. Freunde und Eltern sowie das Krankenhaus bzw. Hebammen und Ärzte können dem Paar helfen, diesen Übergang gut zu bewältigen, indem sie unterstützend und begleitend zur Seite stehen. Diese liebevolle Begleitung durch das soziale Umfeld ist für die Partnerschaft besonders wichtig, wenn Komplikationen auf seiten der Mutter oder/und des Kindes auftreten. Die Erfahrung zeigt, daß Paare in natürlichen Krisen und besonders bei zusätzlichen Komplikationen, z.B. wenn ein Kind krank oder behindert zur Welt kommt, auf sich allein gestellt einfach überfordert sind. Nach der Geburt eines Kindes entsteht grundsätzlich weniger Streß für eine Partnerschaft, wenn die jungen Eltern eine einfühlsame und sorgfältige Unterstützung von seiten der Freunde und Großeltern erhalten.

Auf die äußeren Veränderungen und Versorgung des Kindes bereiten sich Paare eingehend vor. Sie besuchen u.a. Schwangerschaftsvorbereitungsgruppen und nehmen an Informationsabenden teil. Die Väter planen ihren Urlaub so, daß sie möglichst bei der Geburt und in der ersten Zeit danach zu Hause sein können. Dennoch reichen diese Vorbereitungen, die vor allem den äußeren Ablauf im Blick haben, nicht aus, um das innere Glück in einer Partnerschaft zu mehren. Die Psychologen Carolyn und Philip Cowan von der Universität Berkeley kommen in ihrer Untersuchung zu dem Ergebnis, daß die Mehrheit der Männer und Frauen eine Ernüchterung in ihrer Partnerbeziehung erleben, wenn sie Eltern werden. Wie Georg und Susanne sind die meisten jungen Eltern nicht genügend darauf vorbereitet, wie das, was nach der Geburt des ersten Kindes auf sie zukommt, sich auf ihre Beziehung auswirkt. Sie werden von den vielfältigen Anforderungen überflutet. Nichts ist mehr wie vorher, der ganze Alltag wird durch das Kind umgekrempelt. Mobilität und Spontaneität sind erheblich eingeschränkt. Jede Aktion muß durchgeplant und nach dem Rhythmus und der Befindlichkeit des Babys ausgerichtet werden. Die eigenen Wünsche treten in den Hintergrund, für die Pflege der Beziehung bleibt kaum noch Zeit. Kein Wunder, daß sich auf diesem Hintergrund schon vorher bestehende Konflikte verschärfen. Nun können sich die Partner aber nicht mehr einfach aus dem Weg gehen, sondern sind gezwungen, weiter miteinander zu kooperieren. Hinzu kommt noch, daß die Erlebniswelt von Mann und Frau endgültig auseinanderzudriften droht. Die Rollenaufteilung wird traditioneller. Untersuchungsergebnisse zeigen, daß die Fragen der Arbeitsteilung die meisten Konflikte in der Partnerschaft auslösen.

Wir wollen uns diese Vorgänge noch einmal anhand der Geschichte von Susanne und Georg veranschaulichen. Georg geht seinem Beruf weiterhin nach, Susanne dagegen ist den ganzen Tag zu Hause und versorgt das Baby. Diese Situation fördert die Tendenz zur Polarisierung in der Beziehung, und das Miteinander wandelt sich unter Streß schnell in ein Gegeneinander. Bekommt man dies nicht in den Griff, bestehen schlechte Prognosen für eine positive Weiterentwicklung einer Partnerschaft. In diesem Zusammenhang stellt sich für beide Partner wieder die Aufgabe, sich mit den entsprechenden Regeln und Normen aus der eigenen Herkunftsfamilie auseinanderzusetzen. Es geht darum, die Beziehung aktiv in die Hand zu nehmen und zu gestalten.

Für beide Partner ist es wichtig, die jeweilige Elternrolle voll und ganz zu übernehmen und vom ersten Tag an eine eigenständige Vater-Kind- bzw. Mutter-Kind-Beziehung aufzubauen und sich bewußt zu machen, wie ich mich als Vater bzw. Mutter tatsächlich verhalte. Auch bei bester Vorbereitung erleben die meisten Menschen hier einige Überraschungen. Viele Väter delegieren genauso wie Georg ihre Kompetenz als Vater unhinterfragt an die Mutter, statt vom ersten Tag an die volle Verantwortung für die Vater-Kind-Beziehung zu übernehmen. Mütter wiederum, so emanzipiert, couragiert und teamfähig sie auch im Beruf waren, werden ängstlich und überbehütend und müssen an sich arbeiten, ihr Kind dem Partner, den Großeltern bzw. den Freunden anzuvertrauen.

In unserer Arbeit als Paartherapeuten konnten wir nach der Ankunft des ersten Kindes häufig folgende Polarisierung beobachten:

Die Männer vertreten sehr stark die eheliche Ebene, die Frauen hingegen eher die elterliche. Die Frau ist ja nun Partnerin des Mannes und Mutter des Kindes. Der Mann ist Partner der Frau und Vater des Kindes. Häufig fordern Männer von ihren Frauen, daß sie in gleicher Weise Partnerinnen bleiben wie vor der Geburt. Sie wollen genauso viel Zeit und Aufmerksamkeit von ihrer Frau bekommen, als wäre kein Kind da. Vielen Männern fällt es schwer, ihre Anspruchshaltung ihrer Frau gegenüber zurückzunehmen. Viele Frauen beklagen sich, daß ihre Männer viel zu wenig auf das Kind zugehen und die Last fast ausschließlich auf ihren Schultern bleibt und sie sich aus diesem Grund vom Mann mehr und mehr zurückziehen.

Sobald die Männer hingegen ihre Vaterrolle wirklich annehmen, d. h. ihr Engagement für das Kind erhöhen und die Ansprüche an die Frau bezüglich körperlicher und seelischer Versorgung zurücknehmen, entspannt sich die Beziehung. Wenn der Mann als Vater mehr auf das Kind zugeht, geht auch die Frau wieder mehr auf den Mann zu. Je mehr die Männer ihre Rolle als Väter annehmen und ausfüllen, um so weniger sind Frauen in der Gefahr, die Mutterrolle überzubetonen. Überfürsorgliche Mütter versuchen häufig, den fehlenden Vater auszugleichen.

Jede Partnerschaft erfährt im Laufe ihrer Geschichte natürliche Krisen. Eine dieser natürlichen Krisen ist die Ankunft des ersten Kindes. Die Geburt des ersten Kindes führt zu grundlegenden Veränderungen in einer Partnerschaft. Die Beziehung braucht in dieser Phase wesentlich mehr aktive Pflege, Flexibilität und Kreativität in der Suche nach Gemeinsamkeiten. Wenn die Partner auch unter erschwerten Bedingungen lernen, sich füreinander Zeit zu nehmen und den Kontakt zu pflegen, ergeben sich viele neue Möglichkeiten, die Beziehung in der nun veränderten Lebenssituation zu genießen.

Paare können natürliche Krisen besser bewältigen, wenn sie in ein positives soziales Umfeld eingebettet sind und gelernt haben, sich von seiten der Freunde und Großeltern einfühlsame Unterstützung zu holen bzw. anzunehmen.

Die Paarbeziehung wächst mit der Ankunft des ersten Kindes sozusagen aus den Kinderschuhen heraus. Es besteht die Notwendigkeit, in einem längeren Entwicklungsprozeß wichtige Erwachsenenfunktionen zu integrieren. Wenn es dem Paar gelingt, auch in schwierigen Situationen die Kommunikation lebendig zu halten, vertiefen die Partner den Kontakt zueinander, und die Beziehung wird insgesamt krisenbeständiger.

Der Einfluß von Eltern und Freunden auf die Partnerschaft

Die individuelle Gestaltung einer Partnerschaft gewinnt immer mehr an Bedeutung. Begriffe wie Unabhängigkeit und Autonomie haben einen hohen Stellenwert. Das Bedürfnis nach klarer Abgrenzung und Eigenständigkeit können wir als wichtige Gegenreaktion auf die lange elterliche wie gesellschaftliche Bevormundung von Beziehungen betrachten. Dadurch konnte sich die Paarbeziehung in wesentlichen Bereichen weiterentwickeln, hat jedoch insgesamt an Stabilität verloren. Eine Partnerschaft, die zu wenig in ein gutes soziales Netz verwoben ist, kann Krisen in der Beziehung und außerordentliche Belastungen schwerer tragen.

Die Erfahrung zeigt deutlich, daß es eine Illusion ist zu glauben, der Liebespartner könne dauerhaft alle Beziehungswünsche erfüllen. Dieser Totalitätsanspruch birgt ständigen Konfliktstoff in sich und ruiniert mit der Zeit jede Paarbeziehung. Der Kontakt zu Dritten ist also wichtig, damit die Partner nicht ausschließlich aufeinander angewiesen sind. Ob dieser Einfluß von außen sich positiv oder negativ auf unsere Partnerschaft auswirkt, wird dabei entscheidend dadurch beeinflußt, wie wir zusammen dieses Kontaktfeld gestalten.

Grundsätzlich existiert eine Beziehung nie im luftleeren Raum, sondern bewegt sich in einem sozialen Kontext und wird von diesem in hohem Maß beeinflußt. Wir leben als Paar nicht auf einer einsamen Insel. Natürlich haben wir Angst, von anderen bevormundet oder kontrolliert zu werden. Diese Befürchtung sollte uns aber nicht davon abhalten, die in unserem sozialen Umfeld vorhandenen Chancen auszuschöpfen. Statt uns als Paar zu isolieren, können wir uns etwas einfallen lassen, wie wir den Kontakt zu Eltern und Freunden aktiv und für beide Seiten bereichernd gestalten können.

Aber nicht nur die sichtbaren äußeren Einflüsse unseres sozialen Umfeldes wirken auf unsere Partnerschaft ein. Es gibt auch in jedem von uns unsichtbare innere Bindungen, die unser Verhalten wesentlich, jedoch oft unbewußt beeinflussen. Ein Kind kann sich nur in einem sozialen Kontext entwickeln. Martin Buber hat formuliert: „Der Mensch wird am Du zum Ich." Das erste Du, das einem Kind begegnet, ist die Mutter und dann der Vater. Ihre Wertvorstellungen und Verhaltensweisen haben unser Denken, Fühlen und Handeln in hohem Maße geprägt. Während unserer Kindheit haben sie auf allen Ebenen so intensiv auf uns eingewirkt, daß uns viele ihrer Gewohnheiten und Einstellungen sozusagen in Fleisch und Blut übergegangen sind. Die Präsenz dieser „inneren Eltern" besteht noch lange weiter, selbst wenn die unmittelbaren äußeren Einflußmöglichkeiten der Eltern durch räumliche Entfernung erheblich eingeschränkt oder durch deren Tod beendet sind.

Der Einfluß der „inneren Eltern"

Unter der Bezeichnung „innere Eltern" verstehen wir den Einfluß unserer Eltern in der Zeitspanne unserer Abhängigkeit von ihnen, also ihren Einfluß während unserer Kindheit. Wie wir aus der therapeutischen Arbeit wissen, können bereits Erfahrungen, die ein Kind im Mutterleib gemacht hat, erhebliche Auswirkungen auf sein späteres Leben haben. Ganz allgemein können wir davon ausgehen, daß wir wesentlich mehr von unseren Eltern aufgenommen haben, als uns bewußt ist. Wir übernehmen nicht nur ihre Art zu denken, zu fühlen und zu handeln, sondern auch große Teile ihres Glaubenssystems, d. h. ihre Sichtweise des Lebens, ihre Wertvorstellungen und Regeln, mit Hilfe derer sie ihr Leben zu bewältigen versuchten. Natürlich hängt es von unserer eigenen Persönlichkeitsstruktur ab, wie und in welchem Ausmaß wir die Lebenshaltung unserer Eltern verinnerlichen. Unabhängig davon bleibt die innere Präsenz unserer Eltern noch lange bestehen, auch wenn ihre direkten äußeren Einflußmöglichkeiten abnehmen. Der Einfluß dieser „inneren Eltern" auf unser Denken, Fühlen und Handeln kann sich auf unsere späteren Beziehungen sowohl positiv als auch negativ auswirken.

Die Verinnerlichung der Eltern ist grundsätzlich ein notwendiger Prozeß, der uns zunächst einmal eine Orientierung in der Welt gibt, uns aber auch festlegt und einschränkt. Als Erwachsene können wir wählen, und es liegt in unserer eigenen Verantwortung zu überprüfen, was wir von unseren Eltern übernehmen wollen und was nicht. Wir können uns als Erwachsene also ganz bewußt neu entscheiden und dabei manches über Bord werfen. Diese innere Ablösung von unseren Eltern ist mitunter mühsam und anstrengend.

Unsere Eltern sind – ob wir es wollen oder nicht – in Sachen Beziehung und insofern auch in Sachen Partnerschaft unsere ersten Lehrer. Aus der Beobachtung und dem Miterleben ihrer Beziehung heraus entwickeln wir bestimmte Verhaltensmuster und Einstellungen zu Liebe und Partnerschaft. Die Art, wie Eltern ihre Partnerschaft gestalten, prägt also das Bild der Kinder von Partnerschaft. Die vorgelebten Muster werden später unbewußt wiederholt, sofern sie nicht durch Reflexion und bewußte Entscheidung verändert werden.

Bei der inneren Abhängigkeit von den Eltern wird häufig zwischen direkter oder indirekter Abhängigkeit unterschieden. Im ersten Fall verhalten wir uns so, wie die Eltern es von uns erwarten, im zweiten Fall tun wir genau das Gegenteil. Schmerzliche Erfahrungen in unserer Kindheit können uns schon sehr früh dazu veranlassen, in bestimmten Bereichen den Einfluß und manchmal sogar die Hilfe der Eltern zu verweigern. Nach einem Krankenhausaufenthalt ohne Anwesenheit der Mutter z. B. kann ein zweijähriges Kind die Entscheidung treffen, von dieser Mutter möglichst wenig Hilfe anzunehmen und sich übermäßig von ihr abzugrenzen. Wird dieses traumatische Erlebnis zwischen Mutter und Kind in der Folgezeit nicht aufgearbeitet, kann sich die Beziehung sogar bis weit ins Erwachsenenalter hinein nicht mehr davon erholen und sich normalisieren, sondern erstarrt an dieser Stelle in einer sogenannten Gegenabhängigkeit. Das bedeutet, daß diese Person – egal ob sinnvoll oder nicht – auf keinen Fall tut, was die Mutter von ihr erwartet. Gegenabhängigkeiten sind immer schwerer zu erkennen als direkte Abhängigkeiten. Schließlich sind solche Menschen der festen Überzeugung, daß sie das tun, was sie wirklich wollen. Aufgrund ihrer Entstehungsgeschichte sind Gegenabhängigkeiten emotional sehr tief verankert. Sie lassen sich in einer späteren Paarbeziehung zunächst schlecht erkennen und meist auch schwer verändern.

Neben den direkten und indirekten Abhängigkeiten von unseren „inneren Eltern" gibt es noch einen weiteren wesentlichen Aspekt zu beachten, der sich auf unser späteres Leben und insbesondere auf eine positive oder negative Entwicklung unserer Partnerschaft ganz entscheidend auswirkt. Wir können unsere Herkunftsfamilie daraufhin untersuchen, ob wir in einem eher offenen oder eher geschlossenen System aufgewachsen sind.

In einem geschlossenen Familiensystem wird das Glaubens- und Regelsystem dieser speziellen Familie für das einzig Wahre gehalten und verabsolutiert. In manchen Familien treffen wir solche rigiden Haltungen sogar über mehrere Generationen an. Die Kinder werden innerhalb dieser starren Grenzen gehalten. Bei ernsthaftem Widerstand wird der Ausschluß aus dem Familienverbund angedroht. Für jemanden, der in einem solchen geschlossenen System groß geworden ist, wird es später sehr schwer sein, bestimmte „ererbte" Einstellungen und Verhaltensweisen zu verändern, ohne dies als Verrat an seiner Herkunftsfamilie zu erleben und mit starken Schuldgefühlen zu reagieren.

In einem offenen Familiensystem erfährt ein Kind im Laufe seiner Erziehung, daß Einstellungen und Regeln keinen Selbstzweck besitzen, sondern veränderbar sind und sogar verändert werden müssen, wenn sie für die jeweilige Lebenssituation nicht mehr passen. Es wird den Kindern vermittelt, daß das Leben vielfältig und in ständiger Bewegung ist. Die Eltern halten sich nicht für unfehlbar, sondern beziehen auch andere Auffassungen in ihre Überlegungen mit ein und versuchen, das Beste für ihre Kinder in der jeweiligen Lebenssituation zu erreichen. Sie lassen der individuellen Entwicklung ihrer Kinder Raum und ermutigen sie dazu, ihren eigenen Weg zu finden. In einem offenen Familiensystem herrscht ein reger und interessierter Austausch mit der Welt. Die Grenzen sind weder starr noch verschwommen, sondern beweglich. Neues wird nicht gleich abgewehrt, sondern mit neugierigen Augen betrachtet. Die Anregungen von außen werden bei Bedarf ins eigene System integriert.

Durch die bewußte Verarbeitung unserer „inneren Eltern" gelingt es uns mehr und mehr, auch innerlich erwachsen zu werden und unser Leben auf allen Ebenen in die eigene Hand zu nehmen. Je nach Schwierigkeitsgrad der Kindheitserfahrungen kann dieser Prozeß der inneren Ablösung sehr viel Zeit beanspruchen und möglicherweise ein ganzes Leben lang andauern.

Zwei Menschen, die in verschiedenen Familiensystemen bzw. Familienkulturen aufgewachsen sind, stehen in ihrer Partnerschaft vor der Aufgabe, ein eigenes Beziehungssystem zu kreieren. Wir entdecken dabei, daß vieles, was wir für selbstverständlich gehalten haben, nicht unbedingt selbstverständlich und unveränderbar ist, sondern anerzogen und erlernt. Dadurch fangen wir an, unser und das Regel- und Wertesystem des Partners einer kritischen Prüfung zu unterziehen. Auch wenn diese Auseinandersetzungen mitunter schwierig und emotionsgeladen ablaufen, öffnen sie uns doch den engen Horizont unserer eigenen Herkunftsfamilie. Wir gewinnen Abstand und können uns miteinander auf den Weg machen, alte, überholte Regeln zu transformieren bzw. ganz zu verabschieden und neue Regeln zu entwickeln, die besser zu unserer Lebenssituation passen und unsere Partnerschaft fördern und schützen.

Bei der Auseinandersetzung mit unserer jeweiligen Kindheitsgeschichte geht es nicht darum, in einen Kampf darüber zu treten, welches elterliche Familiensystem besser oder schlechter war. Wir können von beiden lernen und ein Beziehungssystem bzw. eine Beziehungskultur entwickeln, die unsere Partnerschaft lebendig und offen hält.

Der Einfluß der Eltern und Schwiegereltern

Bei dem äußeren Einfluß der Eltern haben wir es nicht nur mit dem Einfluß von einem, sondern von zwei Elternpaaren zu tun, nämlich dem der eigenen Eltern und dem der Eltern des jeweiligen Partners bzw. der jeweiligen Partnerin.

Aus unserer Sicht kann die äußere Einflußnahme der Eltern bzw. Schwiegereltern auf die positive bzw. negative Entwicklung einer Partnerschaft nicht hoch genug eingeschätzt werden. Die Eltern bzw. die Schwiegereltern können einem jungen Paar helfen, ihr Leben aufzubauen, oder es darin behindern und durch ihre Reaktionen in einem hohen Maß belasten. In unserer Arbeit als Therapeuten können wir immer wieder beobachten, wie gut es sich für alle Beteiligten auswirkt, wenn die ältere und die jüngere Generation konstruktiv zusammenarbeiten und sich gegenseitig helfen können. Mit einem positiven Unterstützungssystem im Rücken kann sich eine Partnerschaft und eine junge Familie wesentlich streßfreier entwickeln und ist bei weitem nicht so krisenanfällig. Dabei geht es nicht nur um materielle Hilfe, sondern auch um emotionalen Halt. Besonders deutlich wird uns, wie wichtig eine gut eingespielte Rückverbindung zu den Eltern ist, wenn eine Partnerschaft plötzlich vor außergewöhnlichen Belastungen wie schweren Krankheiten, Unfällen, Behinderungen auf seiten der Kinder usw. steht. Hierzu ein Beispiel:

Eine junge Mutter mit drei Kindern verunglückte auf dem Weg zum Einkaufen. Sie kam schwer verletzt ins Krankenhaus. Alle drei Kinder waren unter sechs Jahren, das Jüngste vier Monate alt. Der Mann arbeitete selbständig und mußte sehr viel Einsatz bringen, um die Existenz der Familie zu sichern. In diesem Fall sprangen sowohl die Eltern der Frau als auch die Eltern des Mannes ein, um dem jungen Paar über die schwere Krise hinwegzuhelfen. Die Frau konnte sich beruhigt um ihre Genesung kümmern und wußte die Kinder in der vertrauten Umgebung gut versorgt. Durch ständige Besuche und intensive häusliche Versorgung konnte die Trennungszeit zwischen den Kindern und ihrer Mutter gemildert und verkürzt werden. Dem Mann war es durch die Entlastung möglich, sich um seine Frau und den Kontakt zu seinen Kindern zu kümmern, ohne dabei seine Existenzgrundlage zu verlieren.

Fehlt so ein stabiles soziales Netz, können Krisen wesentlich schwerer und nur unter großem zusätzlichem psychischem und physischem Aufwand aller Beteiligten aufgefangen werden. Viele Beziehungen, die unter normalen Bedingungen stabil bleiben, sind bei außergewöhnlichen Belastungen einfach überfordert und zerbrechen nach schweren Krisen.

Besonders für junge Familien ist ein positiver Kontakt zu den Eltern von hohem Wert. Junge Paare sind häufig von ihren Elternaufgaben und dem Berufsaufbau so in Anspruch genommen, daß für die Pflege der Beziehung kaum noch Zeit bleibt. Besteht ein gesunder Kontakt zu den Eltern und wohnen diese in erreichbarer Nähe, ergeben sich für das Paar sehr viel leichter Möglichkeiten, die Kinder dort unterzubringen und auch einmal spontan etwas nur für sich allein zu unternehmen, um als Paar aufzutanken. Großeltern entlasten aber nicht nur die Paarbeziehung, sondern können ihren Enkeln einen tiefen emotionalen Rückhalt geben. Liebevolle Großelternbeziehungen wirken sich fördernd auf das Selbstbewußtsein der Enkel aus.

Um eine gute Eltern-Tochter- bzw. Eltern-Sohnbeziehung im Erwachsenenalter aufzubauen, ist in der Regel auf beiden Seiten sehr viel Toleranz und Ausdauer notwendig. Nicht nur die Eltern stehen vor der Aufgabe, ihre Söhne und Töchter als Erwachsene zu sehen und sich von ihrer Erziehungsverantwortung zu verabschieden, sondern auch die inzwischen erwachsenen Töchter und Söhne brauchen Zeit, sich von der elterlichen Abhängigkeit zu lösen und ihr Leben in die eigenen Hände zu nehmen. Die ältere und die jüngere Generation können nur dann eine glückliche Verbindung zueinander aufbauen, wenn es beiden Seiten gelingt, einschränkende Ansprüche loszulassen.

Das Loslassen auf seiten der Eltern besteht darin, daß sie ihren Sohn bzw. ihre Tochter nicht mehr als Kind, sondern als Erwachsenen bzw. Erwachsene betrachten und den eigenen Weg gehen lassen. Natürlich meinen es die meisten Eltern gut mit ihren Kindern und wollen sie vor Schaden bewahren. Durch ihr Eingreifen richten sie aber häufig mehr Schaden an, als sie zu einer wirklichen Lösung beitragen. Eltern sind in vielen Fällen zu sehr davon überzeugt zu wissen, was für ihr Kind gut ist. Diese Einstellung belastet das natürliche Streben der Tochter bzw. des Sohnes nach Eigenständigkeit. Das Eingreifen der Eltern bzw. Schwiegereltern wird vom jungen Paar oft zu Recht als Bevormundung und als Grenzüberschreitung erlebt. Entweder kommt es dann zum Rückzug oder zu endlosen Streitereien mit vielen Verletzungen auf beiden Seiten. Zu den Leidtragenden gehören nicht zuletzt die Enkelkinder, da sie in die dabei entstehenden Loyalitätskonflikte häufig verstrickt werden.

Anhand eines kleinen Beispiels wollen wir grenzüberschreitendes bzw. übergriffiges Verhalten von seiten der Eltern veranschaulichen:

Der Vater von Lars, der in der Nähe wohnt, kommt unangemeldet zu dessen Haus und sagt: „Soll ich dir mal 30 Pfennige schenken, damit du wieder anrufen kannst?“ Lars ärgert sich über diese Provokation dermaßen, daß es regelmäßig zu einer heftigen Auseinandersetzung kommt. Die Folge dieses Streits ist, daß Lars die Eltern für längere Zeit nicht mehr besucht.

Wie dieser Vater reagieren viele Eltern mit Druck, um den Kontakt zu ihren nun erwachsenen Kindern zu erzwingen. Dadurch bewirken sie aber eher unnötige Distanz. Je mehr die Eltern die Autonomiewünsche ihrer erwachsenen Kinder respektieren, um so unkomplizierter und entspannter sind die Beziehungen. Unter diesen Umständen pflegen die erwachsenen Kinder gerne den Kontakt zu ihren Eltern bzw. Schwiegereltern. Wenn aber ein ständiges Gewitter von Belehrungen und Vorhaltungen auf sie niederprasselt, werden sie den Kontakt reduzieren oder ganz einfrieren, auch wenn dies für beide Seiten seelische Belastungen zur Folge hat.

Auf keinen Fall kann sich der gegenseitige Kontakt positiv entwickeln, wenn die Eltern versuchen, in die Partnerschaft einzugreifen oder den Partner ihrer Tochter bzw. ihres Sohnes ablehnen. Eltern sollten sich an dieser Stelle bewußt machen, wie sehr sie ihren Kindern schaden, wenn sie nicht bereit sind, zurückzutreten und das Paar in seiner Lebensweise zu respektieren.

Eine häufige Form elterlicher Grenzüberschreitung besteht darin, daß die Mutter der Partnerin noch einen starken Einfluß auf die Tochter ausübt oder die Mutter des Partners auf den Sohn. Wenn daraus feste Koalitionen zwischen Mutter-Tochter bzw. Mutter-Sohn gegen den Partner bzw. die Partnerin entstehen, wird die Paarbeziehung erheblich belastet und in hohem Maß gefährdet. In einem unserer Seminare erzählte Friedrich von seinen persönlichen Erfahrungen:

„Ich bin seit einem Jahr geschieden und lebe nun getrennt von meiner Frau und meinen beiden Kindern. Als wir ein Jahr verheiratet waren, kam unsere erste Tochter zur Welt. Die Mutter meiner Frau kam damals sehr oft zu uns, um uns zu unterstützen. Das empfand ich am Anfang durchaus als hilfreich. Aber mit der Zeit begann sie, immer mehr zu bestimmen. Wenn ich nach Hause kam, war sie oft noch da, und meine Frau und ich konnten kaum alleine sein. Dieser Zustand war für mich belastend, aber noch erträglich. Wirklich furchtbar wurde es erst, als unsere Tochter in der dritten Klasse Schulschwierigkeiten bekam. Ich begann ihr abends zu helfen, und ihre schulischen Leistungen wurden daraufhin besser. Da passierte folgendes: Meine Frau und ihre Mutter gingen auf mich los und sagten, ich solle meine Tochter nicht so mit den Hausaufgaben traktieren. Sie machten mir immer mehr Vorschriften, wie ich mit unserer Tochter umzugehen hätte. Am Anfang wehrte ich mich noch heftig, schließlich aber gab ich auf. Voller Zorn und Enttäuschung zog ich mich von meiner Frau zurück. Ich war im Beruf erfolgreich, kam spät abends nach Hause und kümmerte mich nur noch wenig um meine Ehe und die Kinder. Der Schwiegermutter war es gelungen, mich aus meiner Position zu verdrängen. Schließlich kam es zur Scheidung. Unsere Tochter ist jetzt 15 Jahre alt und hat erhebliche Probleme. Ich sehe heute ganz deutlich, daß ich damals zu wenig gekämpft habe. Ich hätte mehr für die Abgrenzung von der Schwiegermutter sorgen und die Beziehung zu meiner Frau intensivieren müssen."

Viele Paare erkennen wie Friedrich zu spät, wie negativ es sich auf ihre Partnerschaft auswirkt, wenn Mutter und Tochter eine Koalition gegen den Ehemann eingehen und diesen entmachten. Dasselbe gilt natürlich auch umgekehrt, nämlich wenn Mutter und Sohn eine Koalition gegen die Ehefrau eingehen und diese aus ihrer Position drängen.

Eine Paarbeziehung wird aber auch bereits dann erheblich belastet, wenn der Sohn zwischen seiner Partnerin und seiner Mutter steht und sich nicht eindeutig auf die Seite der Partnerin stellt. Als Folge davon streiten Schwiegertochter und Schwiegermutter miteinander. Als Sohn hört er dann von seiner Mutter, wie schlimm doch die Schwiegertochter sei, und als Ehemann hört er von seiner Ehefrau, wie fürchterlich und dominant seine Mutter sei. Hierzu ein Beispiel:

Heinz und Klara kamen zu uns in Paarberatung. Klara klagte darüber, wie unerträglich es für sie sei, im Doppelhaus neben den Schwiegereltern zu leben. Besonders die Schwiegermutter hätte keinerlei Gefühl für Grenzen. Sie mache ihr laufend Vorschriften über Haushaltsführung, Kindererziehung und Gartengestaltung. Wie sie es drehen und wenden würde, sie könne ihr einfach nichts recht machen. Dazu käme, daß sie von ihrem Mann ähnliche Vorwürfe hören würde. Sie fühle sich zunehmend minderwertig und insgesamt abgewertet. Das Schlimmste aber sei, daß sie sich von ihrem Mann im Stich gelassen fühle. Wörtlich sagte sie: „Statt sich mit seiner Mutter auseinanderzusetzen, nimmt er sie ständig in Schutz und greift mich an."

Bei näherem Nachfragen stellte sich tatsächlich heraus, daß Heinz ein typischer Muttersohn war. Die Mutter hatte ein sehr enges Verhältnis zu ihrem Sohn entwickelt, da ihr Mann viel abwesend war und bei seinen kurzen Anwesenheiten hauptsächlich nur Befehle erteilte. Heinz lernte, sehr viel Rücksicht auf die Mutter zu nehmen. Zum Vater hatte er eher ein gespanntes und distanziertes Verhältnis. Als Kind glaubte er, die Mutter vor dem Vater schützen zu müssen. Als er mit Klara eine feste Partnerschaft einging, war er immer noch sehr eng mit seiner Mutter verbunden und fühlte sich für ihr Glück verantwortlich. Von daher war es für ihn schwierig, einen personalen Intimraum mit Klara aufzubauen. Der Intimraum war noch zu stark mit der Mutter besetzt.

Wenn die Eltern bzw. ein Elternteil mehr Einfluß auf die Beziehung haben als der Partner bzw. die Partnerin, kommt es grundsätzlich zu einer ungesunden Entwicklung in der Partnerschaft. Sich als Paar zu definieren bedeutet folgendes: Wir können uns intern so viel auseinandersetzen, wie wir wollen, aber wir sollten im Geist einen Kreis um unsere Partnerschaft ziehen und uns nach außen klar auf die Seite unseres Partners bzw. unserer Partnerin stellen. Wird keine eindeutige Beziehungsdefinition vorgenommen, kommt es wie bei Heinz und Klara unweigerlich zu schweren Beziehungskrisen oder sogar zu Trennungen.

Die Aufgabe der Eltern besteht also zusammenfassend darin:

- sich von ihrem Sohn bzw. ihrer Tochter zu lösen und diesen bzw. diese ihr eigenes Leben führen zu lassen;
- den Raum der Paarbeziehung in seiner Eigenständigkeit und Abgrenzung zu respektieren und sich nicht einzumischen;
- beiden Partnern mit gleicher Wertschätzung zu begegnen.

Unter den oben genannten Voraussetzungen kann sich eine für beide Seiten bereichernde Verbundenheit entwickeln.

Wenn die Eltern die Grenzen zu ihren erwachsenen Kindern hin nicht achten, ist es die Aufgabe des Sohnes bzw. der Tochter, diese Abgrenzung vorzunehmen. Wenn Schwiegermutter und Schwiegertochter bzw. Schwiegersohn und Schwiegervater miteinander im Clinch liegen, dann kann man mit ziemlicher Sicherheit davon ausgehen, daß sich der Sohn bzw. die Tochter zu wenig abgelöst haben und sich nicht genügend abgrenzen. Der Konflikt wird auf die Schwiegerseite verschoben, ist dort aber nicht lösbar. Wenn also von der bösen Schwiegermutter bzw. vom bösen Schwiegervater die Rede ist, dann ist meistens ein unabgelöster Sohn bzw. eine unabgelöste Tochter mit im Spiel. Anhand eines Beispiels wollen wir uns nun anschauen, wie eine erfolgreiche Ablösung von den Eltern geschehen kann:

Monika besuchte eines unserer Seminare und erzählte dort folgendes: „Immer wieder gibt es Schwierigkeiten zwischen mir und meinem Mann wegen meiner Mutter. Mein Mann hat oft das Gefühl, im zweiten Glied zu stehen." Wir arbeiteten an diesem Thema mit Hilfe von Familienskulpturen, d.h., wir baten Monika, in der Gruppe Rollenspieler für jedes Familienmitglied und für ihre Eltern auszuwählen. Diese Rollenspieler sollte Monika nun so gruppieren, wie sie das Beziehungssystem der Familie momentan erlebt. Durch diese Familienskulptur konnte Monika ganz klar sehen, daß sie immer noch zu nahe bei ihrer Mutter stand. Ihr wurde bewußt, daß sie sich von der Mutter tatsächlich noch nicht genügend gelöst hatte. Äußerlich hatte sie zwar ihren Mann geheiratet, aber innerlich hatte sie ihn noch nicht wirklich zum Mann genommen, d.h., sie hatte die Grenze zur Mutter nicht klar und deutlich gezogen. Dadurch konnte sich der Innenraum der Paarintimität nicht voll entwickeln. Die enge Beziehung zur Mutter stand dazu in Konkurrenz.

Ein halbes Jahr nach diesem Seminar schrieb Monika uns folgenden Brief:

„Erst durch die Skulpturendarstellung bekam ich die Möglichkeit, als Außenstehende unsere Familie zu betrachten ... Das totale ‚AHA-Erlebnis' kam dann, als ich in meine Rolle hineingehen durfte und selbst empfinden konnte, wie es mir dabei erging. Ich sah auf einmal, was nicht funktionieren konnte, viel wichtiger noch, ich konnte mich auch erstmals in die Situation meines Mannes hineinversetzen. Die Rolle der ‚bösen Schwiegermutter' bekam ganz plötzlich eine ganz andere Bedeutung: Sie will mit Sicherheit nichts Böses für ihre Kinder, aber sie kann einfach nicht loslassen, und das ist genau der Punkt, der es dem Mann so schwer macht. Er muß ständig gegen die unsichtbaren Zügel der Schwiegermutter ankämpfen und reißt somit – vielleicht manchmal zu heftig – an der Tochter, um sie in seine Richtung zu ziehen. Aus seiner Sicht betrachtet ist das die normalste Reaktion der Welt, die Wirkung dabei kann oft eine ganz andere sein.

Ich lernte loszulassen, von meinen Eltern, die kindliche Besorgnis, für das Wohl der Eltern verantwortlich zu sein, aufzugeben. Ganz entscheidend hierbei war sicherlich auch, daß ich die Sätze: ‚Mutter, ich gehe jetzt meinen eigenen Weg mit meinem Mann' und ‚Ihr seid alt genug und für euer Leben, euer Glück selbst verantwortlich' laut aussprechen mußte und dabei erleben konnte, wie befreiend diese Worte auf mich wirkten.

Nach all diesen Erkenntnissen fragt man sich natürlich, wie man das, was jahrelang so lief, auf einmal ändern kann, ohne große und unnötige Krisen heraufzubeschwören.

Heute, nach gut sechs Monaten, kann ich sagen, es ist einfacher, als man denkt: Die Veränderung mußte sich nämlich nur in mir abspielen, alles andere lief dann fast wie von alleine. Klar, daß es nicht ‚Schlag auf Schlag' ging, aber die betroffenen Personen – in meinem Fall mein Mann und meine Mutter – reagierten sofort auf kleinste Veränderungen, und das machte es mir leichter. Ich lernte mich klar abzugrenzen – von meiner Mutter, ohne dabei unser gutes Verhältnis zu zerstören. Sie spürte, daß ich mich ein weiteres Mal ‚abnabelte' und das war sicherlich nicht ganz einfach für sie. Ich konnte ihr aber auf ganz erwachsene Art und Weise zeigen, daß sie zwar nie die gute Freundin für mich sein würde, die sie immer sein wollte, sondern daß sie immer meine Mutter bleiben würde – aber gerade das ist ja das Besondere an unserer Beziehung. Von diesem Seminar habe ich ihr nie erzählt, was auch gar nicht nötig war, es wäre zu schmerzlich gewesen und hätte unsere Beziehung bestimmt nicht verbessert. Heute kann ich sagen, sie hat mein spätes Erwachsenwerden wie von alleine akzeptiert. Aber es lag natürlich an meinem veränderten Verhalten.

Mit meinem Mann dagegen habe ich meine komplette Familienskulptur noch einmal durchgespielt. Durch meine Offenheit signalisierte ich ihm mein ‚Einsehen' und bekam sofort seine Unterstützung. Ich fühle mich seither nie mehr weggezerrt von meinen Eltern, weil ich ja seine Sicht kenne und weil wir offen darüber sprechen können ... Ich kann nun ganz klar entscheiden, wann ich meine Eltern besuchen möchte – weil ich es will. Aber ich habe mich aus der Verpflichtung gelöst!

Aus meinem Freundeskreis weiß ich, daß ich mit Sicherheit kein Einzelfall bin. Am liebsten würde ich jeder Frau den Tip geben, diese ‚Abnabelung' zu vollziehen. Erst so schafft man sich Platz für eine **eigene** Familie."

Die Bedeutung von Freunden

Wirklich gute Freunde sind ein Segen für jede Paarbeziehung. Wenn wir an eine Partnerschaft mit dem Anspruch herangehen, uns gegenseitig alles geben zu müssen, was wir brauchen, sind Schwierigkeiten in der Beziehung bereits vorprogrammiert. Ein solcher Anspruch darf nicht mit Liebe verwechselt werden und ist von Anfang an unrealistisch. Erstens können Partner sehr verschiedene Interessen haben, zweitens machen uns viele Dinge wie z. B. Tanzen, Feiern u. ä. erst in einer größeren Gemeinschaft von Menschen richtig Spaß.

Die Verschiedenheit zweier Partner wirkt sich in der Verbindung mit Freunden nicht so stark als Gegensatz aus. Zum Beispiel musiziert eine Frau gerne mit anderen, ihr Mann aber spielt kein Instrument und ist auch gar nicht daran interessiert, eines zu erlernen. Er liest gerne und möchte fachliche Gespräche führen. Im Freundeskreis finden beide, was sie sich wünschen, können zusammensein und doch ihren spezifischen Neigungen nachgehen. Sie kann mit Freunden musizieren, während er sich gleichzeitig mit anderen über fachliche Fragen unterhält.

Manchmal gibt es auch Phasen in der Beziehung, in denen man sich gegenseitig nicht viel geben kann. Diese Zeiten sind durch den lebendigen Kontakt zu Freunden und Freundinnen gut zu überbrücken, so daß man nicht vor lauter Hunger übereinander herfallen muß.

In einem Freundeskreis, in dem man offen und persönlich miteinander spricht, können heikle Themen in entspannterer Weise diskutiert werden.

Bei Krisen und außerordentlichen Belastungen sind wir dann nicht ausschließlich auf unsere Eltern und Verwandten angewiesen, sondern können in unserem Freundeskreis aufgefangen werden. Folgende Geschichte macht dies deutlich:

Eine Frau mit drei Kindern aus erster Ehe hatte ein zweites Mal geheiratet. Als das jüngste Kind acht Jahre alt war, erfuhr sie, daß sie an einer unheilbaren Krankheit litt und nur noch wenige Jahre zu leben hatte. Die Familie konnte aus verschiedenen Gründen keine Hilfe von den Eltern und Verwandten bekommen, war aber in einem guten Freundeskreis aufgehoben. Nicht nur das Paar und die Kinder wurden in diesem schwierigen Prozeß von den Freunden begleitet, sondern auch die Freunde selbst konnten sich untereinander austauschen und gegenseitig stützen. In solchen Situationen braucht man viele Hände und viele verschiedene Fähigkeiten. Jeder konnte etwas beitragen und dadurch das Schwere leichter machen. Der einzelne wurde nicht so stark überfordert, und durch die gute

Versorgung entstanden keine Schuldgefühle. Die Frau malte kurz vor ihrem Tod ein Bild, das ihre Dankbarkeit und ihre Geborgenheit zum Ausdruck brachte. Sie erlebte ihren letzten Geburtstag im Kreise ihrer Familie und Freunde und konnte bald darauf in Frieden sterben. Ihr Mann begleitete sie während dieser Zeit und auch im Tod und war dabei selbst nicht allein. Die Kinder fanden im Freundeskreis Hilfe und Ansprechpartner. Auch nach dem Tod unterstützten die Freunde die Familie weiterhin. Sie halfen dem Mann und den Kindern, die Krankheitszeit und den Tod zu verarbeiten und sich mit der Zeit neu im Leben zu verwurzeln.

An diesem Beispiel wird deutlich, von welch unschätzbarem Wert ein liebevoller und lebendiger Freundeskreis ist und welch großes Geschenk er für eine Beziehung bedeuten kann.

Darüber hinaus braucht jeder Partner noch eigene gleichgeschlechtliche Freundinnen bzw. Freunde. Gleichgeschlechtliches Wohlfühlen gibt uns eine Rückzugsmöglichkeit, grundsätzliche Sicherheit und Unabhängigkeit vom Partner. Wir können sozusagen unter uns sein, ganz spezifische Dinge miteinander teilen, fühlen uns auf eine besondere Weise vertraut und tief verstanden. In fast allen Kulturen wurden gleichgeschlechtliche Freunde und Freundeskreise intensiv gepflegt. Der Bauchtanz z.B. wurde von Frauen für Frauen entwickelt und war zunächst ausschließlich eine Frauentradition.

Auch gegengeschlechtliche Freundschaften können eine Beziehung sehr bereichern und inspirieren. Allerdings muß das Paar hier in besonderer Weise darauf achten, klare Grenzen festzulegen, damit der Raum der eigenen Beziehung gewahrt bleibt.

Ein lebendiger Freundeskreis und nahe Freunde bzw. Freundinnen sind nicht als Alternative zu guten verwandtschaftlichen Beziehungen zu verstehen, sondern gehören beide zum Leben eines Paares und haben ihre je eigene Bedeutung. Wichtig für die Partnerschaft ist dabei, daß die Außenbeziehungen nicht stärker sind als die Paarbeziehung selbst oder diese sogar ersetzen. Eine Beziehung braucht ihr Eigenleben und ihren ganz spezifischen, individuellen Raum. Auch Freunde sollten sich wie die Eltern an bestimmte Spielregeln halten. Freunde können durch ihre Reaktionen die vorhandenen Spannungen eines Paaren verschärfen oder mildern. Sie sollten in Partnerschaftskonflikte nicht hineingezogen werden bzw. sich nicht hineinziehen lassen. Freunde sollten versuchen, Neutralität zu wahren und sich nicht auf eine Seite schlagen. Dies ist besonders wichtig und braucht manchmal sehr viel Disziplin, wenn sich ein befreundetes Paar in einer ernsthaften Krise befindet und vielleicht sogar an Trennung denkt.

Wenn es Paaren gelingt, sich über die vorhandenen Probleme in einer Weise auszutauschen, die niemanden bevormundet oder anklagt, dann können sich diese Gespräche sehr befruchtend und entlastend auf eine Paarbeziehung auswirken. Am Ende von Paarseminaren sagen die Teilnehmerinnen bzw. die Teilnehmer häufig sinngemäß etwa folgendes: Es war für uns als Paar besonders hilfreich, auch von anderen zu hören, daß sie Probleme und Schwierigkeiten haben. Bisher dachten wir, nur wir haben diese Probleme und stellen uns einfach dumm an. Gerade diese Vorstellung „Nur wir haben Probleme, weil wir uns dumm anstellen" führt häufig dazu, daß man mit Freunden über alles Mögliche spricht, nur nicht über die eigene Paarbeziehung. Wir ermutigen deswegen immer wieder Paare, im Kontakt mit befreundeten Paaren das Gespräch auch auf die Partnerbeziehung zu lenken. Eine mögliche Einleitung könnte zum Beispiel folgendermaßen lauten: „Zur Zeit geht es uns mit ... nicht besonders gut. Was habt ihr denn mit ... für Erfahrungen gemacht, und wie habt ihr ... gelöst ?" Mit einer solchen oder ähnlichen Eröffnung kommt man in der Regel in einen offenen Austausch, in dem jeder so viel mitteilen kann, wie er bereit ist mitzuteilen.

Wenn Paare über ihre Schwierigkeiten offen miteinander reden können, ohne Abwertung zu erfahren und ohne andere in eine Schiedsrichterposition zu ziehen, dann können diese Gespräche sehr erfüllend und hilfreich sein. Die sich dadurch entwickelnde Nähe unter Paaren erleben wir immer als etwas sehr Kostbares.

Beruf und Partnerschaft

Beruf und Partnerschaft sind in unserer Zeit nicht leicht in eine gute Balance zu bringen. Die dabei auftretenden Schwierigkeiten zeigen sich meist erst dann, wenn Paare zusammenziehen und über die sogenannte zweite Schicht verhandelt werden muß. Wer macht den Haushalt, wer wäscht, wer bügelt, wer putzt? Wie sauber muß die Wohnung sein, wer räumt die Kleider auf, wer kocht, wer wischt den Tisch ab, wer gießt die Blumen usw.? Wir kommen nicht daran vorbei, diese alltäglichen Dinge miteinander zu klären. Anhänger eines neoromantischen Liebesideals geraten nun unweigerlich in ihre erste größere Beziehungskrise. Bei Diskussionen darüber, wer nun wie und wann den Abwasch erledigt, kühlt die emotionsbetonte Liebe mitunter rasch ab. Ernüchterung macht sich breit, und die ersten Verstimmungen treten auf.

Das patriarchale Erbe

Bei einem Partnerseminar erzählte uns Verena, 23 Jahre alt, folgende Geschichte aus ihrer Beziehung mit Hans:

„Wir waren am Anfang unsterblich ineinander verliebt. Jede Minute wollten wir miteinander verbringen und konnten uns ein Leben ohne einander gar nicht mehr vorstellen. Nach einem Jahr beschlossen wir zusammenzuziehen. Ich erinnere mich noch genau an das erste Frühstück in unserer gemeinsamen Wohnung. Es war ein Samstag. Hans holte Brötchen, stellte sie auf den Tisch, gab mir einen liebevollen Kuß und begann, die Zeitung zu lesen. Ich kochte Kaffee und deckte den Tisch. Dann frühstückten wir miteinander. Nach dem Frühstück räumte ich allein den Tisch ab. Hans nahm den Autoschlüssel und meinte, er würde noch schnell das Auto durch die Waschanlage fahren. Ich dachte, warum hilft er mir nicht und war etwas verletzt. Da ich aber nicht als kleinlich erscheinen wollte, sagte ich nichts. Danach kam es Schlag auf Schlag: Hans tat überhaupt nichts im Haushalt. Ich kochte, wusch und putzte. Wir waren beide voll berufstätig und kamen gegen 18 Uhr nach Hause. Für mich begann nun die zweite Arbeitsschicht. Hans dagegen ging seinen verschiedenen Hobbies nach. Er spielte Tennis, Volleyball oder ging in die Skigymnastik. Meistens kam er gegen 21 Uhr nach Hause. Inzwischen hatte ich drei weitere Stunden im Haushalt gearbeitet, war müde und ärgerlich. Wenn wir miteinander aßen, redete ich zunehmend weniger. Hans fragte mich immer wieder, was denn mit mir los sei und versuchte, mich aufzumuntern. Aber ich schluckte meinen Ärger hinunter und sagte jedesmal: Nein, Schatz, es ist nichts. Hans setzte sich immer häufiger vor den Fernseher, und ich ging früh ins Bett, weil ich müde war. Wenn Hans dann später ins Bett kam und noch etwas von mir wollte, stellte ich mich schlafend und ließ ihn stumm abblitzen. Ich merkte wohl, daß meine sexuelle Lust erheblich nachgelassen hatte. Aber ich brachte dies nicht mit meinem unterdrückten Ärger auf Hans in Verbindung. Damals gingen mir zwei Dinge durch den Kopf, die ich vielleicht so formulieren könnte: Wenn ich meinen Hans wirklich liebe, dann darf ich ihn doch nicht bevormunden. Und: Wenn Hans mich wirklich lieben würde, dann mußte er doch mitbekommen, daß ich viel mehr arbeite als er. Nachdem Hans dies offensichtlich nicht bemerkte, schloß ich daraus, daß seine Liebe zu mir erloschen war. Eines Tages hielt ich es einfach nicht mehr aus und begann zu weinen. Es brach richtig aus mir heraus: Du liebst mich überhaupt nicht mehr, sonst würdest du mir im Haushalt helfen. Du bist völlig gefühllos und egoistisch. Hans war wie vom Donner gerührt und verstand die Welt nicht mehr."

Warum Frauen unglücklich sind und Männer die Welt nicht mehr verstehen

Nach einer amerikanischen Studie sind berufstätige Frauen täglich durchschnittlich drei Stunden im Haushalt tätig, Männer dagegen ganze 17 Minuten. Männer sehen durchschnittlich eine Stunde länger fern als ihre berufstätigen Frauen und schlafen in der Regel jede Nacht eine halbe Stunde länger. Laut Studie besteht kein Zusammenhang zwischen der Zeit, die der Partner am Arbeitsplatz verbringt und dem Anteil der von ihm geleisteten Hausarbeit. Männer, die früh nach Hause kommen, arbeiten also nicht mehr im Haushalt als Männer, die spät nach Hause kommen.

Weitere Untersuchungen haben ergeben, daß Männer und Frauen die Zufriedenheit mit ihrer Partnerschaft völlig unterschiedlich einstufen. Nach vier Jahren gemeinsamen Zusammenlebens äußern sich Männer wesentlich zufriedener über ihre Partnerschaft als ihre Frauen. Darüber hinaus weisen Frauen insgesamt erheblich mehr Streßsymptome auf als ihre Männer.

Kehren wir nun wieder zu Verena und Hans zurück. Warum ist Verena unglücklich? Sie war als ältestes von fünf Kindern schon von früh auf gewohnt, im Haushalt mitzuhelfen. Sie hatte von ihrer Mutter viel gelernt und war sehr tüchtig. Auch während ihrer Lehrzeit mußte sie regelmäßig zu Hause mithelfen. Ihr nur um ein Jahr jüngerer Bruder hingegen wollte von Hausarbeit absolut nichts wissen. Die Eltern verlangten auch keine Mithilfe von ihm. Der Bruder setzte sich an den gedeckten Tisch und ließ sich bedienen, obwohl die Mutter selbst halbtags in einem Büro arbeitete. Hans kam seinerseits aus einer Familie, in der es nicht üblich war, daß die Männer im Haushalt mithalfen. Auch dort ließ man die Frauen arbeiten, während die Männer ihren Freizeitaktivitäten nachgingen.

Solange die Frauen nicht voll berufstätig waren, wurde dieses patriarchale Verhalten überwiegend hingenommen. In unserem Jahrhundert, insbesondere in und nach dem zweiten Weltkrieg, hat jedoch die Zahl der berufstätigen Frauen rasant zugenommen. Lohnabhängige Frauenarbeit gibt es in größerem Umfang überhaupt erst seit der Industrialisierung im letzten Jahrhundert. Bis dahin halfen in bäuerlichen und bürgerlichen Kreisen die Mädchen hauptsächlich im Familienbetrieb der Eltern mit und wurden dort auf ihre zukünftige Hausfrauen- und Mutterrolle vorbereitet. In Arbeiterfamilien gingen die Mädchen zum Teil bis zur Eheschließung in die Fabrik und blieben dann oft zu Hause. Das Leben in der deutschen Durchschnittsfamilie war also klar geregelt: Die Frau war für den Haushalt und die Kindererziehung zuständig, der Mann galt als Ernährer der Familie und brachte das Geld nach Hause. Kindergärten gab es in der damaligen Zeit kaum, da sie bei dieser Arbeitsteilung nicht nötig waren. Männer kamen im allgemeinen gar nicht auf die Idee, im Haushalt mitzuhelfen.

In den letzten 50 Jahren hat sich hier vieles radikal verändert. „Der Einzug der Frauen ins Wirtschaftsleben ist die grundlegende soziale Revolution unserer Tage", schreiben Arlie Hochschild und Anne Machung in ihrem Buch „Der 48-Stunden-Tag". In diesem Buch beschäftigen sich die beiden Autorinnen mit der Frage, wie die zweite Schicht zwischen Männern und Frauen aufgeteilt wird, wenn beide Partner berufstätig sind. Viele Männer leben noch im letzten Jahrhundert und verhalten sich wie in den guten, alten Zeiten. Sie begreifen nicht, daß die Berufstätigkeit ihrer Frau grundlegende Veränderungen auf ihrer Seite erforderlich macht. Ihren berufstätigen Frauen gegenüber vertreten Männer oft noch folgende Ansicht: „Ich habe nichts dagegen, wenn du zur Arbeit gehen willst, aber das ist dein Privatvergnügen. Für mich darf das im Haushalt keine Folgen haben." Solche und ähnliche Einstellungen sind dafür verantwortlich, daß auch heute noch die Frauen neben ihrer Berufstätigkeit 80 Prozent der Hausarbeit alleine besorgen. Kein Wunder, daß sich hier auf seiten der Frauen Verbitterungen angesammelt haben und diese Themen zu einem riesigen und brisanten Konfliktpotential für viele Beziehungen geworden sind. Hans versteht die Welt nicht mehr, denn in seiner Welt waren die Frauen zuständig für die zweite Schicht. Im besten Fall ist er bereit, freiwillig ab und zu ein wenig mitzuhelfen, aber wirklich zuständig ist in seinen Augen die Frau. Seine Haltung wird durch ein jahrhundertelanges, patriarchales Erbe gestützt. Er sieht keine Notwendigkeit, seine Privilegien einfach aufzugeben. Ohne die nötige Ausdauer und Bereitschaft zu grundsätzlicher Auseinandersetzung kommt es an dieser Stelle selten zu einer für beide Seiten befriedigenden Veränderung. Verena ist noch in der alten Welt erzogen worden, und darum dauert es eine Weile, bis sie sich ihren Ärger wirklich eingestehen kann. Sie reagiert noch hauptsächlich auf der Ebene des braven Mädchens und versucht, sich den Ärger zunächst einmal auszureden und gegen sich selbst zu richten. Sie redet sich ein: „Ich will nicht kleinlich sein." Da es ihr als Mädchen nicht erlaubt war, ihren Ärger offen auszudrücken und nein zu sagen, zieht sie sich zurück, wird wortkarg und beginnt, den sexuellen Kontakt indirekt zu verweigern, indem sie sich schlafend stellt. Auf der anderen Seite ist Verena jedoch bereits ein Kind ihrer Zeit und, obwohl sie noch gegen ihre Gefühle und Empfindungen ankämpft, erkennt sie durchaus die Ungerechtigkeit in ihrer Arbeitsteilung. Gerade in diesem Gefühl des Ärgers kündigt sich schon etwas Neues und für die Partnerschaft Positives an. Frauen haben nämlich in unserer Kultur gelernt, ihre Ärgerseite fast völlig zu verleugnen. Sie durften weinen, aber es schickte sich nicht, offen anzugreifen und ärgerlich zu reagieren. Dieses Gefühl war den Männern vorbehalten. Dafür durften Männer keine Schwächen zeigen und nicht weinen. Ein Junge ist keine Heulsuse, ein Mädchen kein böser Bube.

In der therapeutischen Beratungsarbeit erleben wir häufig, daß Frauen wie Verena lange warten und dann ihren Ärger zunächst in Form von Tränen ausdrücken. Tränen sind erlaubt, Ärger nicht. Männer hingegen drücken ihren seelischen Schmerz bevorzugt über Ärger aus. Diese Konstellation macht es in Beziehungen oft sehr schwierig, in der Klärung von Konflikten vorwärtszukommen. Wenn Frauen ihre Ärgerseite entdecken und formulieren können, fühlen sich Männer schnell bedroht und glauben, mit verstärktem Ärger oder schweigendem Rückzug darauf antworten zu müssen. Ärger paßt grundsätzlich nicht in das patriarchale Bild einer Frau. Für Verena stellt sich hiermit die Aufgabe, ihren Ärger spüren zu dürfen und zu ihm zu stehen, für Hans ist es wichtig zu lernen, Verenas Ärger anzuhören und eine offene, gleichberechtigte Auseinandersetzung zu akzeptieren. Nur wenn Hans Verenas Anliegen ernst nimmt und bereit ist, mit ihr die Hausarbeit zu teilen, wird ihre Beziehung aus der Krise herauskommen.

Bisher sind uns keine Untersuchungen bekannt, die beweisen, daß Männer für Hausarbeit und Kindererziehung weniger begabt sind als Frauen. Männer können ihre Potentiale hier erst dann richtig entdecken und entwickeln, wenn sie sich bewußt machen, wie tief ihnen das Erbe einer patriarchalen Kultur in Fleisch und Blut übergegangen ist. Eine egalitäre, gleichwertige Partnerschaft kann aber nur dann gelebt werden, wenn Männer und Frauen sich von diesem Erbe befreien. In unserer Zeit reicht es nicht mehr aus, daß Männer ihren Frauen gnädig zugestehen, daß sie auch berufstätig sein dürfen. Das patriarchale Beziehungskonzept läßt sich nicht mehr flicken oder durch kosmetische Veränderungen retten. Es ist einfach überholt und muß verabschiedet werden. Wir leben in einer Zeit des Umbruchs, und daraus erwachsen besonders den Männern riesige Konsequenzen. Von diesen grundlegenden Veränderungen soll nun die Rede sein.

Wenn beide Partner berufstätig sind, kehrt Hektik ins Familienleben ein

Viele Männer wehren sich bewußt oder unbewußt noch immer gegen die volle Gleichberechtigung der Frau. Auf einem Fortbildungsseminar schilderte Michael, ein fünfunddreißigjähriger Manager, den Wunschtraum bzw. den realen Alptraum vieler Männer:

„Ich komme um 18.30 Uhr nach Hause. Die Wohnung ist aufgeräumt. Meine Frau empfängt mich freundlich. Wir können in Ruhe miteinander essen. Die Kinder, mein Sohn Kai mit sechs Jahren und meine Tochter Anita mit vier Jahren, sind ausgeglichen und spielen ruhig und vernünftig miteinander. Sie springen mich nicht gleich an und überschütten mich nicht mit ihren Fragen und Wünschen.

Das ist mein Wunschtraum. In der Realität sieht es aber leider, leider, ganz anders aus:

Ich komme nach Hause, im Wohnzimmer liegen die Spielsachen herum. Ich bahne mir einen Weg zu meiner Frau, die mich ziemlich geschafft anschaut und manchmal sogar vorwurfsvoll, als hätte ich irgend etwas verbrochen. Während ich mich umziehe, stürmen die Kinder herein, zerren an mir herum und quasseln mir die Ohren voll. Manchmal ist es der reinste Wahnsinn. Meine Frau ist Lehrerin und muß abends noch die Schule vorbereiten. Da bleibt kaum noch Zeit zum Reden. Häufig höre ich von ihr außerdem noch Vorwürfe, ich hätte es sowieso viel leichter als sie."

Michael und mit ihm viele andere Männer müssen sich über folgendes im klaren sein: Wenn Frauen im Berufsleben stehen und Kinder da sind, kehrt Hektik ins Familienleben ein. Arlie Hochschild und Anne Machung schreiben dazu: „Auch heute hat der Tag nur 24 Stunden, nicht mehr als zu der Zeit, als Ehefrauen noch zu Hause blieben, aber es gibt heute doppelt so viel zu tun. Und diese Mehrarbeit lastet vor allem auf den Schultern der Frauen" (S. 31). Früher haben Frauen mit Kindern den ganzen Tag geschuftet, um ihren Männern jenen Rahmen zu bieten, den Michael sich heute noch wünscht. Wenn beide Partner in die Arbeit gehen und Kinder da sind, müssen Männer und Frauen lernen, mit Provisorien zu leben und zu improvisieren. Männer beharren jedoch auf alten Ansprüchen. Die Frauen sind in der Regel die Hauptleidtragenden. Sie sind übermüdet, emotional ausgelaugt und genervt. Männer reagieren auch heute noch oft mit Verweigerung und können das Verhalten ihrer Frauen nicht verstehen. In vielen Fällen fühlen sie sich sogar als arme Opfer, die im Beruf so viel leisten müssen und zu Hause nichts bekommen. Infolgedessen reagieren sie mit Unzufriedenheit, Abwertungen und Rückzug. Männer verhalten sich in diesen Situationen häufig wie kleine, beleidigte, trotzige Buben, um die sich die Mama nicht genügend kümmert.

Bei Seminaren für verschiedene Firmen in der Industrie fallen bei männlichen Mitarbeitern immer wieder folgende Reaktionen auf:
- Männer tendieren in solchen Situationen dazu, immer später von der Arbeit nach Hause zu kommen.
- Sie zeigen insgesamt wenig Verständnis für die Situation ihrer Frau.
- Sie fangen an, immer mehr Kritik an der Kindererziehung zu üben
- Gleichzeitig ziehen sie sich emotional von der Partnerin und den Kindern zurück und
- bauen außerhalb der Familie zeitaufwendige Hobbies aus, wie z. B. Joggen, Triathlon, Radfahren, Tennis u. ä.

Wenn diese Männer eine Skulptur ihrer eigenen Familie aufstellen sollen, wird ihnen oft erst mit Erschrecken bewußt, wie groß inzwischen der Abstand zur Partnerin und oft auch zu den Kindern geworden ist. Vielen fällt dann erst auf, daß sie sich eigentlich nur noch über den Beruf definieren. Sie erwarten meistens stillschweigend von ihren Frauen, daß diese ihnen den Rücken für ihre Karriere freihalten. Natürlich ist es auch für Männer schwierig, alles unter einen Hut zu bekommen. Sie wollen eine intelligente, tüchtige und attraktive Frau. Sie wollen Kinder haben, ein Haus bauen und Karriere im Beruf machen. Intelligente und tüchtige Frauen wollen aber selber beruflich erfolgreich sein und nicht mehr nur den Herd hüten. So entsteht unweigerlich eine Interessenskollision. Wie können Männer und Frauen mit diesem Dilemma umgehen, ohne ihre Paarbeziehung zu ruinieren und ihren Kindern Schaden zuzufügen? Wie können Paare also Partnerschaft, Beruf und Kinder in einer guten Weise miteinander verbinden?

Anregungen zum Thema Beruf und Partnerschaft

Männer sind intelligente Wesen und können durchaus begreifen, daß Frauen die meisten Berufe genauso gut ausfüllen können wie sie und daß Männer für die Haushaltsführung und die Erziehung der Kinder genauso begabt, wichtig und geeignet sind wie Frauen.

In der Urfassung des BGB, das am 1.1.1900 in Kraft trat, hieß es noch: „Dem Manne steht die Entscheidung in allen das gemeinschaftliche eheliche Leben betreffenden Angelegenheiten zu; er bestimmt insbesondere Wohnort und Wohnung. Die Frau ist berechtigt und verpflichtet, das gemeinschaftliche Hauswesen zu leiten."

Erst durch die Eherechtsreform von 1976 wurde diese Fassung von 1900 außer Kraft gesetzt und auf einer gleichberechtigten Basis neu formuliert: „Die Ehegatten regeln die Haushaltsführung in gegenseitigem Einvernehmen."

Um dieses gegenseitige Einvernehmen realisieren zu können, im folgenden einige Anregungen:

- Ob Männer ihre Frauen wirklich als gleichberechtigt sehen, zeigt sich in erster Linie auf der Handlungsebene, nämlich bei der Suche nach und der Umsetzung von für beide Seiten befriedigenden Lösungen.
- Jeder Mensch hat gelegentlich den Wunsch, bedient und verwöhnt zu werden. Bis vor kurzem bedienten fast ausschließlich die Frauen die Männer, aber nur selten die Männer die Frauen.
- In Doppelverdienerhaushalten sollten es die Männer nicht als Gnade und als Zeichen von Großmut ansehen, wenn sie sich in der Kindererziehung und Haushaltsführung gleichberechtigt engagieren, sondern dies als Ausdruck eines Fair play begreifen, das dem Prinzip der Gerechtigkeit entspricht.
- Wenn sich ein Mann für seine großartigen Leistungen in der Kindererziehung und im Haushalt die Anerkennung seiner Frau wünscht, sollte er dabei nicht vergessen, daß sich seine Frau dasselbe von ihm wünscht. Auch wenn über all die Jahrhunderte die Leistungen der Frauen von Männern als selbstverständlich hingenommen wurden, so sollte man daraus nicht unbedingt den Schluß ziehen, daß Männer aus biologischen Gründen nicht in der Lage sind, dies zu verändern.
- Männer verhalten sich im Beruf oft wie Helden und zu Hause wie Söhne, die sich von der Mutter verwöhnen lassen wollen und enttäuscht sind, wenn neue Anforderungen auf sie zukommen. Frauen wünschen sich aber in dieser Situation ein erwachsenes Gegenüber, mit dem sie die zweite Schicht teilen können. Sie wollen einen Mann und kein verwöhntes Muttersöhnchen an ihrer Seite haben.

- Erst wenn Männer auf die Sohnrolle verzichten, werden sie in ihrer Beziehung zu richtigen Partnern, die nicht nur die Lust teilen wollen, sondern auch bereit sind, die Lasten mitzutragen.
- Männer sollten wissen, daß den Frauen die Lust vergeht, wenn die häuslichen Lasten überwiegend an ihnen hängen bleiben.
- Sobald sich Männer gleichermaßen in der zweiten Schicht engagieren, steigt die Bereitschaft und das Interesse der Frauen an gemeinsamen sexuellen Erlebnissen. Sexuelles Desinteresse hängt nicht selten mit ungerechter Arbeitsaufteilung zusammen. Der daraus resultierende Ärger und schwelende Spannungen lassen bei Frauen auf Dauer die Glut der Liebeslust erlöschen.
- In Phasen des Umbruchs ist es ganz natürlich, daß zwischen Mann und Frau sehr vieles besprochen werden muß. Die Bereitschaft dazu ist eine wesentliche Voraussetzung für eine glückliche und dauerhafte Partnerschaft.
- In der Regel ist es nicht zu vermeiden, daß in einer Paarbeziehung mitunter sehr schwierige Themen verhandelt werden müssen und es dabei manchmal laut zugeht. An manchen Stellen muß man tatsächlich sehr intensiv und lange miteinander kämpfen, um zu guten Lösungen zu kommen. Dabei sind meist mehrere Termine notwendig. Massive Worte, die bei heftigen Konflikten fallen, sollten nicht auf die Goldwaage gelegt werden. Wirkliche Probleme entstehen erfahrungsgemäß erst dann, wenn die Partner sich verschließen und eine Form von Schweigen entwickeln, das den anderen aus seinem/ihrem Leben ausschließt. Das deutliche Vortragen von Positionen hingegen und das ehrliche gemeinsame Ringen um eine sinnvolle Lösung festigt im allgemeinen eher das Band der Beziehung.
- Auch wenn manchmal um die zweite Schicht hart gekämpft wird, sollten beide Partner nicht vergessen, daß der andere Anerkennung, Halt und Zuneigung braucht. Erfolgreich bewältigte Konfliktsituationen stärken das Zusammengehörigkeitsgefühl in einer Partnerschaft.
- Paare sollten sich schon frühzeitig darüber unterhalten, wie sie nach dem Zusammenziehen die zweite Schicht organisieren wollen. Sie vermeiden so, von den Ereignissen überrollt zu werden und ungewollt in die traditionellen Modelle hineinzugeraten.
- Erfolgreiche, berufstätige Frauen stellen häufig an sich den Anspruch, eine besonders gute Mutter sein zu müssen. Sie setzen

sich selbst unter den Druck, vor der Außenwelt stark und perfekt dastehen zu wollen. Der Streß wird geleugnet und damit der Weg zu notwendigen Hilfen versperrt. Wenn beide Partner beruflich engagiert sind und Kinder haben, gefährdet ein solch unrealistischer Anspruch die Beziehung und eine gesunde Entwicklung der Kinder. Hier sollte ein Netz von bezahlten Hilfen aufgebaut werden. Wenn das Paar in seinem Umfeld liebevoll versorgt wird, kann es weit mehr Belastungen tragen, ohne dabei Schaden zu nehmen. An dieser Stelle müssen unseres Erachtens vor allem die Kinder in besonderem Maß geschützt werden, da eine Doppelberufstätigkeit der Eltern meistens zu Lasten der Kinder geht. Schäden, die aus einer Unterversorgung resultieren, können uns insgesamt gesehen sehr teuer kommen bzw. nicht mehr reparabel sein.

- Wenn berufstätige Paare Kinder haben, brauchen sie, und das können wir nicht genug betonen, ein zuverlässiges, liebevolles Unterstützungssystem, das ihnen elterliche und versorgungsmäßige Funktionen abnimmt. Berufstätige Eltern haben insgesamt zu wenig Zeit für ihre Kinder, sind häufig übermüdet, genervt und haben kein Ohr mehr für kindliche Bedürfnisse. Wenn sich Kinder in ihrem Rhythmus zu sehr nach den Eltern richten und auf diese Rücksicht nehmen müssen, werden sie in ihrer Vitalität und in ihrem Selbstwertgefühl erheblich geschwächt. Die Kinder können in ihrer Persönlichkeit zu wenig individuell gefördert werden. Sie entwickeln vermehrt Gefühle von Enttäuschung, Aggressionen bis zu offener Ablehnung den Eltern gegenüber. Der daraus resultierende Rückzug wird häufig als frühe Selbständigkeit fehlinterpretiert. Die Kinder fühlen sich überfordert und in die Welt hinausgeworfen.

Eine Gleichberechtigung von Mann und Frau ist im Wirtschaftsleben noch lange nicht realisiert

Die Berufswelt verlangt von ihren Mitarbeitern einen starren Zeitplan und maximalen Arbeitseinsatz. Doch die Familienwelt braucht ihrerseits eine hohe persönliche Präsenz. Diese beiden Welten geraten häufig in Konflikt und erscheinen manchmal unvereinbar. Eine auf die Bedürfnisse der Familie zugeschnittene Flexibilisierung der Arbeitszeit könnte viele Konflikte in Partnerschaft und Familie verhindern oder erleichtern. Hier gibt es noch viel zu tun. Im Berufsleben sind überholte Konzepte immer noch deutlich spürbar, und trotz vieler erfreulicher Ansätze ist ein wirklicher Durchbruch in eine neue Zeit hier noch nicht wirklich geglückt. Untersuchungen zeigen, daß es Paaren ohne Kinder auf die Dauer erheblich besser geht als Paaren mit Kindern. Das kann nicht der Endpunkt einer wünschenswerten Entwicklung bedeuten, sondern sollte uns eher alarmieren. Eine Gesellschaft ohne Kinder braucht auch keine Wirtschaft mehr. Wenn Männer und Frauen ein glückliches Partnerschafts- und Familienleben führen wollen, sind grundlegende Veränderungen im Wirtschaftsleben absolut notwendig. Die Lösung liegt in der Integration und im Ausgleich von männlichen und weiblichen Aspekten in unserer gesamten Arbeitswelt. Die Frauen sind bisher zwar als Arbeitskräfte, nicht aber als Frauen ins Wirtschaftsleben eingezogen. Der Ausgleich zwischen dem männlichen Prinzip der Markteroberung und dem weiblichen Prinzip der Pflege der Ressourcen und der Erhaltung menschlicher Lebensbedingungen ist das wesentliche Thema unserer Zeit. Weibliche Gesichtspunkte für ein menschliches Wirtschaftsleben können wir unter anderem in der indianischen Tradition finden. Unser Handeln würde dann zum Beispiel von folgendem Denkansatz geleitet: „Wir haben die Erde nicht von unseren Eltern geerbt, sondern nur von unseren Kindern geliehen."

Insgesamt liegt der Schlüssel zu wirklicher Veränderung nicht in der uns so vertrauten Polarisierung, sondern in der kreativen Zusammenarbeit und dem Gleichgewicht weiblicher und männlicher Aspekte auf allen Ebenen. Die vitalen Interessen von Partnerschaft und Familie müssen mit der Entwicklung der Arbeits- und Berufswelt in Einklang gebracht werden. Der Anspruch totaler Mobilität belastet Partnerschaft und Familie in unverantwortlicher Weise. Kinder verkraften häufige Umzüge äußerst schlecht. Sie können sich in ihrem sozialen Umfeld nicht genügend verwurzeln, verlieren Freunde und müssen große Nachteile durch Schulwechsel hinnehmen. Wenn beide Partner berufstätig sind und ein Partner aus beruflichen Gründen in eine andere Stadt ziehen muß, wird oft entweder die Familie auseinandergerissen oder ein Partner verzichtet auf die in langen Jahren erarbeitete Position und fängt irgendwo wieder von vorne an. Auch eine nicht auf die Erfordernisse von

Partnerschaft und Familie abgestimmte Flexibilisierung der Arbeitszeit stellt Paare mit Kindern vor unlösbare Organisationsprobleme.

Auf der Seite des Mannes fällt die Karriereentwicklung genau in die Zeit, in der die Kinder klein sind. Wenn die Männer eine Halbtagstätigkeit anstreben oder sogar Erziehungsurlaub nehmen wollen, können sie davon ausgehen, daß sie ihre Karriere verwirkt haben. Dies schafft natürlich keinen Anreiz. Dennoch gibt es zwar eine sehr geringe, aber doch steigende Anzahl von mutigen Männern, die dieses Wagnis eingehen. Diese Männer erleben sich oft noch als doppelte Exoten: In der Firma werden sie nicht mehr ganz für voll genommen, und am Spielplatz fühlen sie sich als einzelne unter lauter Frauen doch oft recht einsam. Aber vielleicht können sich diese mutigen Männer vor Augen halten, daß es alle Pioniere schwer hatten. Neben den Nachteilen entstehen ihnen durchaus eine Reihe von Vorteilen:

Die Partnerin ist zufriedener, die Beziehung inniger. Auch die Beziehung und der Kontakt zu den Kindern intensiviert sich und bekommt ein Eigenleben. Der Vater bekommt die Entwicklung seiner Kinder nicht mehr nur erzählt, sondern erlebt sie selbst mit. Statt einseitig im Beruf aufzugehen, kann eine breiter angelegte Lebenserfüllung angestrebt werden. Neue Werte können sich entwickeln. Die seelische Abhängigkeit vom Berufsleben nimmt ab. Darüber hinaus wird eine gute soziale Perspektive aufgebaut, und zwar dadurch, daß der Kontakt zur Partnerin und zu den Kindern auch im Alter innig und lebendig bleiben kann.

Die sexuelle Beziehung als Spiegel der partnerschaftlichen Beziehung

Viele Paare erleben ihre sexuelle Beziehung als etwas, was mit zunehmendem Alter sowohl in der Quantität als auch in der Qualität nachläßt. Die Sexualität ist für sie wie ein abnehmender Mond. Am Anfang erstrahlt alles in vollem Licht, dann wird das gegenseitige Verlangen allmählich weniger und weniger, bis am Ende nur noch Langeweile herrscht.

Andere Paare wiederum stellen mit zunehmendem Alter fest, daß ihre sexuelle Beziehung intensiver, reicher und erfüllender geworden ist. Wie ist das möglich? Was macht den Unterschied zwischen der ersten und der zweiten Gruppe von Paaren aus? Warum erleben die einen Sexualität zunehmend als eine zur Partnerschaft gehörende, mehr oder weniger angenehme Routine, die mit der Zeit erlischt, und warum können die anderen bei der Silberhochzeit sagen: „So schön war's noch nie."

Die sexuelle Welt des Mannes und die sexuelle Welt der Frau

Im Laufe der Jahre, in denen wir als Paar- und Familientherapeuten arbeiten, haben wir viele Lebensgeschichten von Menschen gehört. Ihre Sehnsüchte und Enttäuschungen, ihre innere Einsamkeit tauchen wieder in unserer Erinnerung auf, während wir dieses Buch schreiben. Aus der Fülle dieses Erfahrungsschatzes wollen wir im folgenden einige Erzählungen nochmal aufgreifen, um daraus anschauliche Hilfen für unsere Leser zu gewinnen. Gerade sexuelle Enttäuschungen sind vielfältiger Natur und kommen in Paarbeziehungen sehr häufig vor. In diesem äußerst sensiblen Bereich können wir uns nur sehr vorsichtig und einfühlsam bewegen. Vorschnelle Ratschläge und Patentrezepte schaden oft mehr, als sie nützen. Jedes Problem hat seine eigene Dynamik, und jedes Paar muß eine zu ihrer Beziehung passende, ganz individuelle Lösung suchen. Dabei erweist es sich immer wieder als wichtig, das sexuelle Problem nicht isoliert zu betrachten, sondern im Gesamtzusammenhang der Beziehung zu sehen. Es müssen also oft scheinbar Umwege gegangen werden, um die sexuelle Beziehung wieder zu beleben und attraktiv zu gestalten.

Wir erinnern uns an das Ehepaar **Florian und Elisabeth**. Florian war Schreinermeister, und Elisabeth arbeitete halbtags in einem Steuerbüro. Sie hatte die Anmeldung zur Paarberatung übernommen. Er wirkte eher desinteressiert und so, als hätte sie ihn hergeschleppt. Als wir an ihn die Frage stellten, was sich am Ende der Beratung in der Beziehung zu Elisabeth verändert haben sollte, sagte er:

„Daß es wieder so wird wie früher. Früher gab es nämlich überhaupt keine Probleme im Bett. Genauer gesagt bestehen diese Probleme erst, seitdem wir ein Bett haben. Vor der Ehe spielte sich unsere Sexualität hauptsächlich im Auto ab. Zu Hause durften wir uns dabei nicht erwischen lassen. Unsere Eltern sind streng katholisch. Da ging gar nichts. Aber wir haben damals schon unsere Wege gefunden, und es klappte wunderbar. Auch Elisabeth war nach anfänglichem Sträuben voll bei der Sache. Sie nahm heimlich die Pille, und wir konnten ohne Angst miteinander schlafen."

Als Florian über diese Zeit sprach, blitzten seine Augen. Dann fuhr er fort:

„Heute aber nach zehn Jahren Ehe ist im Bett gar nichts mehr los."

Wir fragten ihn, wann er eine Veränderung in ihrer Sexualität festgestellt hätte. Florian dachte eine Weile nach und erzählte dann:

„Ich hatte mich schon so darauf gefreut, mit Elisabeth endlich in einem richtigen Bett schlafen zu können. Im Auto war das doch immer etwas unbequem und ein ziemlich akrobatisches Kunststück. Zwei Jahre, nachdem wir uns kennengelernt hatten, beschlossen wir zu heiraten. Elisabeth und ich haben zusammen das Ehebett entworfen. Wir haben uns damit sehr viel Mühe gemacht, und ich habe es selbst geschreinert. Es ist ein wirklich schönes und breites Bett geworden. Aber ich glaube, genau mit dem Bett fing es an. Die Hochzeitsnacht war überhaupt nicht so, wie ich sie mir vorgestellt hatte. Ich hatte mir gedacht: Endlich dürfen wir. Nun kann es richtig losgehen. Aber Elisabeth war müde, und ich brauchte einige

Zeit, bis ich sie schließlich doch überreden konnte. Dann war es allerdings schön. In den ersten Wochen nach der Hochzeit schliefen wir relativ viel miteinander, aber sonderbarerweise kam Elisabeth nie von sich aus auf mich zu. Immer mußte ich die Initiative ergreifen. Wenn ich nichts unternommen hätte, hätten wir damals schon die Sexualität eines Rentnerpaares gelebt. Nach einem halben Jahr wurde Elisabeth schwanger. Ab da wurde sie im Bett noch passiver. Ich war total enttäuscht. Wir kamen sexuell nur noch selten zusammen. Immer gab es einen anderen Grund. Nach der Geburt von Hansi war es dann zunächst ganz aus. Elisabeth kümmerte sich nur noch um das Kind. Ich hatte oft das Gefühl, vollkommen überflüssig zu sein. Sie tat so, als gäbe es mich überhaupt nicht mehr. Wenn ich nach Hause kam, erzählte sie nur von Hansi und was am Tag alles los war. Nach mir erkundigte sie sich kaum noch. Ich hatte den Eindruck, Elisabeth interessiert sich nur noch für unseren Sohn und gar nicht mehr für mich. Das Kind stand bald wie eine Wand zwischen uns, obwohl ich es wirklich wollte und mich riesig darauf gefreut hatte. Aber so hatte ich mir das nicht vorgestellt. Trotz allem gab ich nicht auf, und nach vielen vergeblichen Versuchen war Elisabeth dann doch wieder dazu bereit, mit mir zu schlafen. Es war jedoch nicht dasselbe wie früher. Ich hatte den Eindruck, sie tut zwar mit, ist aber nicht ganz bei der Sache. Mit einem Ohr war sie immer bei Hansi. Das hat mich oft sehr frustriert."

An dieser Stelle unterbrachen wir Florian und bedankten uns für seine Offenheit. Wir versicherten ihm, zu einem späteren Zeitpunkt auf seine Geschichte zurückzukommen, um sie noch ganz zu Ende zu hören. Wir wandten uns an Elisabeth und wollten uns ihre Darstellung anhören. Elisabeth erzählte uns nun folgendes:

„Die Zeit vor unserer Ehe war wirklich aufregend und wunderschön. Ich bin auch traurig darüber, daß es heute nicht mehr so ist wie damals im Auto. Das finde ich wirklich schade. Auch nach unserer Heirat war es immer noch recht schön. Mich störte zwar, daß Florian jeden Tag mindestens ein Mal mit mir schlafen wollte, aber nach kurzem Zögern gab ich dann doch oft nach. Was ich allerdings an Florian überhaupt nicht leiden konnte war, daß er mich immer so bedrängte. Es ging mir alles viel zu schnell. Ich hätte lieber weniger mit ihm geschlafen, dafür aber mit mehr Zeit und Romantik. Ich wollte nicht gleich mit ihm ins Bett gehen, sondern erst bei Kerzenschein zusammensitzen, mit ihm herumschmusen und reden.

Er sagte dann aber meistens ziemlich schnell: Ich muß morgen früh raus, wir können nicht so lange sitzen bleiben. Schon damals fing ich an, mich neben Florian irgendwie einsam zu fühlen. Dieses Gefühl der Einsamkeit wurde in der Zeit der Schwangerschaft stärker. Wenn ich Florian von meinen Ängsten und Unsicherheiten erzählte, meinte er meistens: Ach, das wird schon gut gehen. Und damit war das Thema für ihn beendet. Ich merkte, daß während der Schwangerschaft meine erotischen Wünsche erheblich nachließen. Ich hatte ganz andere Wünsche. Ich wollte reden und erzählen, in den Arm genommen und fest gehalten werden. Ich wollte liebevolle Worte hören und daß Florian meinen Bauch streichelt und hineinhorcht. Ich hatte ein starkes Bedürfnis nach Zärtlichkeit, aber ohne Sex. Ich hätte mich so gern angeschmiegt, ihn gespürt, ohne dabei bedrängt zu werden. Da Florian aber nicht bereit war, mir Körperkontakt ohne sexuelles Drängen zu geben, zog ich mich körperlich ganz von ihm zurück. Über dieses Thema konnten wir damals auch nicht reden. Florian reagierte mürrisch, wenn ich nicht mit ihm schlafen wollte. Er sprach mit mir tagelang nur das Nötigste. Ich litt darunter sehr und fühlte mich oft fürchterlich einsam. Florian war bei der Geburt von Hansi dabei. Das rechne ich ihm heute noch ganz hoch an, weil es damals noch alles andere als selbstverständlich war. Ich hatte ihn darum gebeten, und nach anfänglichem Zögern willigte er ein. Ich werde niemals diesen wunderbaren Augenblick vergessen, als Hansi nach der Geburt auf meinem Bauch lag und Florian zu mir sagte: „Elisabeth, ich bin so glücklich, daß wir ein gesundes Kind haben." Da merkte ich plötzlich, daß Florian offensichtlich auch Ängste um unser Kind ausgestanden hatte. Statt mit mir darüber zu sprechen, hatte er immer versucht, mir meine Ängste auszureden. Es hätte mir so gut getan, und ich hätte mich verstanden gefühlt, wenn er ein einziges Mal gesagt hätte: Ich verstehe deine Angst, mir geht es manchmal genauso wie dir."

Elisabeth schwieg für einige Augenblicke, als würde ihr nochmals in der Tiefe klar, was ihr damals gefehlt hatte und warum der Satz von Florian „Ich bin glücklich, daß wir ein gesundes Kind haben" so entscheidend wichtig für sie war. Elisabeth spürte in diesem Moment, daß der tiefere Kontakt zu Florian doch noch nicht ganz abgerissen war. Nach einer Weile fuhr sie fort:

„Nach der Geburt von Hansi war Florian eine Zeitlang sehr nett zu mir. Wir erlebten noch einmal eine kurze, schöne Zeit. Dann hat uns der Alltag wieder eingeholt. Nach der Geburt hatte ich lange überhaupt keine Lust auf Sexualität. Ich war so mit Hansi und mir beschäftigt, und ich war körperlich so mit Stillen und Wiegen und Windeln und Beobachten beschäftigt, daß ich auf Sex überhaupt keine Lust hatte. Florian war mir irgendwie so fern. Er war zwar da, manchmal wie ein Schatten, aber irgendwie war er weiter weg als früher. Ich sah ihn manchmal wie einen einsamen Wolf herumlaufen. Er schaute auch Hansi manchmal kurz an und trug ihn auch herum. Aber wir sprachen wenig miteinander. Im Unterschied zur Zeit vor der Geburt litt ich jedoch nicht mehr so darunter. Ich hatte ja nun meinen Hansi."

Obwohl Florian und Elisabeth uns ihre individuelle Paargeschichte erzählt haben, haben wir im Laufe der Jahre mit Erstaunen festgestellt, wie ähnlich trotz unterschiedlicher Lebensumstände die Erfahrungen auch anderer Paare sind. Warum reagiert Florian und mit ihm viele andere Männer so und nicht anders, und warum verhält sich Elisabeth und mit ihr viele andere Frauen so und nicht anders? Hören wir dieselbe Geschichte einmal aus Florians und dann aus Elisabeths Perspektive, gewinnen wir den Eindruck, als träfen hier zwei völlig verschiedene Welten aufeinander: Florian versteht Elisabeth nicht, und Elisabeth versteht Florian nicht. Mit diesen unterschiedlichen Welten wollen wir uns im folgenden nun ausführlicher beschäftigen, um Licht in Florians und Elisabeths Paarprobleme zu bringen und nach möglichen Lösungsansätzen zu suchen.

Das Sexualverhalten von Mann und Frau ist unterschiedlich

Es gibt ganz offensichtlich signifikante Unterschiede im Sexualverhalten von Männern und Frauen. Diese Unterschiede zeigen sich in der Geschichte von Florian und Elisabeth in folgender Weise: Er will öfter mit ihr schlafen, sie will nicht so oft. Dafür möchte sie sich mehr Zeit lassen. Sie möchte erst Kontakt herstellen und Nähe spüren. Sie will ein langes kommunikatives Vorspiel in entspannter, romantischer Atmosphhäre genießen. Manchmal will sie nur kuscheln, streicheln, küssen, sich spüren, aber ohne sexuellen Akt. Während für Florian diese Dinge höchstens zum Vorspiel gehören, wäre Elisabeth damit oft völlig zufrieden. Er dagegen ist frustriert und zieht sich ärgerlich zurück, wenn nach dem Vorspiel nichts mehr kommt. Sie wäre froh, wenn es manchmal dabei bleiben könnte. Er erlebt die Situation so, als wenn in ihm der Appetit geweckt wird und er dann nichts bekommt.

Um die Hintergründe dieser Unterschiedlichkeit erhellen zu können, wollen wir uns im folgenden mit drei Aspekten näher befassen, die uns aufgrund unserer Erfahrung hier wesentlich erscheinen, und zwar mit den biologischen Ursachen, den Auswirkungen von Sozialisation und Sozialgeschichte sowie den spezifischen Unterschieden in der Biographie von Mann und Frau. Wie können Männer und Frauen mit ihrem unterschiedlichen Erleben umgehen und welche Handlungsmöglichkeiten eröffnen sich ihnen, zu einer für beide Seiten befriedigenden Sexualität zu finden?

Wie sich die biologischen Unterschiede auf das Sexualverhalten von Mann und Frau auswirken

Wenn wir nun die biologischen Unterschiede zwischen Mann und Frau näher betrachten, so sind wir nicht der Auffassung, daß Mann und Frau auf ihr jeweils spezifisches Verhalten absolut festgelegt sind. Es geht vielmehr darum, den Bauplan der Natur besser zu verstehen, um dann bewußt darauf Einfluß nehmen zu können. Wenn wir mehr über unsere biologischen Vorgaben wissen, können wir auch leichter bestimmte Tendenzen in eine andere Richtung lenken.

Die Natur hat den männlichen Sexualtrieb mit einer starken Eigendynamik ausgestattet. Dieser Trieb ist in der Regel bei Männern stärker ausgeprägt als bei Frauen. Die Männchen sind in der Natur überwiegend die Eroberer. Sie können sozusagen immer. Das Weibchen dagegen verhält sich eher passiv und läßt sich umwerben. Die Männchen müssen also eine Menge tun, während die Weibchen sich mehr erobern lassen. Da sich das Weibchen später meist allein um die Aufzucht der Nachkommen kümmern muß, reagiert es eher zurückhaltend und schaut genauer darauf, wann und mit wem es sich einläßt. Es ist also vorsichtiger und geht viel bewußter mit dem Geschlechtsakt um. Das Männchen hingegen kümmert sich nicht so sehr oder gar nicht um die Nachkommen. Das Weibchen aber ist gebunden. Es muß stillen bzw. füttern und beschützen. Deshalb ist es wählerischer. Das Männchen trägt – zumindest in der Brunftzeit – das Programm in sich: „Zeuge, wann immer sich dir eine Gelegenheit dazu bietet." Zugleich haben es Männchen auch ständig mit Rivalen zu tun und müssen schnell handeln, damit ihnen niemand zuvorkommt.

Mann und Frau sind Teil der Evolutionsgeschichte und tragen deshalb natürlicherweise entsprechende Tendenzen in sich. Trotzdem wäre es wenig hilfreich, wenn Florian zu Elisabeth sagen würde: „Ich bin von Natur aus so, und deshalb mußt du dich mir jetzt hingeben." Mit demselben Recht könnte Elisabeth dann entgegnen: „Schau doch in die Natur. Wenn Weibchen begattet sind, dann gehen die Männchen nicht mehr zu ihnen bzw. die Weibchen stoßen sie total ab." Der kämpferische Rückgriff auf die Natur bringt uns hier nicht weiter. Wenn wir jedoch mehr über die biologische Eigenart des anderen wissen, können wir ihn bzw. sie besser verstehen. Es fällt uns dann unter Umständen leichter, von alten Klischees und verletzenden Bewertungen Abschied zu nehmen. Ein Vorwurf von Frauen an Männer lautet z. B.: „Männliche Sexualität ist nur triebhaft, weibliche Sexualität ist dagegen sensibel, kommunikativ, liebevoll und deshalb natürlich auch besser." Männer kontern darauf mit dem Vorwurf: „Bei Frauen muß man sich die Sexualität erst verdienen. Zuerst muß man brav sein, im Haushalt helfen, interessiert zuhören, Blumen mitbringen usw., dann darf man vielleicht. Frauen benutzen Sexualität als Machtinstrument. Wer nicht brav ist, muß hungern."

Mit dem Blick in die Natur wollen wir jedoch keine alten Klischees unterstützen noch den Machtkampf unter den Geschlechtern anheizen. Wir möchten lediglich darauf hinweisen, daß es offensichtlich Unterschiede gibt und damit Verständnis füreinander wecken. Als Therapeuten schauen wir vor allem darauf, wie sich diese Unterschiedlichkeit auf eine Partnerschaft auswirkt und wie ein Paar mit dieser Situation umgehen kann, um zu einer gemeinsamen Erfüllung in der Sexualität zu finden.

Die Natur läßt uns bestimmte Tendenzen entwickeln. Der Mensch hat aber im Gegensatz zum Tier die Fähigkeit, seine Handlungsweise selbst zu wählen. Ein Mensch kann z. B. Hunger haben und trotzdem vor einem reich gedeckten Tisch sitzen und nichts essen. Obwohl er starken Hunger hat, kann er aus eigenem Entschluß heraus fasten. Ein Tier kann zwar Hunger ertragen, würde aber nie freiwillig sein Futter stehen lassen. Der Mensch ist also seinen Trieben nicht ausgeliefert. Er kann lernen, seinen Sexualtrieb zu steuern und zu kontrollieren. Er kann wählen.

Wenn Florian also mehr über die biologischen Vorgaben weiß, kann er seine und Elisabeths Verhaltensweisen besser verstehen und gegebenenfalls dazulernen, ohne das Gefühl zu haben, sich als Mann kastrieren zu müssen. Läßt Florian sich auf Elisabeths Wünsche ein, nämlich daß sie zuerst Kontakt und Nähe braucht, sich also zunächst einmal wohlfühlen muß, damit sie sich auch körperlich öffnen kann, und daß sie liebevolle Worte hören und gestreichelt werden will, bevor sie sich ganz fallen lassen kann, dann eröffnet sich dadurch auch für ihn eine große Chance, Teile in seine Persönlichkeit zu integrieren, mit denen ihn die Natur ursprünglich vielleicht weniger ausgestattet hat. Die Liebe zu Elisabeth kann Florian motivieren, das weibliche Lebensprinzip mehr in seine Persönlichkeit zu integrieren. Das würde Florian helfen, sich intensiver mit Elisabeths Art, ihre Sexualität zu leben, verbinden zu können.

In der taoistischen Weltsicht gibt es zwei Lebensprinzipien. Das weibliche Lebensprinzip wird Yin und das männliche Lebensprinzip Yang genannt. Yin repräsentiert mehr die hingebungsvolle Liebe, die Bezogenheit, das Weiche, das Sanfte, das Fließende, das Eingehen auf den anderen, das Empfangen, das Verstehen, das Mitgefühl. Yang steht für die schöpferische Liebe, das aktiv Fordernde, das Machen, die Selbstbehauptung, den Kampf, das Sich-Durchsetzen. Beim Jungen und später beim Mann drängt zunächst die Yangseite, das männliche Prinzip in den Vordergrund, beim Mädchen und später bei der Frau die Yinseite, das weibliche Prinzip. Um die eigene Persönlichkeit jedoch zur vollen Entfaltung bringen zu können, ist es wichtig, beide Lebensprinzipien harmonisch auszugleichen. Die Frau hat in der Regel die Aufgabe, ihre Yangseite zu entwickeln, der Mann seine Yinseite.

Florian hat in seine Sexualität die Yinseite, Elisabeth die Yangseite bisher noch nicht integriert. Wenn Florian zu seiner Yinseite Zugang findet, wird er mehr und mehr das Bedürfnis haben zu erfahren, wie es Elisabeth geht, ihr zuhören und auch selbst von sich erzählen. Mit der Zeit verschwindet seine männliche Wortkargheit, und er kommt immer mehr ins Fließen. Läßt Florian sich also auf die yinbetonte Sexualität von Elisabeth ein, erweitert er damit sein Persönlichkeitsspektrum und bekommt Schritt für Schritt Zugang zu den weichen Seiten seiner Persönlichkeit.

Auf der anderen Seite kann Elisabeth mit Hilfe von Florian ihre Yangseite kennenlernen und ausprobieren, ohne dabei ihre Yinseite zu verlieren. Sie wird durch die Situation dazu herausgefordert, ihre eigenen Wünsche deutlicher zu formulieren, sich abzugrenzen und nein zu sagen. Sie kann lernen, in Zukunft ohne Schuldgefühle zu sagen, ich mag heute nicht, statt zu manipulativen Mitteln zu greifen, um Florians Wünsche abzuwehren. Je mehr sie an dieser Stelle aufwacht, um so mehr wird sie aktiv werden und eventuell auch Forderungen stellen. Sie wird sich dann nicht mehr damit begnügen, zu resignieren und sich depressiv zurückzuziehen, sondern sich für ihre Bedürfnisse einsetzen und ihren Ärger über die geringe Sensibilität von Florian äußern. Mit einer gut entwickelten Yangseite entdeckt sie die schönen Seiten yangbetonter Sexualität und kann sich bewußt darauf einlassen. Dann darf es wie damals im Auto auch ohne die optimalen Rahmenbedingungen mitunter dynamisch und feurig werden.

Für beide Partner beginnt hier ein mitunter schwieriger und langwieriger Lernprozeß, der sich jedoch bei entsprechender Ausdauer in jedem Fall auf den Gesamtverlauf einer Partnerschaft positiv auswirkt. Jeder lernt dabei vom anderen und durch den anderen. Auf diese Weise wird ein beidseitiger, langsamer Reifungsprozeß in Gang gesetzt. Wir können häufig beobachten, daß Paare sich schon am Anfang ihrer Beziehung festfahren. Solange sich nur ein Partner für die notwendige Veränderung in der Beziehung einsetzt, ist es äußerst schwierig bis sogar unmöglich, die sexuelle Beziehung des Paares weiterentwickeln zu helfen. Verstehen sich beide in ihrer Unterschiedlichkeit als Mann und Frau und können sie sich kreativ weiterentwickeln, so schaffen sie die besten Voraussetzungen für eine erfüllte Sexualität.

Wie die Unterschiede in der Sozialisation unser Sexualverhalten beeinflussen

Neben den biologischen Unterschieden spielt auch die Sozialisation eine wesentliche Rolle.

Von Elisabeth hören wir, daß sie sich von Florian wesentlich mehr Kontakt, Anteilnahme und Halt gewünscht hätte. Sie hätte etwas von der Atmosphäre gebraucht, die sie von zu Hause aus der Beziehung mit ihrer Mutter kannte. Diese Geborgenheit hatte sie in ihrer Kindheit sehr genossen, besonders dann, wenn sie sich mit neuen Lebensanforderungen auseinandersetzen mußte. Da sie nun nicht mehr mit ihrer Mutter zusammenlebte, fehlte ihr diese Atmosphäre, und sie hätte sie sich gern von Florian gewünscht. Er konnte ihr jedoch dieses mütterliche Geborgenheitsgefühl nicht geben, und dadurch wurde in ihr das Gefühl von Enttäuschung und Einsamkeit ausgelöst.

Florian steht aufgrund seiner Sozialisation an dieser Stelle tatsächlich mit leeren Händen da. Er begreift überhaupt nicht, was Elisabeth sich eigentlich von ihm wünscht. Elisabeth sehnt sich nach etwas Mütterlichem und Fürsorglichem. Das paßt aber überhaupt nicht in das von Florian erlernte Konzept von Männlichkeit. Ein Mann erwartet von der Frau Fürsorge, Verständnis und Bemutterung. Daß ein Mann dies aber seiner Frau geben sollte, ist für Florian völlig neu. Auf diese Idee kommt er als Mann erst einmal gar nicht. Wie viele andere Männer hat auch Florian an dieser Stelle den rasanten Zeitenwandel noch nicht ganz mitvollzogen.

Warum tun sich Florian und viele, viele Männer mit ihm so schwer zu sehen, was Elisabeth braucht?

Dieses scheinbare Unvermögen auf seiten des Mannes basiert sicherlich auf vielen verschiedenen Ursachen. Wir wollen hier nur die Aspekte herausgreifen, die sich in unserer Praxis als hilfreich für eine positive Veränderungsstrategie herausgestellt haben.

Ein Junge wird von seiner Mutter geboren und in den ersten Jahren fast ausschließlich von ihr erzogen. Er lebt also zunächst einmal wie das Mädchen in einer Frauenwelt. Für das Mädchen ändert sich diese Situation nicht. Die Mutter bleibt als erste Bezugsperson die wichtigste Person für ihre Entwicklung. Das Mädchen kann sich während der ganzen Kindheit an der Mutter orientieren und sich mit ihrer gebenden und spendenden Seite identifizieren. Das Mädchen erfährt also in seinem Identifikationsprozeß keine Unterbrechung. Der Junge muß jedoch, um zum Mann werden zu können, sich von seiner Mutter und damit oft auch von der weiblichen Welt abgrenzen. In ihm bleibt aber die Sehnsucht nach der Fürsorge der Mutter erhalten. In der Partnerin sucht er dann als Mann oft unbewußt die bedingungslose Liebe einer nährenden und spendenden Mutter. Aber warum kommt er nicht von selbst auf die Idee, daß auch seine Frau Nährendes und Verstehendes braucht?

Diese Unfähigkeit vieler Männer, ihren Frauen fürsorgliche Liebe und Verständnis entgegenzubringen, kann nicht allein damit erklärt werden, daß sie von ihren Müttern zu wenig oder überhaupt nicht dahingehend erzogen wurden, fürsorglich mit Frauen umzugehen und statt dessen gelernt haben, daß Frauen grundsätzlich für die Männer da sind und nicht umgekehrt. Ein entscheidender Aspekt liegt in der Beziehung der Väter zu ihren Söhnen. Hier eröffnet sich uns ein Problemfeld, das noch viel zu wenig Beachtung findet. Man spricht zwar von Muttersöhnen, die in der Partnerbeziehung die unvollendete Ablösung von der Mutter fortsetzen, indem sie den seelischen Kontakt zur Frau vermeiden. Der mangelnde seelische Kontakt wird dann in der Sexualität überkompensiert, was sich schließlich als Sackgasse herausstellt. Der Mann möchte also über die sexuelle Ebene mehr Nähe zur Frau und wird gerade durch sein Drängen und Fordern zurückgestoßen. Dies verstärkt natürlich wieder sein seelisches Einsamkeitsmuster. Wo aber erscheint hier die Rolle der Väter? Die Beziehung zwischen Vater und Sohn stellt die andere Seite des Mutterkomplexes dar. Der Sohn, der während seiner Entwicklung zeitweise auch seelischen Abstand zum Weiblichen braucht, um sich in seiner Männlichkeit zu finden, trifft meistens auf keinen Vater. Der Vater ist überwiegend abwesend und rivalisiert möglicherweise sogar noch mit seinem bei ihm Halt suchenden Sohn. Wenn der Sohn aber im Vater nicht den Halt findet, den er bei der Mutter losläßt, muß er diesen Halt schließlich woanders suchen. Zunächst aber bewirkt im Sohn dieser Verlust und Mangel an Halt, Einsamkeit und Rückzug in sich selbst, also grundsätzlich Rückzug aus dem Kontakt. Wäre da ein Vater, der die Not seines Sohnes versteht, mit ihm liebevoll spricht und umgeht, ihn anerkennt und vor allem Resonanz bei den Annäherungsversuchen des Sohnes zeigt, würde vermutlich vieles in der sexuellen Entwicklung von Männern anders verlaufen. Könnte sich die Seele des Sohnes mit der Seele des Vaters verbinden, hätte der Sohn also eine innere Heimat, müßte er nicht hart werden, sich verschließen und den Halt ausschließlich in sich und seiner Leistung suchen. Wenn er aber den Vater nicht findet, irrt er „wie ein einsamer Wolf" in der Welt herum, eigentlich auf der Suche nach einem liebevollen und Halt gebenden Vater. Muttersöhne sind oft Söhne, die den Vater nicht gefunden haben und noch immer suchen.

Wenn nun aber der Sohn von der Mutter zum Vater findet, d. h., wenn er bei diesem Anerkennung, seelischen Halt und liebevolle Resonanz findet, dann hat der Sohn doppelt gewonnen. Seine Ambivalenz gegenüber der Frau kann sich auflösen. Er kann sich von der Mutter ablösen und ihr frei begegnen. Er ist ihr gegenüber nun nicht mehr der Bedürftige und muß auf der anderen Seite auch nicht mehr vor ihr fliehen. Da er in sich die männliche Kraft spürt und sich durch den Vater darin verwurzelt weiß, hat er weniger Angst, die Mutter oder später die Partnerin könnte ihm seine Autonomie rauben.

Wenn Florian einen solchen Vater gehabt hätte, müßte er in der Beziehung zu Elisabeth nicht seine unerledigte Ablösung fortsetzen, indem er ihre Bedürfnisse ignoriert. Durch die Fürsorge des Vaters würde er eine Stärke in sich spüren, die es ihm erlauben und für selbstverständlich halten ließe, auf Elisabeths Sorgen, Ängste und Bedürfnisse einzugehen und auch selbst seine eigenen Sorgen, Ängste und Bedürfnisse mitzuteilen. Dann würde zwischen Elisabeth und Florian ein immer tieferer Kontakt entstehen, und beide wären aus ihrer Einsamkeit erlöst. Sie blieben ganz von selbst sitzen, um miteinander zu reden und den liebevollen Kontakt zu genießen. Sobald jedoch Florians Hunger nach seelischem Kontakt genügend Nahrung findet, verschwindet bei ihm mit der Zeit der Suchtcharakter in seiner Sexualität. Florian muß dann Elisabeth nicht mehr so bedrängen und so fordern. Wenn wir haben, was wir brauchen, muß es nicht erst „richtig losgehen“. Wir können achtsamer sein, müssen nicht gleich losstürmen, sondern können uns mehr Zeit und Ruhe lassen. Mit einem gut genährten seelischen Kontakt fällt es uns leichter, oft unvermeidliche Durststrecken in der Sexualität z. B. um die Geburt eines Kindes oder bei längerer Krankheit liebevoll zu überbrücken Wenn wir hier beieinander und uns nah bleiben, können wir uns gegenseitig auch in sexueller Hinsicht wesentlich mehr geben, als wir zunächst vermutet hätten. Fallen wir dagegen in unsere Einsamkeitsmuster, wird unser Einfallsreichtum erheblich reduziert.

In der Geschichte von Florian und Elisabeth begegnet uns bei näherem Hinsehen noch ein weiterer und äußerst wichtiger Aspekt, auf den wir achten und den wir uns als Paare ganz genau anschauen sollten. Hier handelt es sich um Weichenstellungen, die nicht nur für die Entwicklung der Sexualität des betreffenden Paares entscheidend sind, sondern bereits Grundlagen für eine Wiederholung der Problematik in der nächsten Generation legen. Elisabeth sagt in ihrer Darstellung, daß sie Florian nach der Geburt ihres Kindes gar nicht mehr richtig wahrgenommen habe und auch nicht mehr so unter dem Alleinsein gelitten habe, da sie ja jetzt ihren Hansi hatte. Haben wir bisher Florians Verhaltensweisen kritisch unter die Lupe genommen und deren Hintergründe zu erhellen versucht, so müssen wir uns jetzt auch Elisabeths Verhalten gründlich anschauen:

Daß eine Mutter ihre Rolle als Mutter ernst nimmt, dagegen ist sicher nichts einzuwenden. Viele Frauen aber verhalten sich automatisch so und gehen selbstverständlich davon aus, daß sie mit der Ankunft der Kinder aufhören, die Partnerin ihres Mannes zu sein. Das Leben erweitert sich also nicht in Partnerschaft *und* Mutterschaft, sondern die Mutterschaft ersetzt die Partnerschaft. Alles dreht sich nur noch ums Kind. Nicht nur der Mann als Partner, sondern auch der Partner als Vater werden in diesem Prozeß häufig von der Frau ausgeschlossen. Die Mutter weiß natürlich alles viel besser als der Vater. Ihm muß man ständig alles genauestens erklären. Väter stellen sich in den Augen vieler Mütter ziemlich unbeholfen und dumm an. Im Grunde können sie nichts recht machen. Die Mutter übernimmt offen oder heimlich die Führung. Die Männer werden in der Pflege der Kinder bestenfalls zu Assistenten degradiert. In dieser Atmosphäre und bei so vielen Anweisungen verlieren oft auch die willigsten Väter die Lust und Bereitschaft, sich für ihre Kinder zu engagieren. „Das Kind stand bald wie eine Wand zwischen uns, obwohl ich es wirklich wollte und mich riesig darauf gefreut hatte", bemerkte Florian. Durch dieses übermäßige und unausgeglichene Engagement fühlen sich nicht nur die Männer als Partner ausgegrenzt, sondern die Kinder und besonders die Söhne verlieren oft hier schon die für ihre Entwicklung so wesentliche tiefe und grundlegende emotionale Basis zum Vater und geraten in eine partnerschaftlich eingefärbte einseitige Abhängigkeit von der Mutter. Als Folge davon kommt es häufig zu Teufelskreisläufen, die sowohl die sexuelle Beziehung in der Partnerschaft aushöhlen als auch die Beziehung der Väter zu ihren Kindern und besonders zu ihren Söhnen in eine verhängnisvolle Richtung treiben:

Elisabeth fühlt sich von Florian seelisch nicht verstanden. Florian fühlt sich von Elisabeth bevormundet und als Partner nicht mehr gesehen. Elisabeth weicht mit ihrer Bedürftigkeit auf Hansi aus. Je enger nun die Beziehung zwischen ihr und Hansi wird, um so mehr fühlt sich Florian ausgeschlossen. Je mehr sich Florian aber ausgeschlossen fühlt, um so weniger geht er auf seinen Sohn zu bzw. um so größer wird die Gefahr, daß er mit Hansi sogar zu rivalisieren anfängt. Der Sohn bekommt dann nicht mehr die liebevollen Gefühle des Vaters zu spüren, sondern erlebt ihn als eifersüchtig, fordernd und ärgerlich. Dies festigt wiederum in Elisabeth den Eindruck, das Kind vor dem Vater schützen zu müssen. Wenn sich die Mutter die emotionale Nähe beim Sohn statt beim Partner holt, wird eine Vater-Sohn-Distanz bereits für die nächste Generation vorprogrammiert. Auf diese Weise wird ein Muttersohn kreiert, mit dem der Vater möglichst wenig zu tun haben will und mit dem er möglicherweise auch noch zusätzlich rivalisiert. Daß der Vater den Sohn und der Sohn den Vater nicht findet, liegt also auch darin begründet, daß Frauen nach der Geburt häufig die Partnerschaft vernachlässigen und statt mit dem Partner nach geeigneten Lösungen zu suchen, oft das Kind zu sehr an sich binden. Wenn es einem Paar gelingt, hier die richtigen Weichen zu stellen bzw. Fehlentwicklungen möglichst bald zu korrigieren, hat nicht nur ihre Partnerschaft, sondern auch ihre sexuelle Entwicklung als Paar ein gutes Fundament bekommen. Idealtypisch sähe die Situation dann ungefähr folgendermaßen aus: Florian nimmt sich viel Zeit rund um die Geburt des Sohnes. Elisabeth läßt Raum und unterstützt alle Bemühungen von Florian, den Kontakt zu seinem Sohn aufzubauen und zu festigen. Sie macht ihm keine Vorschriften, sondern akzeptiert, daß Florian seinen eigenen Stil entwickelt und manches anders macht als sie. Florian weiß, daß seine Frau in den Wochen nach der Geburt sich wenig oder keine Sexualität wünscht. Er sagt zu ihr z. B., wenn er sie zärtlich streichelt: „Liebste, ich will dich nur streicheln. Ich weiß, daß wir später wieder viel Spaß miteinander haben werden. Ich freue mich schon darauf." Sie erwidert dann vielleicht: „Ja, es ist schwer für dich, aber ich finde es einfach toll, daß du mich verstehst und zur Zeit nicht bedrängst. Später können wir das alles nachholen. Ich liebe dich weiterhin, und ich bin richtig glücklich, wenn ich sehe, wie liebevoll du zu deinem Sohn bist."

Um es noch einmal zusammenfassend zu sagen: Es sind nicht nur die desinteressierten Männer, sondern auch die überfürsorglichen Frauen, die den ewigen Kreislauf des Ödipuskomplexes in Gang setzen. Es wird höchste Zeit, die Geschichte von Ödipus neu zu schreiben, in der dem Mythos nach am Schluß alle zu Verlierern werden. In dieser neuen Geschichte bleibt die Mutter Partnerin, der Vater bleibt Partner und lebt die Liebe zu seinen Kindern, statt mit ihnen zu rivalisieren und sich von seinem Beruf auffressen zu lassen. Der Mann kann seiner Frau liebevoll begegnen, da er eine Beziehungssprache entwickelt hat, die es ihm erlaubt, seelischen Kontakt aufzunehmen. Der Sohn kann dann die Liebe von Vater *und* Mutter genießen und miterleben, wie der Vater Beruf und Partnerschaft miteinander in Einklang bringt. Der Sohn sieht bei seinen Eltern, wie sie als Paar zärtlich, offen und achtsam miteinander umgehen. Er erfährt, daß der Vater keine Angst hat, von seiner Partnerin seelisch vereinnahmt zu werden und ihr deshalb seine Liebe in aller Offenheit zum Ausdruck bringen kann. Durch diese Erfahrungen würde das Lebensbuch von Hansi sehr früh mit Elementen angereichert, die er sich sonst wie Florian später mühsam oder erst nach vielen Schmerzen und möglicherweise Trennungen erarbeiten müßte. Hansi würde dann eine Mutter erleben, die als Partnerin gleichwertig an der Seite ihres Mannes steht und dort die Liebe und Nähe bekommt, die sie braucht. Der Sohn müßte dann der Mutter nicht den fehlenden Partner ersetzen. Wenn nämlich der Sohn Teile des Partners ersetzen soll, wird die Beziehung zwischen Mutter und Sohn auf einer subtilen Ebene erotisiert und manchmal sogar sexualisiert. Unter solchen Umständen kann der Sohn im eigentlichen Sinne nicht mehr Sohn sein, sondern wird auf eine oft unbewußte Weise emotional mißbraucht. Wenn die Mutter ihren Sohn zwar liebt, aber nicht braucht, kann sich der Sohn ohne Schuldgefühle mit dem Vater identifizieren. Wertet die Mutter dagegen den Vater ab, ist es für den Sohn schwierig, sich mit seinem Vater zu identifizieren. Wenn nun die Mutter den Vater anerkennt und der Vater mit offenen Armen dasteht, wird es für den Sohn leicht sein, sich von der Mutter zu lösen. Die Ablösung muß dann nicht abrupt geschehen, sondern kann sich fließend und dem Entwicklungsrhythmus des Sohnes entsprechend vollziehen. Wenn Florian Elisabeth achtet und Hansi dies sozusagen miterlebt, wird er ganz selbstverständlich Achtung vor Frauen entwickeln. Die Fähigkeit, achtsam und liebevoll mit Frauen umzugehen, könnte Hansi von seinem Vater lernen. Sie wäre dann bereits ein Teil seiner Biographie und müßte im Erwachsenenalter nicht erst von ihm erarbeitet werden.

Wie sich die unterschiedlichen Biographien auf die Sexualität auswirken

Wie in allen anderen Bereichen spielt es natürlich auch für die Entwicklung der Sexualität eines Paares eine große Rolle, was jeder darüber in seiner Herkunftsfamilie gelernt bzw. nicht gelernt hat. Welche Konzepte darüber, wie ich als Mann zu sein und mich als Frau zu verhalten habe, bringen wir aus unserer Erziehung in die Partnerschaft ein? Was hat Elisabeth an Einstellungen und Regeln von ihrer Familie übernommen? Was hat sie darüber gelernt, wie man sich als Frau dem Mann gegenüber verhält und was man von seinem Partner erwarten kann oder nicht?

Heute werden die Vorstellungen von Liebe und Sexualität natürlich nicht mehr nur durch die Familie vermittelt. Fernsehen, Zeitschriftenmagazine, Schlager und Gespräche in der Gleichaltrigengruppe üben ebenfalls einen nicht zu unterschätzenden Einfluß aus. Wir können jedoch davon ausgehen, daß in der Tiefenschicht der Seele das bei den Eltern Erlebte das Prägendere bleibt. Unsere Eltern sind, ob wir es wollen oder nicht, unsere ersten Lehrer in Sachen Liebe und Sexualität. Wertvorstellungen, Einstellungen und Regeln werden dabei häufig nicht verbal, sondern nonverbal und indirekt oder auf der Handlungsebene vermittelt.

Elisabeth kommt, wie wir gehört haben, aus einem streng katholischen Elternhaus. Ihre Mutter hat ihre eigene Schönheit nie betont, sondern eher versteckt. Frauen, die ihre erotischen Reize mit der Kleidung hervorhoben, wurden mißbilligend angeschaut und abgewertet. Der Vater brachte Elisabeth gegenüber nicht zum Ausdruck, daß er sie schön und attraktiv findet. Auch als sie noch sehr klein war, nahm er sie wenig auf den Schoß und streichelte sie äußerst selten. Später konnte sie sich überhaupt nicht mehr an einen Körperkontakt mit ihrem Vater erinnern. Elisabeth hatte in ihrer Familie das Gefühl, ihre Sexualität verstecken zu müssen. Die Grundbotschaft lautete: Eine Frau ist ein unsexuelles Wesen, das vor allem im Dienen und in der Mutterrolle seine Erfüllung findet. Triebhafte sexuelle Wünsche soll eine Frau auf keinen Fall nach außen zeigen. Grundsätzlich verhält sich die Frau in diesem Bereich passiv und überläßt die aktive Seite dem Mann. Da Elisabeth ihren Vater der Mutter gegenüber nie zärtlich erlebt hat, entwickelte sich bei ihr ein bestimmtes Männerbild: Männer sind nicht zärtlich, sie können nicht romantisch sein. Als Elisabeth dann Florian kennenlernte, war sie zunächst von dessen Werben und dem offenem Ausdruck seiner Liebe völlig fasziniert. Eine ganz neue Welt ging in ihr auf.

In der Werbephase wachsen viele Menschen über sich hinaus. Sie zeigen Verhaltensweisen, die sie in der Familie nicht gelernt haben. Die Verliebtheit hat ihre eigenen Gesetze. Wie bei Florian und Elisabeth werden hier oft für kurze Zeit die Festlegungen aus der eigenen Herkunftsfamilie überwunden. Später fällt man häufig wieder in die gewohnten Verhaltensmuster zurück.

Schauen wir uns nun Florians Familie an. Auch in dieser Familie wurden keine Zärtlichkeiten gezeigt. Sein Vater mußte als junger Mann in den Krieg und wurde erst 1948 aus russischer Kriegsgefangenschaft entlassen. Die Eltern heirateten 1950. Der Vater arbeitete als Schreiner und betrieb nebenher eine kleine Landwirtschaft, die er von seinen Eltern geerbt hatte. Als Florian als erstes von vier Kindern auf die Welt kam, baute der Vater gerade das Haus für seine Familie. Florian erinnert sich, daß er seinen Vater nur arbeiten gesehen hat. Er nahm sich nie Zeit, mit Florian zu spielen. Florian mußte schon früh im elterlichen Betrieb mithelfen. Der ganze Sinn des Lebens bestand aus Arbeit. Für die schönen Dinge des Lebens blieb keine Zeit. Alles mußte schnell gehen: Es wurde hastig gegessen, sich hektisch bewegt und schnell gearbeitet. „Immer stand mein Vater unter Druck. Er hat auch auf mich einen starken Druck ausgeübt", berichtete Florian. „Um vor dem Haus zu sitzen, den Vögeln zu lauschen, den Sonnenuntergang zu betrachten und die Schönheit der Blumen zu genießen, dafür nahmen sich meine Eltern keine Zeit. Man mußte sich ständig beeilen. Selbst beim Essen mußte es schnell gehen, und sobald man aufgegessen hatte, ging es sofort wieder ran an die Arbeit. Meine Eltern waren im Grunde gutmütige Menschen und wollten nur unser Bestes, aber sie waren richtige Arbeitstiere", sagte Florian mit traurigem Blick. „Gespräche mit dem Vater gab es wenig. Wir arbeiteten zusammen. Das lief auch gut. Ich habe im handwerklichen Bereich wirklich viel von ihm gelernt."

Wenn wir uns Florians Verhalten vor Augen führen, dann bemerken wir, daß er vom Vater gelernt hat, in einer ganz bestimmten Weise mit dem Leben umzugehen. Diese Grundhaltung könnte man folgendermaßen zusammenfassen: „Man muß ständig arbeiten. Für Kontakt ist wenig Zeit. Wer viel redet, bringt es zu nichts. Alles muß schnell gehen. Für Genuß, Lachen und zweckfreies, spielerisches Tun ist die Zeit zu schade." Von Männern mit einem solchen Lebensprogramm kann man nicht erwarten, daß sie in der Sexualität plötzlich zu Romantikern und Genießern werden. Und hier kommen wir nun zu dem Thema Sinnlichkeit. Der Kontakt zu den Sinnen wurde bei Florian nur zweckgebunden gefördert. Zweckfreies, sinnenfrohes Genießen, wie es für das sexuelle Erleben so wichtig ist, kommt in seinem Männerkonzept nicht vor. Er bekam als Kind kaum die Gelegenheit und wurde in keiner Weise dazu angehalten und ermuntert, bewußt zu spüren und lustvoll zu verweilen. Männer, die ihre Sinnlichkeit vielseitig leben, d.h., die sich in einen Anblick wirklich vertiefen, das Essen ausgiebig genießen, den Duft von Blumen in sich aufnehmen, einem Musikstück wirklich lauschen können und das gesamte Spektrum ihres Spürbewußtseins entwickelt haben, die also wirklich sinnliche Menschen sind, fixieren sich nicht so stark wie Florian auf den Bereich der Sexualität. Sinnliche Menschen brauchen Sexualität nicht als Ventil, um die verschiedensten Spannungen abzuleiten, sondern können in tiefer Innigkeit mit dem Partner verweilen und jeden Augenblick mit allen Sinnen tief genießen. Sinnliche Menschen können sich Zeit lassen, was sowohl beim sexuellen Vorspiel als auch in der sexuellen Vereinigung so wichtig ist. Innigkeit braucht Zeit.

Wenn wir nun diese Gesichtspunkte in unsere Überlegungen miteinbeziehen, können wir die sexuelle Problematik von Elisabeth und Florian wesentlich besser verstehen.

Elisabeth hat in ihrer Herkunftsfamilie nicht gelernt, daß eine Frau in der Sexualität auch eine aktive Rolle einnehmen kann. Nach den Vorstellungen ihrer Eltern hat man als Frau dem Mann zur Verfügung zu stehen und darf nicht nein sagen. Elisabeth definiert sich also in der Sexualität nicht selbst, sondern nur über den Mann und dessen Reaktionsweise. Sie merkt durchaus, daß sie mehr seelische Intimität bräuchte, aber sie setzt sich mit Florian nicht direkt auseinander, weil sie in ihrer Kindheit nicht gelernt hat, ihre Interessen offen zu vertreten. Florian hätte es geholfen, wenn sie ihn liebevoll, aber klar konfrontiert und ihm deutlich vermittelt hätte, was sie wirklich braucht. So wie bei Florian ein Zusammenhang zwischen dem ständig unter Druck-Stehen und der Fixierung auf die Sexualität besteht, so gibt es bei Elisabeth einen Zusammenhang zwischen ihrer Passivität in der Sexualität und dem Verbot, als Frau einem Mann gegenüber aktiv zu werden und eigene Interessen offen zu vertreten. Lernt Elisabeth, ihre Wünsche und Bedürfnisse anzumelden und Auseinandersetzungen darüber mit Florian zu wagen und ist Florian seinerseits bereit, Elisabeth anzuhören, eröffnen sich für beide große Chancen. Florian kann auf diesem Weg entdecken, wie wichtig es für die Beziehung, aber auch für ihn selbst ist, eine neue Form von Intimität zu entwickeln und wie gut es ihm tut, mit Elisabeth über eigene Ängste und den beruflichen Streß zu reden, ihre Aufmerksamkeit im Gespräch zu spüren und Trost zu erfahren. Je mehr er seine eigene Seele im Kontakt öffnet, um so mehr macht er die Erfahrung, daß er sich auch auf diesem Weg und nicht nur über die sexuelle Ebene tief und voll entspannen kann. Wenn Elisabeth und Florian in einen tiefen seelischen Kontakt treten können, werden sie sich gegenseitig sehr viel geben können und in der Sexualität eine neue Form von Innigkeit erleben.

Wie die Sexualität lebendig bleibt

Am Beispiel von Elisabeth und Florian ist klar geworden, daß das allmähliche Versiegen des sexuellen Kontaktes eine längere Vorgeschichte hat und nicht isoliert betrachtet werden kann. Beide konnten zwar die frühen Signale erkennen, aber sie wußten sie nicht zu deuten bzw. besaßen aufgrund ihrer Lerngeschichte keine geeigneten Verhaltensalternativen. Sie verstanden nicht, was eigentlich los war. Jeder glaubte, das Beste für die Beziehung zu tun. Da sie nicht wußten, wo die Probleme tatsächlich lagen, konnten sie keine geeigneten Lösungswege finden. Florian und Elisabeth begannen beide mit dem Konzept: „Der Mann begehrt, die Frau will begehrt werden.“ Solange die Häufigkeit durch die räumliche Trennung geregelt war, funktionierte das auch wunderbar. Erst als sie zusammenzogen, wurde sichtbar, mit wie wenig wirklichem Rüstzeug beide für die große Expedition Ehe ausgestattet waren. Diese Unwissenheit führte Elisabeth und Florian in sehr schmerzliche und ausweglos erscheinende Prozesse, die in ihrem Fall erst durch eine Paartherapie aufgelöst werden konnten.

Wenn Paare zu uns kommen, bei denen die Sexualität nicht mehr gelebt wird, schauen wir vor allem darauf, wie Mann und Frau ihre

Beziehung gestalten. Stellen wir fest, daß das Paar wenig seelische Nähe hat, gehen wir nicht gleich auf die sexuelle Problematik ein, sondern empfehlen dem Paar, miteinander nach Möglichkeiten zu suchen, den dünnen seelischen Kontakt wieder zu intensivieren. Frauen brauchen ganz offensichtlich die seelische Nähe mehr als Männer, um sich sexuell hingeben zu können. Wird dieser Wunsch, sich auch im Alltag miteinander nah zu fühlen, von den Männern ignoriert, erlischt mit der Zeit bei Frauen häufig auch die sexuelle Lust. Wenn Paare sich seelisch fremd geworden sind, spiegelt sich das meistens in der sexuellen Beziehung wider. Wenn es Paaren gelingt, mehr aufeinander zuzugehen, kann auch die sexuelle Lust wieder erwachen. Wenn sich das Paar wieder genügend Zeit für sich nimmt und gelegentlich Dinge völlig ungestört miteinander machen kann, kann sich wieder mehr seelische Nähe entwickeln, die für das sexuelle Lusterwachen wichtig ist. Gerade bei Frauen, die nur noch in ihren Familienaufgaben aufgehen, tritt oft die Sexualität sehr in den Hintergrund. Männer verlieren ihre Lust meistens nicht so schnell. Die Chance des Mannes besteht darin, liebevoll um ihre Frau zu werben, ohne zu drängen und Vorwürfe zu machen. Männer können einiges dafür tun, Bedingungen zu schaffen, daß sie zu zweit eine gewisse Zeit allein verbringen können.

Wir überlegten also mit Elisabeth und Florian zusammen, welche Möglichkeiten sie sich schaffen könnten, wieder mehr Zeit miteinander zu verbringen. Dabei wurden folgende Lösungen gefunden: Florian kommt etwas früher von der Arbeit nach Hause und kümmert sich nach kurzer Pause um seinen Sohn. Einmal pro Woche geht er abends zum Tennisspielen, einmal pro Woche hat Elisabeth einen Abend zur freien Verfügung. Unter der Woche nehmen sie sich an zwei Abenden Zeit füreinander, um, wenn Hansi ins Bett gegangen ist, etwas miteinander zu tun oder miteinander zu reden. Florian geht nicht an den Computer, und Elisabeth macht nichts im Haushalt. Wenn Bedingungen geschaffen werden, in Ruhe und ungestört miteinander reden zu können, reicht dies in vielen Fällen aus, um einander wieder näher zu kommen.

Ein weiterer Grund für sexuelle Schwierigkeiten kann auch darin bestehen, daß Männer sich zu unsensibel verhalten und nicht bereit sind, auf die Bedürfnisse der Frau einzugehen. Wer heute noch nach dem patriarchalen Motto lebt: „Ich mache es so wie ich es will und lasse mir von dir nichts vorschreiben", wird bald die Erfahrung machen, daß die Partnerin die Lust an der Sexualität verliert. Aber auch hier gibt es wie im Leben immer zwei Straßengräben. Wenn ein Mann zu vorsichtig ist und nur seiner Frau die Führung überläßt, dann kann es sein, daß er bei seiner Partnerin an Attraktivität verliert und für sie uninteressant wird. Frauen wollen in der Regel einen dynamischen Mann, sofern diese Dynamik mit Einfühlungsvermögen und seelischem Kontakt verbunden ist. Es ist also völlig in Ordnung, wenn der Mann auch immer wieder die Lustseite in die Beziehung einbringt. Dadurch hilft er auch seiner Frau, sich von der zu engen Beziehung zu den Kindern immer wieder zu lösen.

Schwierigkeiten im Sexualleben eines Paares können auch dann auftreten, wenn in der Beziehung nur Nähe gesucht wird und die vorhandenen Konflikte unter den Teppich gekehrt werden. Bei Paaren, die untereinander eine Eltern-Kind-Beziehung aufbauen oder wie Geschwister zusammenleben, erlischt die sexuelle Spannung. Werden die Konflikte aufgedeckt, und gelingt es dem Paar, eine konstruktive Streitkultur zu entwickeln, in der auch Aggression erlaubt ist, dann wird auch das sexuelle Begehren wieder gesteigert. Sexualität braucht eine gewisse Spannung. So wichtig es also für den Mann ist, seine Beziehungsfähigkeiten auszuweiten, so darf er dabei seine Männlichkeit nicht verlieren. Männer freuen sich aber auch, wenn Frauen nicht nur passiv aufreizen, sondern auch aktiv werben können.

Die sexuelle Lustlosigkeit eines Partners kann aber auch seine Gründe in einer oder mehreren tiefen Verletzungen haben, die ihr bzw. ihm der andere zugefügt hat. Franziska und Peter kamen zu uns in Paarberatung, da sie sexuelle Probleme miteinander hatten. In diesem Fall war es Peter, der mit Franziska nur noch selten schlafen wollte. Franziska fühlte sich von ihm als Frau nicht mehr begehrt, war enttäuscht und trug sich mit dem Gedanken, sich von Peter zu trennen. Beide erzählten, daß ihre sexuelle Beziehung früher sehr dynamisch war und Franziska Peter als einen feurigen Liebhaber erlebt hatte. Bei näherem Nachfragen stellte sich folgendes heraus: Die ersten drei Jahre der Beziehung schilderten beide als in jeder Hinsicht unheimlich schön. Dann erlebte Peter einen beruflichen Aufstieg, der alle seine Kräfte verlangte. Er hatte von daher plötzlich weniger Zeit für Franziska, was sie ihm allmählich übelnahm. Es gab öfter deswegen Auseinandersetzungen zwischen ihnen, die aber an der Situation nichts veränderten. In dieser Zeit verliebte sich Franziska in Georg, den besten Freund von Peter. Es kam heimlich zu sexuellen Kontakten. Als Peter einmal früher als geplant von einer Geschäftsreise zurückkam, erwischte er beide sozusagen auf frischer Tat. Für Peter war diese Situation ein doppelt herber Schlag. Er verlor auf der einen Seite den Freund. Franziska versprach zwar, die Beziehung zu Georg zu beenden und hielt sich auch an die Abmachungen, aber das Vertrauen in der Beziehung war tief gestört. Beide bemühten sich, Gras darüber wachsen zu lassen, aber es stellte sich keine wirkliche Nähe mehr ein. Peter hatte die Verletzung und die Enttäuschung noch in keiner Weise verarbeitet. Wir fragten Peter, was er glaube, wie Franziska diesen Vertrauensbruch tatsächlich wieder gut machen könne. Er bat um Bedenkzeit, und beim nächsten Gesprächstermin sagte er dann etwa folgendes: „Ich möchte, daß Franziska wirklich versteht, wie sehr mich das verletzt hat und wie sehr ich von ihr enttäuscht bin. Ich möchte, daß sie mich aus tiefstem Herzen um Verzeihung bittet. Irgendwie hat sie ihr Verhältnis zu Georg bisher zu sehr bagatellisiert." Nachdem er dies gesagt hatte, fing er an, laut zu weinen. Der ganze Schmerz und die ganze Enttäuschung brachen endlich aus ihm heraus. Als Franziska sah, wie tief die Verletzung bei Peter war, erklärte sie sich bereit, ihn in Form eines Rituals, das wir vorschlugen, um Verzeihung zu bitten. Zum nächsten Gespräch kamen beide bereits viel lockerer, und von diesem Zeitpunkt an ging es in ihrer Beziehung wieder bergauf. Zu dem Verzeihungsritual gehört u.a. auch, daß wenn ein Partner die Bitte um Verzeihung angenommen hat, auf die betreffende Situation in späteren Streitfällen nicht mehr als Munition zurückgegriffen werden darf.

Zum Thema außereheliche Beziehungen wollen wir nur einige grundlegende Gedanken zur Sprache bringen, die uns aufgrund unserer Erfahrung wichtig zu sein scheinen.

Wenn ein Partner wie in unserem Fall Peter entdeckt, daß der andere Partner heimlich eine sexuelle Beziehung zu einer dritten Person eingegangen ist, droht die Beziehung auch heute noch häufig daran zu zerbrechen. Obwohl manche Paare sich darum bemühen, eine offene Ehe bzw. Partnerschaft zu leben und sogar entsprechende Vereinbarungen miteinander getroffen haben, sprechen die Gefühle doch häufig eine ganz andere Sprache. Sobald es also in der Beziehung wirklich zu sexuellen Begegnungen mit anderen Partnern kommt, setzen Vernunft und Wille in der Regel aus, und die

Gefühle dominieren. Tiefe Enttäuschung, Verzweiflung, Mißtrauen, extremer Rückzug oder lautstarke Wutausbrüche bis hin zu Gewalttätigkeiten beherrschen dann auch bei sonst friedfertigen und vernünftigen Menschen die Szene. Wenn wie in unserem Beispiel ein Partner hintergangen und möglicherweise noch belogen wird und sich das Ganze sogar noch im nahen Freundeskreis abspielt, bahnt sich meistens für die Beziehung eine mittlere bis schwerere Katastrophe an. Vertrauensbrüche dieser Art sitzen tief und können häufig ohne vorübergehende Trennung schwer innerhalb der Beziehung aufgearbeitet werden. Solange es nicht gelingt, an die verdrängten Gefühle heranzukommen und diese wie bei Peter wieder ins Fließen zu bringen, lassen sich in der Regel keine tragfähigen Lösungen finden. Die Beziehung geht zwar an der Oberfläche weiter, aber in tieferen Seelenschichten ist sie gestorben. Wenn es Paaren gelingt, hier nicht auf der moralischen Ebene steckenzubleiben und sich in Schuldfragen zu verstricken, sondern miteinander nach den wirklichen Hintergründen zu suchen, wird aus dem scheinbaren Desaster eine für die Beziehung oft entscheidende Wende. Manchmal fängt eine Beziehung hier erst richtig an, zu einer Beziehung zu werden. Wie wir an anderer Stelle schon einmal ausführlich behandelt haben, gilt auch hierfür das, was Virginia Satir immer wieder betont hat: Nicht das Ereignis selbst ist das Problem, sondern wie wir damit umgehen. Diese Einstellung kann uns in sehr schwierigen Lebenssituationen weiterhelfen, uns offen halten und aus einer inneren Sackgasse herausführen. Eine Außenbeziehung muß also nicht gleich und immer das Ende einer Beziehung bedeuten. Hans Jellouschek plädiert in seinem hilfreichen Buch „Warum hast du mir das angetan? Untreue als Chance" dafür, daß die Betroffenen sich zunächst einmal einen geeigneten Entscheidungsspielraum schaffen, damit die Suche nach Lösungen überhaupt in Gang kommen kann. Er empfiehlt Paaren, einen bestimmten Zeitraum, in der Regel ein halbes bis ein Jahr, festzulegen, in dem keine definitive Entscheidung über die weitere Form des Zusammenlebens gefällt wird, d. h., die bestehende Partnerschaft wird in diesem Zeitraum weder aufgelöst noch die Außenbeziehung in eine neue Partnerschaft überführt. Diese Vorgehensweise ist unserer Erfahrung nach sinnvoll, aber meistens nur unter Begleitung eines erfahrenen Paartherapeuten möglich. Das Paar schafft sich mit diesen Hilfen einen Rahmen, in dem die Hintergründe aufgedeckt und nach geeigneten

Lösungen gesucht werden kann. Um unnötige und zusätzliche Verletzungen sowie eine aggressive Eskalation des Prozesses zu vermeiden, raten wir Paaren, in dieser Zeit sich entweder vorübergehend ganz oder so weit wie möglich im Haus oder in der gemeinsamen Wohnung räumlich zu trennen oder mit Hilfe klarer Vereinbarungen quasi getrennt zu leben. Das Ziel dabei ist, Ruhe in die sowieso schon aufgewühlte Situation zu bringen und einen unnötigen Aufschaukelungsprozeß möglichst zu verhindern. Es ist wichtig, sich hier in seiner menschlichen Begrenztheit zu akzeptieren. Auch eine nicht so bedrohliche Wunde kann richtig gefährlich werden, wenn sie falsch behandelt wird und nicht zur Ruhe kommt. Wenn es uns gelingt, die Wogen ein wenig zu glätten, können wir mit fachlicher Hilfe unsere Beziehung unter die Lupe nehmen, um herauszufinden, welche Beziehungsdynamik diese Entwicklung möglich gemacht hat. Wir sehen also die Außenbeziehung als Symptom und suchen nach den eigentlichen Ursachen für dieses Symptom in der Partnerschaft. Die Gründe, die zu einer solchen Situation geführt haben, können unterschiedlichster Natur sein, aber eines haben wir in unserer Arbeit immer wieder sehen können: Das Problem liegt oft gar nicht so sehr in einer vielleicht mangelhaften Sexualität, sondern oft ursprünglich in wesentlichen Beziehungsthemen, die sich auf der sexuellen Ebene widerspiegeln. Diese Themen können z. B. sein: zu starke Abhängigkeit, zu starke Dominanz eines Partners, Langeweile, mangelnde Innigkeit, zu wenig seelischer Kontakt, sich aus der Familie ausgeschlossen fühlen und vieles mehr. Wir konnten immer wieder feststellen, daß es selbst in einer so schwierigen Lage gute und weiterführende Lösungen geben kann. Manchmal kommt durch eine Krise eine Beziehung erst richtig in Gang. Wir werden aus unserem Beziehungstrott gerissen und fangen an, uns gegenseitig mit viel wacheren Augen zu betrachten. Dadurch kommen wir mit unseren eigenen und mit den Schattenseiten des Partners bzw. der Partnerin in Berührung. Wenn wir uns in unserer Beziehung mit unseren Schattenseiten offen auseinandersetzen, erleben wir nicht so häufig böse Überraschungen, sondern können uns rechtzeitig darauf aufmerksam machen, uns auseinandersetzen und nach wirklich lebbaren Lösungen suchen. Wir möchten an dieser Stelle Paaren empfehlen, daß sie sich für die Bewältigung einer so komplizierten Situation rechtzeitig Expertenhilfe in einer Paarberatung holen.

Eine wesentliche Voraussetzung für eine lebendige Erotik und Sexualität besteht also darin, daß die Partner in einem lebendigen Austausch, in einer lebendigen Zwiesprache bleiben. Die Fähigkeit, den persönlichen Dialog auch dann fortzusetzen, wenn Meinungsverschiedenheiten auftreten, haben viele Menschen in ihrer Kindheit nicht gelernt. Diese Stagnation bewirkt auf Dauer dann auch den Tod der Sexualität. Selbst für emanzipierte Männer ist es auch heute noch gar nicht so leicht, sich von Frauen Kritik anzuhören und in zähen Verhandlungen nach guten Lösungen zu suchen. Sie sind darin ungeübt, und es fällt ihnen schwer, mit gleichstarken Frauen zu leben. Aber weder in männerdominierten noch in frauendominierten Beziehungen ist ein lebendiger Dialog der Geschlechter möglich. Auf seiten der Frauen bestehen die Schwierigkeiten bei Auseinandersetzungen vor allem darin, klar und deutlich Stellung zu beziehen und Unmut sowie Aggressionen angemessen zur Sprache zu bringen. Offene Aggression paßt nicht ins traditionelle Bild von Weiblichkeit. Statt dessen haben Frauen ihre sprachliche Überlegenheit und emotionale Gewandtheit häufig dazu benutzt, Männer zu manipulieren, d.h., ihre Interessen auch ohne direkte Auseinandersetzung bzw. Aggression durchzusetzen bzw. die Männer ins Leere laufen zu lassen. Dabei wurden und werden oft auch die Kinder emotional mißbraucht.

Interessenskonflikte offen und fair auszutragen, bis wirklich eine für beide Seiten befriedigende Lösung gefunden ist, müssen also Männer wie Frauen gleichermaßen erst lernen. Paare, die zu einer lösungsorientierten Form der Auseinandersetzung fähig sind, können offen über ihre Sexualität sprechen und aus festgefahrenen Gleisen immer wieder aussteigen. Kritik darf geäußert werden und ist Anlaß dazu, miteinander zu suchen, ohne sich selbst aufzugeben.

So wichtig es für Frauen ist, offen und direkt Position zu beziehen und für Männer, dieses Recht der Frauen als etwas Selbstverständliches anzuerkennen, so wichtig ist es jedoch für Männer, nun nicht in den Fehler zu verfallen und zu glauben, sie müßten ihre Aggressionen nun total zurückhalten. Dies wäre nur eine Umkehrung nach dem Motto: Die Männer waren so lange Wölfe, nun müssen sie für die nächsten hundert Jahre Lämmer sein. Zum Ausgleich dürfen nun die Frauen die Rolle der aggressiven Wölfe spielen. Damit wäre jedoch für eine Partnerschaft nichts gewonnen. Männer, die nicht ihren Mann stehen, sind in der Regel für Frauen nicht besonders attraktiv. Für Männer ist es also wichtig, die Sprache der Beziehung zu lernen, ohne dabei eine Kindposition einzunehmen. Damit meinen wir, daß er einen direkten verbalen Kontakt zu seiner Partnerin sucht, sich für das Befinden seiner Partnerin aktiv interessiert, vor deren Gefühlen nicht davonläuft, sondern seine Partnerin, die vor einer halben Stunde noch ärgerlich war und jetzt vielleicht weint, fest in die Arme schließen kann. Die Sprache der Beziehung ermöglicht es ihm, Nähe und Intimität herzustellen, ohne diese gleich mit Sexualität verbinden zu müssen. Männer können hier die Yinseite integrieren, ohne ihre Yangseite zu verlieren.

Sonderbarerweise sind die meisten Männer bereit, für ihren Beruf ständig dazuzulernen und dafür auch viel zu investieren. In der Paarbeziehung wollen die meisten auch einen hohen Standard haben, wollen diesen aber mit möglichst geringem Einsatz erreichen. Wer eine lebendige Sexualität leben will, darf selbst kein langweiliger, körperlich und geistig träger Mensch sein. Es ist vielmehr wichtig, mit all seinen Sinnen bewußt zu leben, offen und interessiert für die verschiedenen Seiten des Lebens zu sein und eine Genußfähigkeit zu entwickeln, die im Einklang mit dem eigenen Körper steht. Wollen Männer ihre Sexualität in der Partnerschaft lebendig halten, sollten sie folgenden Aspekten besondere Beachtung schenken. Männer können lernen, ihr gesamtes Gefühlsspektrum zu leben, nicht nur die aggressive Seite, sondern vor allem auch Trauer, seelischen Schmerz und heitere Daseinsfreude. Wenn Männer einen positives Zugang zu der Vielfalt ihrer Gefühlswelt entwickelt haben, fängt ihre Lebensenergie ganz anders an zu fließen. Sie erwachen aus ihrer Erstarrung und können in einer für sie bisher ungeahnten Weise lebendig werden und Resonanz in der Beziehung zeigen. Verkrampftes sich Bemühen verschwindet, und wie von selbst taucht jenes Gefühl in der Paarbeziehung auf, das wir als innige Gefühlsverbundenheit bezeichnen. Diese Innigkeit ermöglicht eine Tiefe des gemeinsamen Erlebens, das die Intensität des Verliebtseins übersteigt.

Der Weg zu zweit
Als Paar zusammenfinden, ohne sich selbst aufzugeben

Wir leben in einer Zeit großer Umbrüche. Noch nie in der Geschichte der Menschheit änderten sich die Lebensbedingungen so schnell wie heute. War noch vor vier Generationen die Großfamilie die Normalform menschlichen Zusammenlebens, so hat sich in relativ kurzer Zeit die Kleinfamilie als Hauptform herauskristallisiert. Die Betonung des Individuums und seiner Wünsche und Bedürfnisse ist in den Mittelpunkt getreten. Früher gaben Institutionen und Traditionen dem Mann und der Frau ihre Rollen vor, die sie in der Ehe auszufüllen hatten. Dabei war der Mann das Oberhaupt der Familie, die Frau hatte ihm zu dienen und zu gehorchen. Im Zentrum des Interesses standen nicht die Person des einzelnen, sondern überwiegend der Besitz sowie die Mehrung und Weitergabe erworbener Güter. Liebe war nicht das Hauptmotiv bei der Suche nach einer Lebensgefährtin.

Seit etwa hundert Jahren, vor allem aber in den letzten 30 bis 40 Jahren, hat sich auf diesem Gebiet eine gewaltige Revolution vollzogen, die noch längst nicht abgeschlossen ist. Das Beziehungsverständnis zwischen Mann und Frau hat sich radikal verändert. Nicht mehr Über- und Unterordnung, Befehl und Gehorsam bestimmen das Zusammenleben eines Paares, sondern Gleichberechtigung, Kooperation, Ebenbürtigkeit und Liebe. Auch wenn immer mehr Menschen (auch Männer!) diesen Wertewandel begrüßen, so gibt es doch erhebliche Schwierigkeiten bei der Umsetzung. Früher wußten Mann und Frau ziemlich genau, was sie in der Ehe zu tun und zu lassen hatten. Der Rahmen war ihnen vorgegeben. Heute bestimmt das Paar selbst die Art und Weise und die Dauer der Beziehung. Diese neu gewonnene Freiheit sehen wir in allererster Linie als Chance. Wir können selber bestimmen, wie wir unsere Partnerschaft gestalten und sind so unseres eigenen Glückes Schmied geworden. Auf der anderen Seite jedoch stellt diese Freiheit auch Anforderungen an uns und verlangt Fähigkeiten, die wir in der Regel bei unseren Eltern nicht gesehen haben und von daher auch nicht lernen konnten. In der Gestaltung einer gleichwertigen, gleichberechtigten Partnerschaft stehen wir häufig vor Aufgaben, auf die wir nicht genügend vorbereitet wurden. Den meisten von uns fällt es nicht schwer zu akzeptieren, daß man sich – will man erfolgreich sein – beruflich immer wieder weiterbilden muß. Die Notwendigkeit, Zeit und Energie in den Beruf zu stecken, leuchtet also jedem unmittelbar ein. Daß dieses aber auch für die partnerschaftliche Beziehung gilt, ist vielen bei weitem nicht so klar. Der Weg zu zweit will jedoch gelernt werden. Die Natur spendet uns zum Start das Verliebtsein. Die Gestaltung einer guten, liebevollen und dauerhaften Partnerschaft will erarbeitet werden. Da wir auf die Konzepte und Verhaltensweisen unserer Vorfahren kaum zurückgreifen können, sind wir in der Regel für diese Expedition schlecht ausgerüstet und müssen auf dem gemeinsamen Weg sehr viel dazulernen. Das Liebesgefühl ist schnell aufgerieben, wenn bestimmte Spielregeln nicht eingehalten werden. Zunächst hat jeder jedoch seine eigenen Spielregeln im Kopf. Was der eine vielleicht als ein Foulspiel ansieht, betrachtet der andere als genau im Rahmen der Spielregeln. Damit ein gemeinsames konstruktives Spiel entstehen kann, müssen Paare auf ihrem Weg zu zweit viel und ausgiebig miteinander reden. Das gemeinsame Gespräch und der ständige Austausch miteinander schaffen eine solide Basis für eine dauerhafte Partnerschaft. Nur auf diese Weise lernen wir den Partner richtig kennen und mit der Zeit tiefer verstehen. Manchmal ist es mühsam, zusammen herauszufinden, wo es gerade klemmt. Wenn beide Partner sich bemühen, sich gegenseitig wirklich zuzuhören und bereit sind, sich in die mitunter so andersartige Welt des anderen führen zu lassen, ergeben sich oft ganz von selbst Brücken zum gegenseitigen Verständnis. In diesem Zusammenhang bieten wir Paaren gern folgendes Bild an: „Jeder von euch hat einen eigenen Garten. Je mehr ihr euch für den Garten des Partners interessiert, d.h., je mehr ihr seine/ihre Seelenlandschaft betrachtet, euch darin bewegt und sie kennenlernen wollt, um so mehr Informationen erhaltet ihr und um so besser könnt ihr euren Partner verstehen. Ein liebevolles Interesse am anderen und die Erfahrung, vom Partner bzw. von der Partnerin wirklich verstanden zu werden, geben uns das Gefühl, in unserer Beziehung wertgeschätzt und als ebenbürtig geachtet zu werden."

Wenn Paare dies gelernt haben, sind sie sehr gut gerüstet für den Weg zu zweit. Wir sind oft erstaunt und können es gar nicht fassen, daß der Partner die Welt so ganz anders sieht. Darin liegt aber auch eine ganz große Chance, weil die eigene Sicht dadurch relativiert wird und wir Neues dazulernen können. Menschen, die mit Interesse und echter Offenheit andere Länder bereisen, können viele neue Erfahrungen sammeln. Der eigene Horizont wird erweitert und durch die Vielfalt neuer Eindrücke bereichert. Ganz ähnliche Perspektiven gewinnen Paare, die sich ausgiebig füreinander Zeit nehmen, um die Welt des anderen zu verstehen. Wir brauchen die Zeit zu zweit, in der kein Fernseher läuft und keine Hemden gebügelt werden, eine Zeit, in der die Beziehung ganz und gar im Mittelpunkt steht, unsere Herzen sich aussprechen und wir uns ungestört genießen können.

Natürlich geht es dabei nicht darum, uns als Paar abzuschotten und ausschließlich nur zusammensein zu müssen. Wir brauchen zwar einen klar abgegrenzten Innenraum als Paar, andererseits aber auch den Kontakt zu guten Freunden. Das Eingebundensein in ein nährendes soziales Umfeld und in einen liebevollen Freundeskreis ist auf Dauer unerläßlich. Der Austausch auch mit anderen Männern und Frauen gehört zu einer gesunden Persönlichkeitsentwicklung und gibt unserer Partnerschaft wichtige Impulse. Es ist eine kindliche Illusion zu glauben, der Partner bzw. die Partnerin könne uns alles geben. Aus solchen Fixierungen entstehen oft schwerwiegende Überforderungssituationen. Je realer wir den Partner sehen können, je weniger wir also auf ihn projizieren, um so mehr können wir uns miteinander so bewegen, daß jeder dabei gewinnt. Der Weg zu zweit ist auch manchmal steinig und steil, und es bedarf mitunter der vollen Konzentration und des Einsatzes der ganzen Person, um dabei nicht steckenzubleiben oder gar abzustürzen. Weder die Idealisierung noch die Verteufelung des Partners bringen uns weiter. Wir müssen uns auch mit unserer eigenen Person auseinandersetzen. Wenn wir das, was wir an uns selbst nicht leiden können, in den anderen projizieren und in ihm bekämpfen, entziehen wir den positiven Entwicklungsmöglichkeiten unserer Partnerschaft den Boden. Um auf allen Ebenen reifen zu können, ist es notwendig, die eigene Schattenseite zu kennen und die Verantwortung für die auch möglicherweise destruktiven Seiten in uns zu übernehmen Wer die eigenen faulen

Eier ständig dem anderen ins Nest legt, schwächt sich und den Partner bzw. die Partnerin.

Auf dem Weg zu zweit können wir miteinander streiten, nebeneinander leben oder fröhlich und erfüllt miteinander sein. Wir denken, fast jedes Paar, das länger zusammenlebt, kennt alle drei Situationen. Es ist ganz natürlich, daß es in einer Beziehung Konflikte gibt. Mitunter ist der Kampf sogar nötig, gerade um der Harmonie willen. Wer alle Störungen in der Beziehung ignoriert, setzt sich im Grunde auf ein Pulverfaß. Paare, die in der Lage sind, ihre Konflikte in einer offenen und fairen Weise auszutragen und zu lösen, verschaffen gerade dadurch der Beziehung Stabilität, Halt und jedem einzelnen das nötige Maß an Freiheit. Eine faire und konstruktive Streitkultur erweist sich für eine gleichwertige Partnerschaft als wirklicher Segen. Ein Streit kann wie ein reinigendes Gewitter wirken. Paare mit einer gesunden Streitkultur halten es aus, sich in bestimmten Bereichen auch einmal nicht einigen zu können und erklären sich nicht sofort den Krieg. Zwischen Miteinander-Streiten und feindselig und verbissen ständig Aufeinander-Losschlagen besteht ein großer und wesentlicher Unterschied.

Auf dem Weg zu zweit gibt es auch Phasen, in denen wir ruhig nebeneinander leben. Jeder ist mehr auf sich bezogen und mit eigenen Dingen beschäftigt. Es ist ganz natürlich, daß wir Zeit für uns selbst brauchen und gelegentlich allein sein wollen, um unserem eigenen Rhythmus zu folgen und uns auf uns selbst zu besinnen.

In unserer Beziehungsökologie finden wir alle Jahreszeiten, auch den Winter. Der Winter ist die Zeit der Ruhe, der Sammlung und zugleich die Vorbereitungszeit für etwas Neues, das sich im Frühling wieder entfalten will. Manchmal aber erstarren Paare in einem lustlosen Nebeneinander, und das Leben fließt ohne Kraft dahin. Hier ist es wichtig, die Verlebendigung der Beziehung nicht zuerst vom Partner zu erwarten, sondern zunächst auf die eigene Verlebendigung zu schauen. Bleibt der Partner in seiner Erstarrung trotz aller Bemühungen stecken und setzt von sich aus keine Kraft mehr in den Weg zu zweit, ist es wichtig, sich nicht von ihm/ihr abhängig zu machen und sich nicht in der eigenen Entwicklung bremsen zu lassen. Ein lebendiges und liebevolles soziales Umfeld kann uns über solche Zeiten hinweghelfen oder zumindest eine Erleichterung verschaffen. Wenn die Erstarrung in der Beziehung jedoch chronisch zu werden droht, empfiehlt es sich, rechtzeitig fachliche

Hilfe in einer gemeinsamen Paarberatung zu suchen. Jedes Wirtschaftsunternehmen holt sich heute möglichst gute Berater von außen, um das Ergebnis zu optimieren. Warum sollte es dann Paaren schwerfallen, sich kompetente Unterstützung zu holen.

In einer guten Paarberatung geht es nicht darum, jemanden zum Schuldigen zu erklären, sondern zusammen mit einem Experten bzw. einer Expertin bessere Lösungen zu suchen und zu finden. Manchmal müssen dabei alte Verletzungen ausgesprochen und verarbeitet oder andere Umgangsformen miteinander entwickelt werden. Vielleicht entdeckt ein Paar, wie wenig es bringt, ständig aneinander herumzunörgeln, und es sinnvoller ist, gegenseitig Dankbarkeit und Anerkennung zum Ausdruck zu bringen. Manche Männer entdecken im Verlaufe dieses Prozesses, daß Karriere nicht unbedingt alles im Leben ist und gewinnen eine Motivation, mehr Zeit für die Beziehung einzusetzen. Oder es gelingt einem Paar, ab und zu aus dem Alltagstrott auszusteigen und schöne und für beide interessante Dinge miteinander zu tun. Oder eine Beziehung, die in die Krise geraten war, weil die Frau zu sehr in der Mutterrolle aufgegangen war, erholt sich wieder dadurch, daß sich die Frau mehr Zeit für sich und den Partner nimmt. Es kann sich auch bei genauer Betrachtung des Familiensystems ergeben, daß ein Kind in die Rolle des Partners geschlüpft war und der Partner, der sich ausgeschlossen fühlte, wieder in die Familie zurückkommt und seinen Platz als Partner einnimmt. Wie wir sehen, gibt es mannigfache Gründe, warum eine Beziehung ins Stocken geraten kann. Sehr oft lassen sich in der Beratung zusammen bessere Lösungen erarbeiten, so daß es allen in der Familie wieder besser geht. In manchen Fällen kann sich allerdings auch herausstellen, daß für ein Paar die beste Lösung darin besteht, die Partnerschaft auf eine faire Weise zu beenden. Wenn es uns gelingt, uns in einer reifen und erwachsenen Weise zu trennen, können wir dabei Wesentliches für unser weiteres Leben gewinnen. In der Trennungszeit ist es erfahrungsgemäß besonders wichtig, sich keinesfalls zu isolieren, sondern sich so viel wie möglich Unterstützung zu holen, um das Leid aller Beteiligten und besonders der Kinder so gering wie möglich zu halten.

In vielen Fällen jedoch gelingt es einem Paar, einen neuen Frühling in ihrer Beziehung zu erleben. Dabei müssen gelegentlich auch Verzichte auf beiden Seiten geleistet werden. Wenn wir uns aber in unserer Beziehung wieder wohl fühlen, lassen sich die für den gemeinsamen Prozeß notwendigen Einschränkungen leichter verschmerzen. Wir werden dafür auf der anderen Seite reich beschenkt. Wenn nämlich in einer Partnerschaft eine schwere Krise gut verarbeitet wurde und alle Beteiligten daran gereift sind, entsteht nach unserer Beobachtung oft für das Paar eine vollkommen neue Lebensperspektive. Die in uns schlummernden Stärken werden belebt und können nun in die Beziehung eingebracht werden. Uns gelingt ein qualitativer Sprung in unserer Partnerschaft. Wir leben nicht eine verbesserte alte, sondern eine aus dem Ei unseres Veränderungsprozesses ausschlüpfende ganz neue Beziehung. Wenn Menschen miteinander und aneinander gereift sind, können sie ohne Zorn auf jene Zeiten zurückblicken, in denen sie es sich gegenseitig schwergemacht haben. Eine gute Beziehung wird uns eben nicht geschenkt. Durch ausdauernde Lernbereitschaft entwickeln wir meistens erst die Fähigkeiten, mit dem Partner das zu leben, was wir uns in der Phase des Verliebtseins als Beziehung erträumt hatten. Es wächst die Großzügigkeit des Herzens, die dem Partner den Raum läßt, sich zu entfalten. Wenn wir großzügig geworden sind und uns gegenseitig viel geben und bereit sind, auch vom anderen viel zu nehmen, dann stellt sich in unserer Beziehung immer häufiger der Zustand ein, den wir als Glück bezeichnen, zu dem auch Humor und Lachen gehören.

Das Glück des Anfangs ist ein anderes Glück als das Glück des gereiften Paares. Der Zauber des Verliebtseins ist wunderbar, und er verführt uns, den Weg miteinander zu wagen. Wenn wir uns, davon beflügelt, auf ein gemeinsames Leben einlassen, ist damit der Anfang für ein risikoreiches und spannendes Abenteuer gemacht. Nun beginnt die Zeit des gemeinsamen Lernens, und es gibt auch hier Menschen, die schnell, langsam oder gar nicht lernen. Eine Beziehung kann man nicht nur mit Hilfe rationaler Mittel erfassen und gestalten. Zu einem tieferen Verstehen brauchen wir alle unsere Sinne und das ganze Spektrum unserer Person. In unseren Lernprozeß müssen also auch die Sprache des Körpers und das Labyrinth der Gefühle miteinbezogen werden. Die Partnerschaft ist ein ständiges Selbsterfahrungsexperiment. Nirgendwo kommen wir so schmerzhaft mit unseren Grenzen in Berührung, nirgendwo wachsen wir so über uns hinaus und lernen uns in unserem tiefsten Wesen kennen. Wenn ein Paar gelernt hat, aufeinander zu hören und zusammenzuspielen, entsteht eine Symphonie, in der jeder ganz auf sich und den anderen bezogen im Miteinander aufgeht. Durch dieses achtsame Aufeinanderbezogensein, durch dieses ganz bei sich und ganz beim anderen Seinkönnen entsteht eine Fülle, die weit über die Schönheit der Einzelstimmen hinausreicht. Wir können uns darüber freuen, wie sehr sich der andere entfaltet hat, und seine/ihre Freude beflügelt wieder meine Freude. Die Ichverhaftung hat sich aufgelöst, und wir haben ein Verlangen und eine innere Lust, etwas Gutes für den anderen zu tun, ohne sofort selbst die Hand aufzuhalten. Die Freude des Partners wird zu meiner Freude und umgekehrt. Geben und Nehmen fallen zusammen. Ein Paar, das diesen Gipfel erklommen hat, will das Rad der Beziehung nicht mehr zurückdrehen. Man erinnert sich sicher gern an die Zeit der großen Leidenschaft, aber nicht mit Wehmut und nicht mit dem Wunsch, zurück zu wollen. Wer die Innigkeit einer gereiften Beziehung erlebt, kann die Fülle des gegenwärtigen Augenblicks auskosten und ganz im Hier und Jetzt leben, ohne Angst vor der Zukunft. Wir wissen, daß wir uns auf unsere Beziehung in schwierigen Zeiten, bei Krankheit und Schicksalsschlägen, voll und ganz verlassen können.

Jede Partnerschaft durchläuft verschiedene Phasen. Jede dieser Phasen bedeutet für uns eine Herausforderung und eine Chance. Es hängt von uns ab, was wir aus unserer Beziehung machen. Auf unserem Weg zu zweit können wir uns gegenseitig die Hölle erschaffen oder uns miteinander zum Erblühen bringen.

Literatur

Bauer, Manfred und Unverzagt, Gerlinde (1996): Das erste Kind ist da, Herder, Freiburg

Beck, Ulrich und Beck-Gernsheim, Elisabeth (1990): Das ganz normale Chaos der Liebe, Suhrkamp, Frankfurt am Main

Bernard, J. (1976): The Future of Marriage, Harmondsworth

Bischof, Norbert (1985): Das Rätsel Ödipus, Piper, München

Boszormenyi-Nagy, Ivan und Spark, Geraldine M. (1990): Unsichtbare Bindungen, Klett-Cotta, Stuttgart

Hochschild, Arlie und Machung, Anne (1990): Der 48 Stundentag, Knaur, München

Jellouschek, Hans (1995): Die Kunst, als Paar zu leben, Kreuz, Stuttgart

Jellouschek, Hans (1995): Warum hast du mir das angetan, Piper, München

Jellouschek, Hans (1996): Mit dem Beruf verheiratet, Kreuz, Stuttgart

Kast, Verena (1994): Vater-Töchter, Mutter-Söhne, Kreuz, Stuttgart

Möller, Michael Lukas (1988): Die Wahrheit beginnt zu zweit, Rowohlt, Hamburg

Napier, Augustus Y. (1995): Ich dachte, meine Ehe sei gut, bis meine Frau mir sagte, wie sie sich fühlt, Goldmann, München

Satir, Virginia (1973): Familienbehandlung, Lambertus, Freiburg

Satir, Virginia (1990): Kommunikation, Selbstwert, Kongruenz, Junfermann, Paderborn

Schellenbaum, Peter (1984): Das Nein in der Liebe, Kreuz, Stuttgart

Schellenbaum, Peter (1994): Aggression zwischen Liebenden, Hoffmann & Campe, Hamburg

Schulz von Thun, Friedemann (1981): Miteinander reden, Rowohlt, Hamburg

Sennett, Richard (1983): Verfall und Ende des öffentlichen Lebens. Die Tyrannei der Intimität, Fischer, Frankfurt

Stierlin, Helm (1994): Ich und die anderen, Stuttgart

Stierlin, Helm: Die Zukunft der Familie, Kassette, Carl-Auer-Systeme, Heidelberg

Stierlin, Helm: Entwürfe der Gerechtigkeit im Lichte systemischer Praxis, Kassette, Carl-Auer-Systeme, Heidelberg

Stierlin, Helm: Verrechnungsnotstände. Über Gerechtigkeit in einer sich wandelnden Gesellschaft, Carl-Auer-Systeme, Heidelberg

Tannen, Deborah (1994): Das hab ich nicht gesagt, Goldmann, München

Tannen, Deborah (1990): Du kannst mich einfach nicht verstehen, Goldmann, München

Thich Nhat Hanh (1993): Das Wunder der Achtsamkeit, Theseus, Zürich-München
Thich Nhat Hanh (1995): Lächle deinem eigenen Herzen zu, Herder, Freiburg
Thich Nhat Hanh (1996): Aus der Tiefe des Verstehens die Liebe berühren, Theseus, Berlin
Watzlawick, Paul (1983): Anleitung zum Unglücklichsein, Piper, München
Weber, Gunthard (1993): Zweierlei Glück, Carl-Auer-Systeme, Heidelberg
Welter-Enderlin, Rosmarie (1992): Paare – Leidenschaft und lange Weile, Piper, München
Welter-Enderlin, Rosmarie (1996): Deine Liebe ist nicht meine Liebe, Herder, Freiburg
Willi, Jürg (1991): Was hält Paare zusammen, Rowohlt, Hamburg

Partnerseminare

Josef Kreppold und Gabriele Kreppold-Gröger veranstalten in ihrem Tagungshaus Tegernbach Partnerseminare.

Nähere Informationen erhalten sie bei schriftlicher Anfrage an die Adresse:

Josef Kreppold und Gabriele Kreppold-Gröger
Baierbergerstr.2
82293 Tegernbach

Tegernbach liegt zwischen Augsburg und München.

Josef Kreppold, geb. 1944, studierte Philosophie, Theologie und Pädagogik, Ausbildung in Familientherapie und tiefenpsychologisch orientierter Körperpsychotherapie, baute zusammen mit seiner Frau das Tagungshaus Tegernbach auf; dort arbeitet er in freier Praxis seit vielen Jahren leitet er Paar- und Selbsterfahrungsgruppen; Supervision, Fortbildungstätigkeiten und Lehraufträge an verschiedenen Fachhochschulen; in den letzten zehn Jahren führte er zunehmend in der Industrie Seminare mit dem Schwerpunkt Persönlichkeitsentwicklung und Führungstrainings durch.

Gabriele Kreppold-Gröger, geb. 1950, Dipl.Psychologin mit Ausbildung in Gestalt- und Familientherapie, baute zusammen mit ihrem Mann das Tagungshaus Tegernbach auf und arbeitet dort seit vielen Jahren in freier Praxis als Paar-, Familien-, Einzel- und Gruppentherapeutin, umfangreiche Lehrtätigkeit und Supervision in Familientherapie.

Leben in der Partnerschaft

Margarethe Schindler
Heute schon geküßt? – Paare brauchen Rituale
ISBN 3-451-26188-X
Nach der ersten Verliebtheit – wie Paare glücklich bleiben. Mit konkreten Beispielen und Anregungen.

Rosmarie Welter-Enderlin
Deine Liebe ist nicht meine Liebe
Partnerprobleme und Lösungsmodelle aus systemischer Sicht
ISBN 3-451-26045-X
Wie die systemische Therapie hilft, wenn es in der Partnerschaft kriselt.

Ernst A. Stadter
Ich will dir sagen, was ich fühle
Wie Beziehungen gelingen
ISBN 3-451-23899-3
Unbewußte Tarnmechanismen in der Beziehung erkennen und überwinden.

Wolf Jordan
Die Eifersuchtsfalle
Neues Vertrauen und Selbstsicherheit finden
160 Seiten, Klappenbroschur
ISBN 3-451-23571-4
Wie man Eifersucht verstehen und bewältigen kann.

Wolfgang Schmidbauer
Das Geheimnis der Zauberflöte
Symbole der Reifung - Wege zur Integration
Band 4437
Der populäre Psychotherapeut und Autor deutet die Geschichte als Lebensreise, auf die wir uns einlassen können.

HERDER

Marion Weber/Richard Lawall
Glücksfall Liebe
Was Paare zusammenhält
Band 4613

Ein anschaulicher, konkreter Ratgeber, der aufzeigt, wie eine Partnerschaft dauerhaft gelingt.

Paule Picard
Liebe, Zoff und Zärtlichkeit
Der kleine Beziehungsratgeber für alle Lebenslagen
Band 4545

Spannung gehört zum Leben. Wer sich liebt, darf sich auch streiten. Ein beschwingt-charmanter Beziehungsratgeber.

Franziska Pfeiffer
Ich in Bremen, du in Zürich
Wenn Paare, die sich lieben, getrennt leben – Erfahrungen und Tips
Band 4498

„Fernbeziehung" - Die Autorin befragt nicht nur die Paarpsychologie, sondern die Betroffenen selbst.

Fritz Fischaleck
Bevor die Fetzen fliegen
Faires Streiten in der Partnerschaft
Band 4409

Der erfahrene Paartherapeut und Eheberater demonstriert an vielen Beispielen, wie faires Streiten gelingt.

Joachim Engl/Franz Thurmaier
Wie redest du mit mir?
Fehler und Möglichkeiten in der Paarkommunikation
Band 4364

Wie man - statt in Vorwürfen steckenzubleiben - richtig spricht und zuhört, Gefühle und Wünsche ausdrückt, Probleme in konstruktiver Weise löst.